愛妻請賜罪 3

風文創 630

沐顏 著

目錄

第五十七章

「妳哪隻眼睛看到我不守婦道？」顧清婉氣急，真想不明白為什麼，左明浩為了她受傷，她沒做什麼，還要被人說成這樣。

「我兩隻眼睛都看到了，怎麼？妳還要給我挖掉不成？」清淺冷哼道。

「夏府的一隻狗也敢在主人面前亂吠，看來這家規不立不行。」顧清婉淡淡說了一句，繞過清淺走過去。

「妳個水性楊花的，嘴巴給我放乾淨點！」清淺自問修養已經很好，可就是被顧清婉幾句話就弄得火大。

「我是什麼樣的人，不需要妳來評判，我自己的夫君都不捨得說我一句，妳算什麼東西？哪裡輪到妳來指手畫腳、說三道四，想在夏家待下去就安守本分，不想就立即給我滾，別說我有沒有這個資格，我是夏家米鋪的當家主母。」

顧清婉一臉平靜，渾身氣勢不怒自威，她霍地轉身看向一臉呆滯的清淺。「若是讓我知道妳對祁軒有什麼心思，我會讓妳生不如死，在我的婚姻裡，容不得一粒沙子，不要妄想妳不該想的人。」

清淺遇人無數，還是第一次看到這樣的女人，明明很平凡，卻讓人不敢小覷。

顧清婉才不管清淺的想法，轉身進入屋子，把門關上，隔絕外面的一切。

屋子裡，她點了蠟燭，脫去夜行衣，躺在床上。扯過被子蓋在身上，被子上還有淡淡的青竹香味，這是夏祁軒身上特有的味道。

她心裡一團亂，很害怕明日的事情不會按照她想的那般順利。

迷迷糊糊間，隔壁的屋子裡響起悶哼聲。顧清婉坐起身，穿上衣裳走出房間，她聽見裡面還有說話聲，什麼拔箭、止血、搽藥之類的話語。

想必是大夫在為左明浩處理傷口，顧清婉等在外面。

半個時辰後，房門打開，一個揹著藥箱的老者從屋裡走出，跟著出來的還有海伯。

顧清婉迎上去。「左二哥怎麼樣了？」

「秦大夫，這位是我們的少夫人。」海伯介紹道。

「左二公子的傷勢已經處理妥當，少夫人安心。」秦大夫抱拳道。

「謝謝秦大夫，這麼晚還要您跑一趟，真過意不去，這個您收下。」顧清婉從懷裡拿出二兩銀子，被秦大夫推辭不要，說海伯已經付過醫藥費。海伯付的可是十兩銀，秦大夫自然看不上這零碎的銀子。

「秦大夫慢走。」顧清婉目送海伯送秦大夫離去，接著走進海伯的屋子。

張騫已經為左明浩穿戴好衣裳，準備送他回左家。

「左二公子受傷太重，我看還是等到明兒他醒來後再送去好些。」顧清婉看到左明浩臉色比剛剛還蒼白，有些不忍心。

「全憑少夫人作主。」張騫也清楚左明浩失血過多，確實不適合現在移動。

看著左明浩受這麼重的傷，顧清婉很自責，又不想欠他人情，頓時腦中有了想法，她的身體癒合能力極強，是不是和血液有關？若是如此，是不是可以讓左明浩喝下她的血，這樣就能快點好起來？

有了這個想法，顧清婉都嚇到了，也想驗證一下她的血液對別人到底有沒有用。

「張騫，把你的劍借我用一下。」想到這一點，顧清婉看向一旁的張騫。

張騫並不知道顧清婉要做什麼，他抽出腰間的劍遞給她。

接過劍，顧清婉拿起茶盤裡的茶杯，隨後把手指對準茶杯，用劍輕輕一劃，劃出一小口子，紅色的血液立即汩汩流出，滴進茶杯裡。

張騫沒想到顧清婉會這樣做，想要阻止已經來不及。

見血流得差不多，顧清婉放在嘴裡吮了一下，把血水止住。拿出瓷瓶倒進一些井水，攪拌在一起，隨後端著走到床前。

「張騫，把他抱起來。」

左明浩現在是真的暈過去了，單靠顧清婉一人沒辦法餵他喝下這杯血水。

「少夫人，您是想讓他喝這個？」張騫還不知道顧清婉的癒合力。

「嗯，你抱著他。」顧清婉點點頭。

「不用如此麻煩。」張騫走到床前，接過茶杯，粗魯地捏開左明浩的臉頰，將血水倒進去，看著左明浩喝下去再繼續倒，沒兩下一杯血水就喝光了。

張騫的粗魯行為，讓顧清婉有些無語，但確實很有效率，也就不再說什麼，不消張騫趕她，便主動離開。

一夜無話。

第二天一早，顧清婉剛洗漱完，就聽見張騫的鬼叫聲，連忙走出去敲隔壁房門。「張騫，是左二哥出了什麼事嗎？」

「少夫人，沒、沒事。」張騫慌裡慌張地答了一句，讓左明浩快點穿好衣裳。

等了一會兒，海伯才來打開門。「少夫人請。」

「剛剛發生了什麼？」顧清婉一邊進門，一邊問道。

「少夫人，真是神蹟啊，左二公子的傷口竟然癒合結痂了，這才一晚上的工夫！」海伯也是那個不知情的人。

「哦？真的啊，確實神奇。」顧清婉一臉喜色。這麼說她的血液可以幫助人癒合，太好了，那以後家裡有人受傷，她就可以讓他們喝她的血。

左明浩臉色還有些蒼白，畢竟失血太多。只見他穿戴整齊，坐在椅子上。

「左二哥吉人自有天相，連身體癒合能力都這麼強。」顧清婉笑嘻嘻道。

只有張騫狐疑地看向顧清婉，他可是知道，昨晚少夫人給左明浩喝了一些血水，會不會是那些血水起了功效？若是這樣，那也太不可思議了！

「我自己也不知道是怎麼回事。」左明浩一臉茫然，他以前也受過傷，從來都沒有出現過這種情況。

「不管怎麼樣，這是好事。」顧清婉笑著，隨後對海伯道：「海伯，你準備一些吃的，待會兒我得去一趟縣衙。」

「是。」海伯恭敬地應聲離開。

「小婉，我現在就回去讓孫爺爺準備一下，今日孫爺爺一定要上堂作證才行。」左明浩現在傷勢已經沒有大礙，他就想要為顧清婉分憂解勞。

「好。」顧清婉頷首，起身送左明浩出門。

張騫變得沈默，他要把這件事告訴公子，看公子怎麼說。

顧清婉也不在意張騫想到什麼。她吃完飯，便去衙門，看曹先良如何審問弟弟的案子。她可是知道曹先良收了人家銀子，若是審理得不好，她不介意殺掉這狗官。

天氣有些陰沈，如同人的心情一般。

縣衙門口已經圍著不少人，顧清婉和海伯、張騫三人擠進人群中，站在前面看著縣衙正堂站了兩排威武不凡的衙役。

隨著一聲「威武」的莊嚴唱喝聲後，曹先良一身官袍，從後堂走上高臺，別說這麼一看還真有幾分官威，如果不知道他這縣官是怎麼來的，顧清婉恐怕還會有些顧慮。但此刻，只要不好好審問弟弟的事，她就算冒死也要殺了曹先良。

「啪！」曹先良一拍驚堂木。「傳原告、被告上堂。」

話音一落，幾名衙役朝不同方向走去。

不多時，只見一個大腹便便身穿綢緞的中年人，跟隨兩名衙役進入正堂，他一進門，便當先跪下。「大人，請為草民作主啊！」

「孫正林，你稍等，等被告來了再一起說。」曹先良淡淡喝道。

「是。」孫正林點頭如雞啄米。

不多時，顧清言被兩名衙役扶著走進縣衙大堂。只見顧清言渾身是傷，蓬頭垢面，身上都是鞭子抽打過的痕跡，血水將衣裳浸染，已經變成黑色，看起來異常嚇人。

顧清言的情況不只嚇到曹先良，就連孫正林，還有圍觀的百姓也嚇呆了。這還沒審問呢，就受到這麼重的刑罰，這可是有史以來最離奇的事，真是個昏官！曹先良的形象，在圍觀百姓的心中已經徹底毀掉。

海伯氣得渾身發抖，牢頭明明收了他的銀子，怎麼會把顧清言打成這樣？

張騫看向顧清婉，她面色很平靜，眼裡無波無瀾，這讓他疑惑地皺起眉頭。少夫人最在乎的就是言少爺，如今言少爺傷成這樣，少夫人怎麼就無動於衷呢？這有些說不過去，難道其中有蹊蹺？

想到這一點，張騫仔細看向顧清言，觀察半晌，這才看出端倪。

大堂上，曹先良完全懵了，他沒有下令打顧清言啊，怎麼變成這樣了？他腦子裡一道靈光閃現，朝後堂的簾子看去，正好看到他娘一臉幸災樂禍，眼裡盡是笑意，他這才明白過來。

曹先良看著周圍百姓們的眼光，頓時有種想要鑽地洞的感覺。

此刻顧清言虛弱無力地趴在地上，心裡卻一陣陣冷笑，都說有錢能使鬼推磨，官官相護這道理，今日他才瞭解怎麼回事。從昨晚被裝扮成這樣，再到剛才那些衙役們對他說的話，他都不知道該笑還是該哭。

他現在的一切都是裝的，他也知道自己能逃過一劫，應該是姊姊靠關係打點，否則現在的樣子一定會變成真實的。

孫正林雖然驚訝，但很快就反應過來，心裡反而竊喜，看來縣太爺已經暗中用刑，想必今日之事會很順利。

「孫正林，你且把事情前因後果詳細道來。」曹先良又不能現在回後堂去質問他娘，只能輕咳一聲，強自鎮定。

「稟縣太爺，這顧清言霸占我家土地，縣太爺可要為草民作主啊！」孫正林帶著哭音說起來。

孫正林只指控顧清言霸占他家土地，並沒有連同顧家人一起告是有原因的。他知道這件事他站不住腳，再加上夏家人在背後撐腰，他不能做得太過，所以才單單指控顧清言一人。

「啪！」驚堂木一響，曹先良看向虛弱無力的顧清言。「顧清言，孫正林的話你也聽到了，這是否屬實？」

「稟縣太爺，這土地是孫爺爺贈與草民，並非草民搶奪。」顧清言的聲音聽起來很虛弱，但又恰到好處能讓大堂上的所有人聽見。

「孫爺爺是何人？可上堂作證？」曹先良再問。

顧清言知道，姊姊不會想不到這一點，定然已經安排好一切，便點點頭。「回縣太爺，可以。」

「左捕頭，傳孫爺爺前來作證。」

「是。」左楊應聲，心裡苦澀，孫爺爺是誰啊？正準備去問顧清言，一個老者就拄著枴杖走出人群。「草民就是孩子口中的孫爺爺。」

「小婉，我們是不是未卜先知，很厲害？」左月挽著顧清婉的手求表揚。

「確實。」顧清婉點點頭，看向左明浩。「謝謝左二哥。」感覺手上力道大了一些。「謝謝月兒。」

「這還差不多。」左月嬌哼一聲，滿臉的笑意。

大堂裡，左楊頓時鬆了口氣，看來都安排好了，不愧是和左家有關係，隨後上前去攙扶孫爺爺進入大堂。

孫正林沒想到他爹竟然還活著，昨晚那些人原來沒得手，真是一群廢物，連這麼個老頭都殺不死，這可如何是好？心裡正焦急如焚，突然心生一計。

哼，走著瞧！

孫爺爺正要跪下，曹先良見此，立即開口阻止。「孫爺爺年事已高，禮便免了。」

隨後曹先良問孫爺爺情況，孫爺爺一一道出。周圍的人紛紛罵孫正林不是東西，都說那些土地就該給顧家，聽得孫正林咬牙暗恨。

孫正林突然站起身，怒指著孫爺爺。「草民的爹二十年前就已經死了，這老不死的不知道是他們哪裡找來的人，縣太爺您可千萬不能信。」

聽見這話，孫爺爺徹底死心，他顫顫巍巍地從懷中拿出身分銘牌。「縣太爺，草民真的是孫不二，這是草民的身分銘牌。」

「你到底是何人，為什麼要偷走我家的地契，還要偷走我爹的身分銘牌？你這個喪盡天良的老東西！」孫正林指著孫爺爺大罵。

這話站不住腳，人死後，身分銘牌要拿到縣衙註銷，再埋進死者棺材裡，誰也不會相信這一點。

「孫正林，當年我就該聽你娘的話，一個子兒都不給你，你這豬狗不如的畜生……」孫爺爺傷心欲絕。

檢查完孫爺爺的身分銘牌，又拿來縣衙裡的檔案對照，沒有任何問題。

這下輪到曹先良頭痛了，他可是收了孫正林的銀子，如今證據確鑿，土地確實是他爹轉送，這可不能判顧清言有罪。

「此事有待查證，明日再來聽判。」實在想不出辦法，曹先良只得用拖延策略。

「慢著！」顧清婉一聲怒喝，大步朝公堂上走去。

「天哪！」左月嚇得趕緊捂住嘴巴，公然挑釁公堂，這可是大罪啊！

左明浩見此，跟海伯和張奪相視一眼，眼裡都只有無奈，卻沒有驚慌。

「什麼人？膽敢挑釁公堂！」左捕頭上前一步，拔出腰間長刀。

「縣太爺，此事已經明瞭，為何還要查證？」顧清婉並不害怕左楊手中的長刀，冷冷地凝視曹先良。

周圍衙役也抽出腰間刀劍，將曹先良護在身後。

「妳是何人？」曹先良很多年沒見過顧清婉，不可能認識她，帶著縣令的威勢問道。

「顧、清、婉。」顧清婉一個字一個字回道，走到顧清言身旁，將他扶起。「案子未開庭審問，縣太爺便動用大刑，是不是該給民婦一個說法？」

此時左家兄妹，還有海伯、張騫也走上前來，海伯從袖中拿出一塊牌子，在顧清婉看不到的角度對眾人舉著，所有人一陣腿軟要跪。接著海伯趕緊將牌子收進袖中，朝眾人搖頭。

這一幕，只有左家兄妹、曹先良，還有師爺、衙役們看見，包括孫正林。

天哪，如果他們沒看錯，這是御賜金牌啊！他們到底是何人？

曹先良汗流浹背，雙腿打顫，這夏家到底是什麼人，為什麼會有御賜金牌，他是不是攤上大事了？

第五十八章

海伯故意讓左家人看到金牌，就是要讓左明浩知難而退，不要再覬覦他家少夫人。這金牌是夏祁軒留下幫助顧清婉的法寶，只是不能讓她發現。

「是，是，案情已經明瞭。本縣只是想與師爺商量一下，看孫家要怎麼賠償顧家再決定，沒別的意思。還有，顧清言身上的傷不是本縣命人動手的，這事可以查。」曹先良戰戰兢兢道。

孫正林雖然不知道那塊牌子到底代表什麼，但看到縣太爺和師爺的神情便知道，這夏家背景一定是他惹不起的。就連縣太爺都惹不起的人，他還能指望什麼呢，現在只求能保住這條命。

顧清婉不知道曹先良態度為何突然轉變，但這是好事，她淡淡點頭。「我不想等，我現在就要知道結果。若是再到明日，我弟弟是不是就得被抬著出衙門？」

顧清言知道姊姊一定很擔心，想要告訴她，自己身上的傷是假的，但又怕別人聽見，只得在心裡愧疚地道：姊姊，只能讓妳多擔心一會兒了。

他哪裡曉得，顧清婉昨晚早就知道這一切。

「是，是，我馬上判決。」曹先良不怕顧清婉，但怕身後拿著金牌的人。

「咳咳。」曹先良輕咳一聲，一拍驚堂木，朗聲道：「本縣宣判，孫正林誣陷顧清言，賠償對方精神損失費、醫藥費，共五百兩白銀，顧清言無罪，當堂釋放。」
「好！」隨著這聲宣判落下，周圍百姓都拍手叫好，好在這昏官沒有亂判，否則真是臭名遠播。
顧清婉也鬆了一口氣，沒想到整件事會這麼簡單，道了聲謝，一把抱起顧清言朝外走。她不想咬住弟弟被打的事情不放，因為這件事是假的，一旦追究下去，那三人可得倒楣，待會兒回去讓海伯再送些銀子給那三人才行。
看著顧清婉懷裡的顧清言，左明浩微微皺起眉頭，想到昨夜被顧清婉抱著的感覺，整個人不禁發起呆來，直到左月扯了他一把袖子，才回過神來。
兄妹倆扶著孫爺爺走出公堂，孫爺爺一眼都不看孫正林，這種兒子就當沒有。
孫正林想喊孫爺爺，但張了張嘴，一個音也發不出來。
海伯命張騫留下來處理剩下的事，順便去孫正林家拿銀子。
一出了縣衙，姊弟倆坐上馬車，顧清言便低聲道：「姊姊，別擔心，我沒事，這些傷是假的。」
顧清婉捂嘴輕笑。「姊姊知道，昨晚我看到了。」
「呵呵。」言哥兒笑著摸了摸肚子。「姊姊，我餓了，今日還沒吃東西。」
「一會兒到了米鋪，我給你做吃的。」顧清婉心疼地摸摸弟弟的頭。
左家兄妹倆跟出來，左月挑開簾子，看到顧清言在笑，不由皺起眉頭。「這麼重的傷，你還笑得出來，看來還是傷得太輕。」

「我這裡有瓶上好的藥膏，回去沐浴完後搽上。」左明浩遞給顧清言。

不能拒絕人家好意，顧清婉道了聲謝，接過藥瓶。

「月兒，妳是要回家，還是和我一起過去？」顧清婉看向左月。

「我和妳一起去。」左月笑著上了馬車，回頭對左明浩道：「二哥，你把孫爺爺送到我們家，回去告訴爺爺，我和小婉一起。」

「好，你們慢些。」左明浩溫柔地看了顧清婉一眼，才放下車簾。

目送夏家馬車離去，左明浩才上了自家馬車。馬車裡孫爺爺本來瞇著眼打盹，挑眉看了左明浩一眼，又閉上眼，開口道：「你和婉丫頭是不可能的，別想了，放下是福。」

「我知道，但我不想放下。」左明浩淡淡地說了一句，讓車夫趕車。

「年輕人啊……」孫爺爺搖搖頭，便不再說什麼了。

顧清婉帶著顧清言回到夏家米鋪，看見清淺在指揮人搬米糧，今日的清淺顯得老實一些，只要她不主動找事，顧清婉不會把她怎麼樣。夏祁軒留清淺在這裡，一定有他的用意。

顧清婉直接加熱井水，讓顧清言沐浴，趁他沐浴時，便去廚房做飯，左月幫忙。

不一會兒工夫，整個夏家米鋪院子裡都瀰漫著飯菜的香味。

聞到香味的還有前面店鋪的人，個個都饞得口水直流，卻無福享用。

清淺也聽說過顧清婉的廚藝一絕，現在聞到味道，就感覺自己八輩子沒吃過東西一般，好想大吃特吃，但她才不會在顧清婉面前丟臉，只得忍住。

吃完飯，顧清婉便和左月、海伯一道去左家探望左老爺子，順便接孫爺爺回去。沒有讓孫爺爺跟著去夏家米鋪，是孫爺爺自己主動要求的，他以為顧清言的傷是真的，顧清婉要照顧弟弟，他就不去添亂。

到了左家，海伯帶著銀子去找牢頭和韓三、張林，顧清婉還記得這份人情。至於羅雪容，就看在曹心蕙的面子上，暫且放過她這回。

顧清婉見到左老爺子，送上一些強身健體的井水，左老爺子知道這些水很有用，當寶貝一樣收著。

在左家待到未時，張騫去孫正林那兒取來銀子，他們一夥人趕回船山鎮。左月想跟著前往，被左老爺子阻止，聽左老爺子的語氣，好像是左月這些日子在相親。像左月這麼好的女子，顧清婉祝福她找到好對象。

左明浩按照顧清言的計劃書，在縣城裡購買土地，也要建造幾間溫室，他同樣忙得脫不開身。

馬車上，張騫告訴顧清婉，是鎮長蔡有華陷害顧清言的——

「我就說，好端端的怎麼會出事，原來真有人搗鬼。」顧清婉冷聲道。

「姊姊，我們的鎮長是不是得換人了？」顧清言嘴角微勾，眼裡閃過一絲狠光。

顧清婉沒有回答，而是看向海伯。「海伯，鎮長是幾年換一次？」

「三年，今年年底就到了重新選鎮長的時候。」海伯笑道，隨後看向顧清言。「如果可以，不如給言少爺爭個鎮長來當當。」

「這恐怕不妥，我記得鎮長至少要二十歲以上。」顧清婉道。

「這有什麼？只要言少爺想，老奴就能為言少爺爭取過來；若是不行，就讓顧老爺來做也不錯。」海伯笑道。

「海伯的意思是肥水不落外人田？」顧清言挑眉，他的心思頓時活了起來，他倒是想做這個鎮長。

「你這皮猴，你不會真想做鎮長吧？」顧清婉一看便知道弟弟心大了。

「有何不可？」顧清言俊顏上帶著滿滿的自信。「我若是做了鎮長，就會帶領大家發家致富。」

「你就會說大話。」顧清婉凝眉，嗔道。

「姊姊，妳忘記了，我們現在要建造溫室，以後我們可帶動全鎮的人來做工，那不是銀子嗎？」顧清言笑道。

孫爺爺一直沒開口，蓋著薄被閉目養神，聽見這話，睜開渾濁的雙眼。「小言說得好，光是有這個致富之法，相信會得到很多支持者。」

「看吧，孫爺爺都支持我，姊姊卻對我沒信心。」顧清言假裝不滿地道。

「好，我支持，不過要和爹娘商量一下。」顧清婉只能相信弟弟能做好。

「這是當然。」顧清言點頭。

「少夫人，既然知道是蔡有華搞鬼，接下來該如何做？」海伯問道，只要顧清婉一句話，他就會著手準備對付蔡有華。

「自然是要給他教訓的。」顧清婉冷冷道。

姊弟倆相視一眼，都從彼此眼裡看到了冷芒。

目送著馬車離開悵縣，曹先良才整個人虛脫腳軟。回到縣衙，他便馬不停蹄去見羅雪容。

「娘，您知不知道差點害死我！」曹先良從來沒有這麼憤怒過。

「我怎麼害你了？說這話也不怕遭雷劈。」羅雪容瞪著三角眼，偏著頭問。

「您知不知道顧清婉嫁的是我惹不起的人物？竟然讓人對顧清言動刑，是不是太過分了！」曹先良氣得要死，他的官位本就是買來的，坐得搖搖欲墜，再得罪不該得罪的人，讓他死更快。

「我哪裡過分？你身為心娥的大哥，不幫她出頭，我這個做娘的幫她出頭有什麼不對？你個不肖子，現在當官了不起是不是？我告訴你，就算你當官，還是我兒子！」羅雪容狠狠地說著，走向凳子坐下，端茶喝了一口。

曹心蕙在一旁做針線，看到這一幕，一個字也不敢說。姊姊嫁給李大蠻子，全是被娘逼迫的，但娘一點都不知道醒悟，還在這裡怪罪別人。

「娘，我知道我是您的兒子，但是請您在行事前能不為我考慮一下？如果您再亂來，就回村子裡去。」曹先良只能用這句話來堵他娘。

果然，羅雪容一聽這話，氣焰頓時弱下來，她撇撇嘴。「好嘛，我以後注意點就是。」

「娘，不是兒子要對您凶，我的一言一行都被百姓們看著，一旦有什麼，就會落人口實，還會被有心人抓住把柄。到時候兒子烏紗帽不保不說，可能還會丟了性命。所以兒子懇求您，以後別再插手衙門的事好嗎？您若是閒得慌，可以找鎮上的人一起賞花、看戲，兒子都支持您，行嗎？」

曹先良語重心長的一席話，不知道能不能讓羅雪容就此甘休？

夜幕降臨，顧清婉一行人回到顧家，門口大紅燈籠隨風搖曳。門口的小廝小七看到是夏家馬車，立時迎上前。「歡迎孫爺爺、大娘子和少爺回家。」說著，去扶孫爺爺下馬車。

「家裡可有發生什麼事？」顧清婉扶著孫爺爺下馬車，問道。

「家裡沒什麼大事，鄰居們倒是來問候過，還有吳員外家的小女兒吳仙兒來過，這才剛離去不久。」小七恭敬回道。

「這倒是稀奇，她來幹什麼？」顧清言冷笑一聲，不用猜就知道吳仙兒的意圖。想讓他出手救吳員外？門兒都沒有。

顧清婉沒說什麼，扶著孫爺爺，招呼海伯和張騫進門。

「小七，去拿些艾草出來在言哥兒身上繞一下燒掉。」雖然在縣城裡已經燒過，但顧清婉還是不放心。

「是，大娘子。」小七應聲，便往院子裡跑。

「你在這兒等著，我們先進去。」顧清婉對弟弟說道。

「好。」

話音未落，顧父、顧母牽著強子，帶著可香出現。可香手裡抱著艾草，一出門便不客氣地在顧清言身上上下亂掃。「晦氣除去，晦氣除去，晦氣除去！」

「妳有完沒完？」顧清言皺起眉頭，不耐地道。

「這樣做才能把晦氣除掉啊。」可香哼聲道，兩人已經習慣鬥嘴。在聽到顧清言的話時，可香的眼眶都紅了，只是在昏暗的燈光下，沒人注意到。

大家早已見怪不怪，顧父、顧母趕忙招呼眾人進門，直對海伯和孫爺爺他們說，上了年紀，還得麻煩他們奔波勞累過意不去。海伯、孫爺爺直說自家人，別說見外的話。

一夥人進了前廳，顧清婉道：「爹、娘，事情讓言哥兒來說，大家都餓了，我去做飯。」

「妳再煮兩道肉，炸點花生米，青菜我都炒好了。」顧母吩咐女兒。

「好。」顧清婉應了一聲，走出前廳，可香連忙跟上去。

顧清言不等顧父、顧母問，便把事情都說了。倒是沒說蔡有華搗鬼的事，說了還不是讓兩人擔心，他們也幫不上忙，不如等事情解決再說。

「好在有驚無險，這事你得感謝孫爺爺，這麼大年紀還讓他奔波去作證。」顧母說道。

「我知道。」顧清言說道，感激地看向孫爺爺。

「行了，老頭子我也沒做什麼，該感謝的是他。」孫爺爺用下巴指向海伯，不是海伯的金牌，根本不會這麼順利。

海伯連連搖手，在眾人的目光下，把夏祁軒留下御賜金牌的事情說了，但還是讓他們對顧清婉保密。

顧清言一臉壞笑。「你們這樣隱瞞姊姊真的不是明智之舉。姊姊最不喜歡別人騙她，若是有一天知道這些事，一定不會這麼輕易放過姊夫。」

海伯這些日子也瞭解顧清婉的性子，但公子要求，他也沒辦法。

「對了，吳仙兒來我們家做什麼？」顧清言問道。

「我和你娘也弄不清楚，這兩天吳仙兒跑得很勤快，都是來問家裡需不需要幫忙，還主動幫你娘做家務，真奇怪。」顧父滿臉不解。

「無事獻殷勤，非奸即盜。」顧清言淡淡地說一句，腦子裡浮現被吳員外侮辱說他是騙子，把他從吳家趕出的情景。

稍後顧清婉和可香做好了菜，大家一起在飯廳用飯。

吃完飯，顧清婉、海伯和張騫回去夏家，雖然夏祁軒不在，顧清婉還是得守著夏家門戶。

回到夏家，便收到夏祁軒寫的信，這讓顧清婉好笑不已。這人還真禁不住唸，才一盼他寫信，就成真了。

當看到手中厚厚一疊紙時，顧清婉哭笑不得，坐在軟榻上，一張一張看起來，嘴角又不經意往上揚起——

小婉，離開這些天，我很想妳，妳是否想我？我們成親時日不長，我還沒有在妳心裡留下深刻的印象就離開，但有些事必須要我去處理。請妳相信我，我是真的有事，更不會去做對不起妳的事。

隨後是讓她有事直接吩咐海伯去做，還有些路上的所見所聞，希望有一天，能帶著她去看他獨自一人看過的風景。

有她的地方，風景才會更美……

第五十九章

顧清言被抓走，成了鎮上的大消息，不少人等著看笑話，看看這新發跡的顧家會不會就此倒臺？可惜，沒有如了那些人的意。

第三天早上，顧清言在顧家門口擺上桌椅板凳，鋪上紙張，讓隨從小五敲鑼吶喊。「注意了，秋去冬來，有賦閒在家的男子可報名做工，每日一百個銅板，節日雙倍工錢，東家還會不定時派送禮品，名額有限！」

「請問是做什麼工？」對門的李才家裡殷實，只不過是隨便問問，然而對普通人家來說，一百個銅板已經能吃上兩、三天了。

「很簡單，每天種種菜而已。」小五回答道，知道李才不會真的來做工，又扯開嗓子喊。

顧清言出的工錢已經算是鎮上最高的，才一會兒工夫，便引來很多報名者，在諮詢過後，他們抱著試試看的心情，都報了名。

一天的時間，鎮上能招收的人都招收完了，總共招到四十個人。

這一天裡，顧清婉也沒閒著，購買了各式各樣的蔬菜種子，非當季的最多。

有夏家和左家出銀子，顧清言只是指揮、指揮，動動嘴皮子，如今溫室已經造好了——建造了十間，每間溫室占地五畝，十間也就是五十畝地。

溫室的土地也犁過了，第二天，顧清言便帶著昨兒招到的人前去試工。每間溫室裡分四人，鬆土、播種，還請了兩個大娘去做飯，工錢是少不了的，隨後到了黃昏時派發工錢，讓他們離開。

如此輕鬆就能拿到一百個銅板，把這些人高興壞了，有的甚至還想著讓自家那口子也來做工。

到了晚上，才是顧清婉姊弟倆真正要做事的時候。每間溫室裡都建造一個水池，方便澆灌，顧清婉把每個水池裡都放滿井水，才算完成。

「言哥兒，若是這水真的這麼神奇，事情傳出去會不會對我們不利？」顧清婉有些擔心。

「姊姊，這一點我早就想好了，就說是姊姊調製的藥水管用就成。」

「可是，要是來的人手腳不乾淨怎麼辦？偷水呢？」

「這些妳都放心，我知道怎麼管理，妳只要每天晚上來放一次水就成。」顧清言不願讓姊姊操心。

看出弟弟不想讓她過問，顧清婉便不再多說。

「對了，我昨日買種子看到蔡有華了，他臉色很不好。」顧清婉道。

「能好才怪，先暫時放過他，過些天等到選拔鎮長的時候，我就要當眾打他的臉。」顧清言想著就一肚子氣，這種垃圾東西，竟然敢算計到他頭上來。

本來姊弟倆想收拾蔡有華，但顧清言又想做鎮長，才選擇先建造溫室，先收攏一部分人心再說，就算和蔡有華對抗起來，也有把握。

「你有自己的計劃就好。」顧清婉嘆口氣，她看著現在還光光的土地，有些擔憂，怕井水沒這麼神奇。

第二天，那些工人們照常來，給昨日種的菜澆水。

接著，神奇的一幕出現了，在第三天早上，工人們再來的時候，那些菜已經全部發芽出來，還有嫩嫩的兩片葉子，簡直不可思議！

顧清言自然每天都要來，看到這一幕，懸著的心才落下。說不擔心是假的，現在完全可以放下心來了。

對此，很多人覺得訝異，但都沒有說什麼。到了第四天，菜竟然長到一寸長，這才引起眾人的震驚。

「言東家，這到底怎麼回事？」有人忍不住問道。

「你們也知道，我們一家都是學醫的，我姊姊懂得配些藥水，能幫助蔬菜、水果生長。」顧清言淡淡道，旋即面色一冷。「我醜話說前頭，若是發現誰手腳不乾淨，那就不要怪我手下不留情。歡迎大家互相監督，若發現一人偷藥水，你們全部都拿不到一分工錢，偷竊的還要被砍掉一隻手。」

顧清言的話有些重，但只有這樣才能產生震懾的效果。

「言東家放心，我們一定互相監督，絕不會做對不起東家的事。」說話的是顧清言的鄰居，叫周大元，人憨厚老實，做事勤懇，顧清言倒是很看好他。

「我相信你們都是誠信之人，不過我也不是那種只罰不賞的，一旦你們抓住誰偷竊，可以當場帶到我面前，我會獎勵一兩銀子。」有賞有罰才能留住人心。

話音一落，在場的四十人看向周圍彼此。

「當然了，你們也不能光盯著人偷竊不幹活，活兒還得幹好。你們四人一間溫室，一旦你們管理的溫室蔬菜價格賣得好，獎勵少不了。」顧清言知道怎麼籠絡人心，一番話下來，在場個個都想好好幹。

「言東家放心，我們絕對會好好幹，不會辜負言東家的厚望！」眾人開口。

「我相信你們，還有你們也看到了，這些菜這麼快就長大，相信不出幾日便能收割出去賣，最多是半月一次。每賣一次，你們都會有一次獎勵，你們可以想像一下，好處有多少？所以，不要輕易幹那些愚蠢的事。」顧清言又道。

「言東家，別說大夥兒都是左鄰右舍的，就算不是，衝著言東家給的待遇，我們也不會做對不起您的事。大夥兒都是明白人，相信跟著言東家，日子會越過越好！」周大元接過話去說道。

「老周說得對，我們又不是畜生，知道怎麼做才是正路。」其中一名漢子笑道，眾人都附和著頷首。

這一刻，這些人的眼神都是真摯的，但顧清言知道，利益一旦有了衝突，人心或許會變。但在改變的那天到來之前，他要將不好的一切掐死在萌芽時。

他會處理好這些，他的夢想雖然不是蓋溫室，但必須把眼前一切都做好，才能更接近夢想。

時光荏苒，光陰似箭。

夏祁軒離開船山鎮已經十八天。飯館交給可香，溫室顧清言自己就能處理，醫館有顧父，連顧母每天都得照顧大院子裡的孫爺爺他們，最閒的就是顧清婉。

每天早上算算兩家雜貨鋪和布店的帳目，便沒什麼事可做，中午吃完飯，便會去醫館幫忙，要到傍晚她才會去溫室給池子加水。

顧清婉到現在也沒給自己找個丫鬟，別人家稍微有點身分的夫人、小姐，身邊至少有一個人伺候，但她什麼事情都親力親為，根本用不著。

今兒吃了午飯，她又去醫館幫忙。剛進醫館，便看到吳仙兒在櫃檯後搗藥，弄得她以為走錯地方，要不是強子跑過來拉著她進屋，她都要退出去多看大門幾眼。

「小婉，妳來了。」吳仙兒笑著打招呼，把醫館當成是自家一般，好像她才是這家店鋪的主人。

「妳怎麼又來了？」顧清婉挑眉，她從來不掩飾自己討厭吳仙兒。

吳仙兒訕訕地笑了笑，臉紅紅地繼續搗藥。

顧父睨了女兒一眼。「仙兒好心好意過來幫忙，妳說的是什麼話？」

顧清婉笑了笑，看了吳仙兒一眼，牽著強子坐在椅子上，教強子認藥。

醫館前些天裝潢過，將醫館分成裡外兩部分，裡面有三間放置小床，幫人針灸用，還有一間更衣室，方便顧父換上專門的醫用衣。醫館裡乾淨衛生，這些都是顧清言設計的。

顧清婉教強子的同時，自己也跟著學習，她的針灸之術雖然還行，但醫藥方面還需要努力。

「小婉。」吳仙兒見顧父進屋去給病人拔針，從櫃檯後走出來。

「什麼事？」顧清婉挑眉。

「小婉，能不能幫幫我，救救我爹行嗎？」吳仙兒絞著衣角，看起來很不安。

「妳來醫館幫忙有三、四天了吧，妳也看到了，我只會針灸，別的我還不行，妳爹的病我無能為力。」顧清婉淡淡道。

「我知道，但言哥兒可以。言哥兒只聽妳的，妳就幫忙勸勸他好嗎？」吳仙兒低垂著頭，樣子極委屈。

「妳能不能不要這樣，別人看到還以為我欺負妳。」顧清婉微微蹙眉，很不喜歡吳仙兒做作的樣子。

聽見這話，吳仙兒扯出一抹難看的笑容。「對不起，我只是……」

「我明白妳的意思。」顧清婉抬手打斷吳仙兒的話。「但我幫不了妳，妳要找我弟，就親自去跟他說。妳爹當初怎麼對他的，妳應該很清楚。」

吳仙兒咬著嘴唇，雙眼通紅，想哭最終忍了下來。「我先回去。」說完，她便邁開步子跑出醫館。

看著遠去的背影，顧清婉嘆了口氣，隨後繼續看書。

到了傍晚，顧清婉去溫室，這兩天弟弟都住在溫室裡。種植的蔬菜好些都能拿去賣了，但弟弟想等後日的趕集日。

她把吳仙兒的事告訴顧清言，他只是冷笑兩聲，便沒再說什麼。

顧清婉也弄不清楚他的想法，弟弟有自己的考量，她不好過問。

「明兒我要來幫忙收菜嗎？」顧清婉把所有池子灌滿水，準備離開時問道。

「不用，明兒左家來人，讓他們幫忙就成。怪累的，妳好好休息。」顧清言直接拒絕，他賺錢就是為了讓家人享福，不是受苦。

「那我回去了。」顧清婉對這邊的安全很放心。每間溫室裡都有人留下來，留下看守溫室的，弟弟都給加了工錢，又去大山溝裡買了五條大狼狗看門。

「明日吳仙兒再去醫館，妳直接把她趕出門，別影響了心情。」顧清言看著姊姊的背影交代一句。

顧清婉沒有回頭，也沒有回答，趕人她是做不出來的。

從溫室回到夏家，顧清婉心情便沈重起來，這麼一個院子裡，一個說話的人都找不到。她沒有什麼好和下人們說的，更不可能跟海伯說什麼，海伯算起來是長輩。張騫一張死人臉，她看到都沒心情說話。

吃完飯，她便把自己關在屋子裡，看夏祁軒寫給她的信，看了一遍又一遍，竟然不覺得膩。興許是太無聊了，隨後在燈光下給夏祁軒做衣裳，這還是成親第四天買的布料，但和夏祁軒吵架，便擱置下來。這幾天閒得慌，她才撿起來做。

帳房裡，海伯還在算夏家米鋪的帳本，噼哩啪啦打著算盤。

張騫推門進來，走向椅子坐下。

「少夫人進屋了？」海伯頭也不抬地問道。

張騫淡淡地嗯了聲。「要不要給少夫人找個丫鬟？雖然不能做什麼，但陪少夫人說說話也好。」在外面一直守著，屋裡的情況他都知曉幾分，突然感覺少夫人挺可憐的。

「想不到你這塊冰也會融化，有些心思不該有的，你最好不要有，別到時候把持不住自己的心。」海伯淡淡地睨了張騫一眼，張騫從來不會去關心任何人，竟然能為少夫人說出這話，顯得有些異常。

「我知道自己說什麼，也明白自己的位置，不會做對不起公子的事。」張騫淡淡地說完，便起身走出屋子。

海伯看了一眼關上的房門，嘆了口氣。

張騫坐在院中的大樹上，看著軒轅閣，那裡燈光還很明亮，給這個清涼的夜增添不少溫暖。

他頭枕單臂，目光一直停留在軒窗上的倩影，頓時一陣心煩，這是他這麼多年來，第一次感到心煩意亂。從樹上跳下，他走出夏府，去夜市喝上幾杯。

「妳看她，成親日子這麼短，那男的又是個殘疾，還出門這麼長時間，那女的一定會耐不住寂寞，她會不會亂來啊？」好巧不巧，張騫聽到這話，便明白說的是誰。

他拔出手中長劍，朝那桌說話的幾個婆娘揮去。

「哐噹！」桌子被劈成兩半，上面的碗碟全部掉在地上。

周圍的人都驚呆了，特別是這桌的三個婆娘，呆呆的不知道發生了什麼事。

「你這人有病是不是！」其中一個婆娘好半天才反應過來，指著張騫大罵。

「有病的是妳們，沒事說別人長短。」張騫氣得丟下一兩銀子，轉身就走。遇到這事，哪裡還喝得下，也不想和人在這街上吵架，若是傳回夏府，不僅海伯要說他，少夫人也會嫌棄他。

「這人有病。」反應過來後，剛才說話的婆娘啐了一口。

「行了，別理他。」另外一人趕忙勸說，這男的一劍劈開桌子，不是她們能惹的。

這一幕，正好讓出來買消夜的小五看見。顧清言好一口麻辣，經常要吃。

小五買了一大包東西拎著，趕忙回去，把這事跟顧清言說。

「你沒聽到那幾個婆娘說啥？」顧清言一邊拿竹籤插了塊馬鈴薯，蘸了點麻辣醬，一邊問道。

「我離得遠，沒聽清楚。」小五也拿過竹籤一起吃。

「張騫性子我還瞭解，想必是那些人說了什麼不好聽的話。」顧清言吃得嘴裡滿滿的，嘴巴也不閒著。

「少爺，您說會不會是因為那些人說顧大娘子的壞話？」小五試探地問道。

顧清言若有所思地點頭，沒有說話。是有這個可能，只要別讓他聽到有關姊姊的壞話，否則，他可不會像張騫這麼好說話。

第二天一早，顧清言睡眼惺忪地從溫室裡出來，準備去小解，突然被人抱住大腿。

「顧清言，求求你救救我爹好嗎？」吳仙兒一大早便來這裡等著，問過這裡的人，知道顧清言就住在這間溫室裡。

被吳仙兒這麼一嚇，顧清言的尿差點嚇出來，頓時一陣火大。「給我走開！」他內急啊，這女人怎麼沒點眼色？

「顧清言，我知道我爹當初那樣做很過分，你大人有大量，宰相肚裡能撐船，救救我爹好不好！」吳仙兒死死抱著顧清言的大腿，已經打定主意，顧清言不答應，她就不放開。

這麼一鬧，引得看守溫室的人都出來看熱鬧，這些人都是鎮上的，認識吳仙兒也不奇怪。

「我是個農民，哪裡會什麼醫術？妳能不能讓路，別逼我說難聽話。」

「要怎麼做才肯救我爹？你說，我都會做！」吳仙兒一邊哭，一邊抬頭仰望顧清言。

「真的？什麼條件都答應？」顧清言挑眉。

「是，只要你說，我都會做！」吳仙兒怕顧清言反悔，連連點頭。

「那好。」顧清言蹲下身，臉上帶著壞笑，捏著吳仙兒尖尖的下巴。「我要妳做我的女人。」

吳仙兒沒想到顧清言會說這話，嚇得鬆開手，喃喃地癱坐在地上，一臉掙扎。

這句話本來是為了嚇唬吳仙兒，顧清言並不當真，趁對方鬆開手，連忙跑開。

他剛跑到臨時搭建的茅房門口時，便聽見吳仙兒堅決的聲音從身後傳來。「我答應你，只要你救我爹。」

這一下，嚇得他尿都擠出來了。他趕緊走進茅房，暢暢快快地解決了這三急之事。出了茅房，吳仙兒竟然還站在門口等他，也不嫌臭。

「我答應你了，你什麼時候救我爹？」吳仙兒眉頭緊蹙地問道。

第六十章

「我不會救他。」顧清言繞過吳仙兒，朝溫室走去。小五給他準備了洗臉水，他胡亂洗了幾下，擦了一把臉。

吳仙兒哭得唏哩嘩啦。「顧清言，你說讓我嫁給你，你就救我爹，我都答應你了，你還想怎麼樣？」

「噯，不、不、不。」顧清言豎起一根手指搖晃道：「我可沒說要妳嫁給我，我只說讓妳做我的女人，這可是兩個意思。」他是想讓吳仙兒知難而退。

小五聽見這話，搖頭笑起來，原來少爺這麼壞。

「你、你……」吳仙兒終於明白了，大吼一聲。「顧清言！你個臭男人，我跟你拚了！」說著，撿起一顆石頭朝顧清言扔去，她力道不夠，沒扔多遠，石頭便落在地上，她氣得跺腳。

「做不到吧？做不到就趕緊離開，我還要幹活呢。」顧清言臉上帶著得意的笑，怎麼看都很欠收拾。

吳仙兒頓時安靜下來，一動不動地看著顧清言。

顧清言淡淡看了吳仙兒一眼，這丫頭應該會識相地走吧，隨後朝周圍看熱鬧的人道：「好了，沒什麼好看的，準備幹活。」

「哈哈，言東家有豔福都不懂得把握。」這些人最近和顧清言已經很熟悉，大家在一起經常開玩笑。

「言東家毛還沒長齊呢。」另一個漢子接過話去，頓時笑成一團。

小五也用袖子捂嘴笑，被顧清言瞪一眼，他立馬裝作正經地咳嗽兩聲。

「你去看看左家人來了沒有，讓他們來收菜。」顧清言說著，鑽進溫室裡去。

小五應了一聲，便快速離開。

顧清言把褲腿束綁起來，人背著門口，聽到響動，他以為是小五。「怎麼還沒去？」話音一落，有人從身後抱住他，背上也傳來軟軟的觸感，令他震驚地想回頭，卻被身後的人阻止。「你不要回頭，我怕好不容易決定的勇氣又沒了。我答應你，只要你救我爹，我就做你的女人，哪怕是沒有名分的那種。」

「妳先放開我，我後悔了，我看不上妳，妳離我遠點。」顧清言火大了，怎麼有這種女人？

「我不，男人就要對說過的話負責，你既然已經說了，就要做到。外面那麼多人看到、聽到，我也豁出去了，我什麼都不怕，只要你救我爹。」吳仙兒死死抱著顧清言，就是不放手。

顧清言有種搬起石頭砸自己腳的感覺，真想搧自己耳光，心裡暗恨。「妳先把我放開，我可以救妳爹，但是我還有條件。」

「什麼條件？」吳仙兒趕忙放手，怯怯地問道，怕顧清言提出她做不到的條件。

「我醫治人的方法很特別，我要你們全家簽訂保密協議，最重要的是，我不想聽到奇怪的言論，也不需要妳做我的女人，妳以後見到我就繞路走。還有一點，我得當面和吳員外談，妳作不了主。」顧清言陰沈著臉說道。

「好，那你現在和我一起去見我爹。」吳仙兒想到她爹無時無刻不受折磨，一刻也不想耽擱。

「可以。」顧清言睨了吳仙兒一眼，把小腿上的布帶解開，整理一下儀容，才走出溫室。

這個時辰，做工的人都陸續來到，他叮囑他們一番，便和吳仙兒離開。

到了吳家，吳張氏的臉色不是很好，看起來並不歡迎顧清言。顧清言也不想和吳張氏說什麼，跟著吳仙兒去見吳員外。

吳員外見顧清言到來，整個人像迴光返照一樣，從床上坐起身，一臉討好之意。

顧清言看了吳仙兒一眼。「妳先出去，我和吳員外有話要說。」

「好。」吳仙兒應了一聲，便推門出去。

吳仙兒站在院子裡，她很想知道顧清言和她爹說什麼，但不敢偷聽，怕惹怒顧清言。

半個時辰後，房門打開，顧清言從屋裡出來。「明日趕集我要賣菜，後日我來給吳員外醫治。」

「好。」吳仙兒點頭。

顧清言還沒見過這麼乖巧的吳仙兒，一時間有些不習慣，但還是把動手術需要的東西都吩咐她準備好，隨後才趕回去收菜。

回到地裡，顧清言便看到顧清婉也在幫忙裝菜，不由皺起眉頭，走到姊姊身後。「我不是說讓妳別來嗎？」

「在家裡閒著也是閒著。」顧清婉笑著回道。今日可是溫室第一次收菜，雖然弟弟說不需要她幫忙，她還是想來享受這份豐收的喜悅。

「天氣漸漸涼了，如果妳真沒什麼事，給我做件棉衣，別往地裡跑。」顧清言不悅，地裡活兒又髒又累，他不想讓姊姊幹這些。

「好。」顧清婉哪裡不明白弟弟的心意。

顧清言見姊姊聽進去，便放下心來。進溫室去換件衣裳，把褲腿綁好，這樣幹活會利索些。

顧清婉剛來這裡，就有人跟她說弟弟和吳仙兒的事，弄得她動了心思。有些富貴人家，男孩十三歲確實已經可以娶妻生子，她家的家境在鎮上也不差。弟弟再一個月就滿十三歲，吳仙兒那快及笄的姑娘，長得也標緻，若兩人能成親倒也不錯，不過一切還是得看顧清言的意思。

等顧清言換好衣裳出來，她試探地問：「你覺得吳仙兒怎麼樣？」

「姊姊，妳是不是也打趣我？我明確地告訴妳，我沒那心思。」顧清言說道。

「那你是答應救吳員外了？」顧清婉挑眉。

「嗯。」顧清言點點頭，附在姊姊耳畔低語。

顧清婉不住點頭。「確實不錯，有了他的幫助，勝算會更大一些。」

「要不妳以為我會那麼好心？一個曾經侮辱過我的人，我心裡恨都來不及。」顧清言淡淡說了一句，一眼瞟見姍姍來遲的左家人。

「你們還能不能再晚了？」顧清言語氣不好地看著左明浩。

「實在對不住，臨時有事情耽擱了。」左明浩回道，隨後朝顧清婉點頭，算是打過招呼，在他的眼底閃過一抹溫柔。

「安排你的人收菜，你跟我去看看蔬菜的長勢。」顧清言說道。

左明浩點點頭，隨後安排人去收菜，跟在顧清言身後，兩人鑽進溫室裡。

左明浩的心思顧清婉清楚，所以就不跟著去湊熱鬧。她幫著收菜，十間溫室裡的蔬菜都可以收了，但今兒只收一間的，裡面有辣椒、茼蒿、番茄、胡蘿蔔、萵筍，雜七雜八都有。菜只用井水澆灌，並沒有添加別的，完全無污染。

當顧清言和左明浩出現時，左明浩的臉上帶著掩飾不住的笑容，他從來不知道有這種逆天的東西，在這麼短的時間內能讓蔬菜收成。聽顧清言所說，這才六、七天，這樣算下來，一年得出產多少菜？看來得好好計劃一番才行。

第二天，兩家早早便去市集占據一大塊地賣菜，蔬菜種類齊全，引得不少人圍觀，都驚奇不已，完全不明白那些非當季的菜是怎麼種出來的？

價錢自然要比時蔬貴一倍，很多人都只觀望不買。

九月、十月白菜最多，大夥兒都吃膩了，看到非當季的菜出現時，還是有些家境殷實的人家，買一些回去嚐鮮。

「買的人不多。」顧清言眉頭緊蹙，看來還是這地方太窮，有的人家根本買不起，有的人家則是將就著過。

「沒事，賣不了的話，明兒我拉到縣城去賣，保准賣掉。」左明浩笑道。

「我倒是想到一個法子。」顧清言看著堆積成小山的蔬菜。

「什麼？」

「我們不如把這些菜批發給別人，讓他們自己去賣怎麼樣？」顧清言暗怪自己笨，他開始就該想到這一點。

「那就按照你說的批發價給我，我來處理。」左明浩已經想到要怎麼賣這些菜了。

「也好，反正賣給誰都是賣。」顧清言並不反對，照目前來看，只能先賣給左明浩，畢竟他還沒銷售管道。

「那就這麼說定了。」左明浩還怕顧清言反悔。

有了左明浩，顧清言不再擔心賣不出去，大不了全部批發給他，管他怎麼處理。自己現在已經不想賣菜了，想先種些水果試試。

正想著辦法時，攤子上突然來了一群人，一個婆娘揮著錢袋，指著菜喊道：「來，這個給我秤點，還有這個、這個！」

「怎麼回事？」顧清言不明白這些人怎麼像瘋了一樣。

這些蔬菜全都用萬能井的水澆灌，味道自然好，有人回家煮上一頓吃完，覺得滋味鮮美，又重新回來買。

「誰知道呢？有人買不是好事嘛。」左明浩臉上帶著淺笑，隨後過去招呼客人。

左明浩樣子俊俏，人又有禮，引得婦女們個個臉紅心跳，連要買什麼菜都說不清楚。

顧清言見此，笑著走到他旁邊低語一句。「我怎麼沒想到這招美男計呢？對，就保持這微笑。」

說得左明浩一陣無語，他是賣菜，又不是賣笑。

左明浩是生意人，嘴巴會說，隨便幾句便忽悠一群婦女買了一大堆菜回去，還讓左家的下人幫忙送到家，服務態度好得沒話說。

顧清言這才發現，他還是去研究醫學罷了，自己不適合出來賣東西，以後這事就交給左明浩。

本以為這麼多菜會賣不完，但還沒到下午，就賣了個精光，這都多虧左明浩的巧嘴和笑容。

顧清婉沒有一同去賣菜，她在家裡做針線，為弟弟縫棉衣。夏祁軒的衣裳不急著穿，便先做弟弟的衣裳。得知菜賣完了，她也很開心，收拾一下後便去地裡。

「姊姊，快來。」顧清言看到姊姊，便高興地喊。今兒賣了五畝地的蔬菜，心情自然好。

「看把你樂的。」顧清婉笑道。

「當然高興了，我跟妳說件事。」顧清言直接拉著顧清婉，便鑽進他住的溫室裡。

顧清婉跟著走進溫室，弟弟將她扶坐在凳子上，她問道：「五畝地的菜可不少，鎮上的人需要這麼多嗎？」

「今兒趕集的人多嘛，還有胖嬸和另外一家菜鋪都來進貨，大塘口那邊也載了兩馬車走了。」顧清言滿臉笑意。

大塘口雖在船山鎮，但那裡四通八達，比鎮上還繁榮。

「那你說這五畝地的菜會不會就夠了？之後還賣得出去嗎？」就算每家人都囤積一些蔬菜，想必也要吃上好幾天。

「這我想到了。左明浩說有辦法賣掉這些菜，讓我批發給他處理。」

「他不會是怕我們賣不掉，故意要做虧本生意吧？」顧清婉心有懷疑。

「不用擔心，到時我會跟著觀察，如果真是那樣，我也不可能讓他虧本。」顧清言也想到這點。

「合夥做生意，確實不能讓人家虧本，要虧大家一起虧。」顧清婉道。

「嗯。」顧清言點點頭，隨後才道：「我要和姊姊說的是，我覺得蔬菜可以種，但不能種太多，畢竟交通不便，就算想賣到外地，也很費力，我今日才醒悟過來。」

「那你的意思是？」

「我們試試水果，至少水果能放上一些時日，若真的半月收一次水果，那也是很逆天的事。」顧清言把自己的想法說出來。

「這些我都不懂，反正你做什麼，我都支持你。」顧清婉道。

「嗯，有些事還是得跟妳商量一下比較好，不過具體的事都交給我來處理。我不會像這次這麼衝動地種這麼多菜了，我想先試試一間溫室再決定。」顧清言把事情都說清楚，只希望姊姊瞭解情況。

「你現在大了，做事有自己的安排，姊姊不會插手，需要我的時候開口就行。」顧清婉笑得溫柔。

「姊姊，我愛死妳了。」顧清言激動得一把抱住姊姊，正巧門簾挑開，左明浩看到這一幕，也聽到這話，愣在原地，不知道是該進還是該退。

「這麼快就回來了，快進來。」顧清言覺得沒什麼，很坦然地放開姊姊，招呼左明浩進門。

「就準備一些食材，用不了多少時間。」左明浩邁步進來，笑道，目光在顧清婉的臉上掃過。

「姊姊，晚上我準備弄燒烤，妳留下和我們一起？」顧清言看向姊姊，帶著徵求的語氣，姊姊已經嫁為人婦，不能再像以前那般隨意。

「不了，你們玩得開心一些就好。」顧清婉笑道，她現在一舉一動都在人家眼裡。

「那好，妳早些回去。」顧清言感覺到左明浩的眼神總停留在姊姊身上，凝眉說道。這裡只有他們三人，他本身不覺得有什麼，但別人看到會胡說。

顧清婉「嗯」了一聲，對左明浩淡淡點頭，便挑簾出去。

「人都走了，你還看？」顧清言不滿地道。

左明浩笑了笑，坐在板凳上，拿起顧清言的帳本翻看起來。

「左明浩，你能不能收斂點？雖然我知道什麼叫做情不自禁，但你眼神未免太灼人了，別人看見又要誤會我姊姊。」顧清言數落起來。

「你都能愛你姊姊了，我為何不能？」左明浩翻開一頁，很認真地道，他眼神裡少了溫柔，多了冷意，在他心裡，隱隱將顧清言當成情敵。

「我愛我姊姊的那種愛，不是男女之間的愛，你別搞錯了，你思想真齷齪。」顧清言怕外面的人聽見，低吼一聲。

聽見這話，左明浩臉上有了笑容。「真的？」

「你病得不輕。」顧清言一把將帳本拿過來，翻開幾頁，找到要算帳的地方，開始在地上畫起算術公式。

「這是什麼？」左明浩很好奇地看著顧清言畫的公式，看不明白。

「我為什麼要告訴你？你這種思想齷齪的人，離我遠些。」顧清言揮手，左明浩趕忙退兩步。

左明浩嘆了口氣，才重新坐回板凳上，看著寫寫畫畫的顧清言。「小言，你覺得你姊姊怎麼樣？」

「她是世界上最好的女人。」顧清言想都沒想便回道。

「那不就是了？這麼優秀的女人，我身為男人，怎能不動心。」左明浩笑道。

「你這是一意孤行。」顧清言睨了左明浩一眼，說實話，左明浩確實家世好，性子也好，若是姊姊未婚，他倒是希望姊姊能嫁給這樣的男人。

「萬事都有可能。」左明浩笑道，笑容裡含有深意。

「隨便你，反正以後我絕對不會讓你單獨見我姊姊。」顧清言拿這種執拗的性子沒辦法，只能用自己的方式應付。說著話，他已經把帳算出來。

左明浩的目光一直停留在顧清言臉上，收到顧清言的白眼，他才笑了笑。「想看看你和你姊姊長得像不像而已。」

「大家都是男人，我懂，你不就是想要透過我來看我姊姊？不過可惜，我不像我姊。」顧清言臉上帶著壞笑。

左明浩搖頭輕笑，沒說什麼，他知道不管說什麼，都說不過顧清言。

「對了，明日你自己帶人收菜，我要去給吳員外看病，估計要晚些才回來。」顧清言直起身，伸了個懶腰。

「怎麼會想給他治病？」左明浩知道吳員外趕顧清言出門的事。

「還不是為了鎮長的位置。」顧清言說起這個，興致不高。

「治病關選鎮長什麼事？」左明浩不太瞭解鎮上的情況。

「有，關係大著呢。反正現在說不清楚，到時你就明白了。」顧清言也不想解釋這麼多，他們顧家在鎮上還沒站穩腳跟，吳員外和鎮上很多鄉紳名士都有來往，有了吳員外穿針引線，他走關係會好走一些。

第六十一章

在一處不知名的官道上，一輛馬車緩緩前行。陳詡雙手抱胸，坐在車頭，頭倚靠在車廂邊，隨著馬車的晃動，頭也擺動著。

馬車裡，一隻滿是皺紋的手挑開車簾，隨後是一張布滿皺紋的臉。「陳小子，什麼時候才能到船山鎮呢？」

「老夫人，這話您一天最少問二十次，您老不累，我都累。」陳詡眼睛都懶得睜開，淡淡地道。他就不該把這麼麻煩的人帶上，後悔得腸子都青了。

「有嗎？我怎麼不記得問過這麼多次？你可不要冤枉我。」老太太一本正經地說著，放下車簾問一旁的畫秋。「畫秋，我有問這麼多遍嗎？」

「老夫人，我知道您想快點見到公子和少夫人，但陳公子說過，到達船山鎮最少得一個月，我們這才走了半個多月，哪有那麼快？」畫秋說這話時顯得小心翼翼，怕惹得老太太不高興。

「才半個多月啊，我以為都兩個月了。」老太太眉頭深鎖，恨不得時間能走快些。

「……」畫秋無語。

「到了前面的縣城裡，我給二位買輛馬車，您們自行前往。」陳詡淡漠的聲音從外面傳進車廂內。

一聽這話，老太太不樂意了，她挑開車簾道：「陳小子，你要是把我們兩個丟在半路，我回去告訴你爹娘！」

畫秋在心裡翻了個白眼，老太太，我們夏家和陳家一直都不來往的，您這話是嚇唬不了人家的好不？

「陳小子，最多這樣，你把我帶到船山鎮，見到我孫媳婦和孫兒，我就讓孫媳婦給你做好吃的。你不都說我孫媳婦做的菜好吃，難道你不想吃？」老太太已經把還沒見面的孫媳婦給出賣了。

陳诩等的就是這句話，一路上他已經看出老太太就是個護犢子的人，到時候肯定不會讓他多見顧清婉，他這可是為以後著想，他淡淡地點點頭。「老太太，記住您說的。」

路才挑眉，嘴角帶著淺笑，公子難道已經明白自己的心意了？從以前他就看出公子對顧清婉有心思，但公子總是表現得很淡漠，好似什麼事都不關心。

難怪公子決定去船山鎮，原來如此。

船山鎮，九月中旬的天氣漸漸轉涼，到處是枯黃落葉，顯得一片蕭條。

顧清婉看著院中掃落葉的兩名婆子，嘆了口氣，走回屋裡繼續做針線。今兒弟弟去給吳員外動手術，沒有要她幫忙，她又不能去地裡，左明浩在那兒收菜。

她今日不想去藥鋪，只好待在家裡。

旁邊的矮几上，鋪展著夏祁軒前些天讓人送回來的家書，離開這麼多天，只收到一次信，顧清婉難免擔心。他腿腳不好，在路上有沒有遇到麻煩？許多擔憂總在腦中縈繞。

針線未走幾針，海伯便來敲門。「少夫人，言少爺的隨從小五過來，請少夫人回去一趟，說有要事請您過去商量。」

「知道了。」顧清婉放下棉衣，扯了扯衣角，走到銅鏡前，見沒什麼問題，才步出屋子。「走吧。」

海伯看了顧清婉一眼，心裡嘆了口氣。這就是身為大戶人家女人的悲哀，一旦進了那道大紅門，什麼事情都有約束，特別是嫁給公子這樣的男人。

夏祁軒是個極小心眼的人，眼裡容不得一粒沙子。臨走前，他吩咐所有下人，除非必要，否則一句話都不准和顧清婉多說。除了海伯，倒是沒有囑咐過張騫，因為夏祁軒知道，張騫不愛說話。

就是因為這點，顧清婉在夏家過得很壓抑。

出了大門，上了馬車，她靜坐在車裡，張騫便趕著馬車朝顧家駛去。

從東街至北街，一會兒工夫便到。馬車停住，張騫的聲音從外面響起。「少夫人，到了。」

顧清婉挑開車簾，看到前面停著一輛馬車，問迎上來的小七。「這是何人的車？」

「回顧大娘子，聽說是姓孫的人家。」小七恭敬地回了一句。

「孫？」顧清婉挑眉，踩著車凳下車，朝大門走。張騫立馬跟上。

進了大門，便聽見內院傳來聲音。「爹，以前是兒子錯了，您就跟兒子回去吧。」

隨後是孫爺爺的聲音。「不用了，我在這兒好吃好住，舒服得很，啥事都不操心，不勞你們費心，你回去吧。」

「爹，這裡始終是別人家，您不能總是麻煩人家。」孫正林的聲音再度響起。

「孫老爺說這話不覺得難聽嗎？」顧清婉人未至聲先到，話音一落，她才跨過二進門。

一群人站在院子裡，都齊齊回頭看向她。

孫正林見過顧清婉，也知道她夫家是孫家惹不起的人物。他想對顧清婉露出討好的笑，但看到她陰沈的臉色，笑容便僵在臉上，怎麼看怎麼怪異。

「這位想必就是夏夫人了？真是天仙一般的人物。」說話的是孫正林的妻子孫李氏。

顧清婉好話歹話分得清楚，這種表面的話令她更反感。她帶著端莊得體的淺笑，道：「孫爺爺、爹、娘，有什麼事進屋坐著說。你們有什麼話，也進屋再說吧，站在院子裡不好看。」後面的話是對孫正林夫妻倆所說。

所有人按輩分長幼坐定，顧清婉才看向顧父。「爹，他們今兒來做什麼？」

「我是來接老爺子去縣城。」不等顧父開口，孫正林接過話，他對顧清婉的態度很恭敬，說話時帶著幾分討好和小心翼翼。

「接孫爺爺？」顧清婉挑眉，隨後看向孫爺爺。「孫爺爺，您的意思呢？」顧清婉不知道孫爺爺內心的想法。老人年紀大了，總希望子孫們環繞身畔，孫爺爺苦了這麼些年，心裡一定很渴望這份天倫之樂。

確實如顧清婉所想，孫爺爺很想和孫正林回去，但自己的兒子什麼心思他知道，滿是皺紋的臉上帶著冷意。「我不回去，在這裡無憂無慮什麼都好，又不少吃、又不少穿的，回去做甚？」

「爹啊，兒子一片孝心，您怎麼就感覺不到呢？當初是兒子不對，兒子已經知道錯了，正所謂知錯能改，善莫大焉，您就原諒兒子行不？跟兒子回去，孩子們也很想爺爺，難道您就不想孩子們？」孫正林一臉誠心懺悔，看樣子若是孫爺爺不信，他都會跪下去。

孫爺爺神色淡淡，睨了孫正林一眼。「你就別作戲了，你什麼德行，老頭我很清楚，你要是有點心，就趕緊走。」以為他不知道，孫正林不就是想把他接回去住上幾天，然後就逼著他把地契要回去。若是不從，肯定會給臉色看；若是地契被要回去，他仍會被趕出來，兩樣都不得好，他又何必？

「爹，雖說愷之他們一家人都好，但總不能一直麻煩他們，哪有在自家孩子面前來得方便，您怎麼就想不通呢？」孫正林一臉苦口婆心，勸得嘴巴都乾了，嗓子也快冒煙，但顧家人竟然沒有上茶的意思，暴發戶就是暴發戶，一點教養都沒有。

「孫伯，既然孫爺爺不願意，你又何必強人所難呢？」顧清婉扯了扯微微泛皺的袖子，臉上帶著漫不經心的淺笑。

「我這是一片孝心，何來強人所難？」孫正林習慣了高高在上，是個一句話不對就發火的人，今日他忍氣吞聲這麼久，個個都不給他臉面，他脾氣都快克制不住了。如果對方不是顧清婉，他真想拍桌大吼一聲。

「既然沒有強人所難，孫爺爺不願意，那麼你們就回去吧。以後你們來探望老人家，我家隨時歡迎。若是心懷不軌，就不要怪我不仁不義。」顧清婉聲音淡淡，卻有種威勢。

「你們顧家是不是欺人太甚？」孫正林忍無可忍，一拍桌子大吼，一旁的孫李氏一臉恨鐵不成鋼，忍氣吞聲這麼久，又被這火爆脾氣給毀了。

「欺人太甚？我們什麼時候做了對不起你孫正林的事？」顧清婉說話也不客氣起來。

「一定是你們給老爺子施咒，他才會把我家地契給你們，現在還不讓老爺子跟我們走，你們到底是何居心？」孫正林怒瞪雙目，一副不死不休的神情。

顧家人被孫正林的話弄得很無語，顧清婉冷聲道：「我算是聽出來了，你是認為縣太爺判決不公？既然如此，就去找縣太爺，來我家鬧是何意？是看我顧家好欺負？」

孫正林心裡腹誹，要是能找，還需要假惺惺地演戲？

孫爺爺的枴杖在地上敲得篤篤響，開口罵道：「孽畜！當年你與孫李氏把我趕出家門時，就該想到今日之事，現在不知檢討，竟然怪到顧家人身上。你是不是見不得我有幾天安生日子過，非得看著我死了才高興？」

顧清婉見孫爺爺氣得不輕，走到他身後拍背安撫，強子也很懂事，走到孫爺爺旁邊，拉住他的手，用眼神無聲地安慰。

孫爺爺對顧清婉和強子露出一抹慈祥的笑容。「我沒事。」

「孫正林你給我聽著，我顧家雖然不是什麼大戶人家，但也不是任由你們想來鬧就來鬧的。從今以後，你們只要再來鬧一次，就別怪我打斷你們的腿，你們應該知道我有這樣的能力。」顧清婉不打算廢話，既然這些人不是誠心來接孫爺爺回去，她就沒必要客氣，直接趕人。

「好，你們記住，這梁子算是結下了。」孫正林冷聲說著，一撩衣襬轉身離去。

孫李氏怨毒地看了顧清婉一眼，馬上跟上去。

孫爺爺嘆了口氣。「婉丫頭，孫爺爺給妳添麻煩了。」

「孫爺爺，別這麼說，能遇到您是我顧家的福氣。您看，爹娘沒有爹，我們姊弟幾人沒有爺爺，但有您在，我們都有了。」顧清婉故意說開心話來逗孫爺爺，她清楚，孫爺爺才是最傷心的一個。

強子也跟著點頭，還鑽到孫爺爺懷裡，抱著他的腰，抬頭咯咯笑著。

孫爺爺滿是陰霾的心情，被顧清婉和強子逗得消散不少，他滿布皺紋的手摸著強子的頭。「有你們，孫爺爺就知足了。」

顧父、顧母相視一眼，都笑了起來。

顧清婉心裡生出幾分憂愁，這孫正林最後那句話是什麼意思？難道是決定要和他們家對著幹？孫正林雖然不是什麼大人物，但做人和做生意都很有一套，到時若是生意做到縣城，會不會受到阻礙？

不過有左家在，想必不會有太大問題。

「我回來了。」顧清言的聲音響起，顧清婉探出頭，就能看到他急匆匆從外面進門，他一進來便左右看了看。「事情怎麼樣了？」

顧清婉把剛才的事都告訴他，他聽完後，只是笑了笑。「跳梁小丑有什麼好怕。」

「吳員外的傷勢都處理好了？」顧清婉看弟弟一臉意氣風發，越來越有大男子的風範，臉上帶著欣慰的笑意。

「那都是小兒科。」顧清言說了一句，走到孫爺爺身邊，拉過強子坐在一旁，道：「要不讓強子跟著我學習動手術？」

「他還太小，不合適。」

顧清婉搖頭，這麼小的孩子，就讓他見那些血腥的畫面，不太好。

「我感覺強子內心很強大，應該能承受得住。」顧清言捏著強子已經變成肉嘟嘟的小臉，還用兩隻手掌擠壓幾下。

強子倒是很好奇三哥救人的本事，他還記得上次好多人送來匾額，都是稱讚三哥醫術高深。

「小婉說得對，等強子大些再說。」顧母慈祥地笑著。

顧清言笑著逗弄強子，又接著道：「對了，娘，待會兒您給我收拾兩套衣衫，我明兒和左明浩去縣城賣菜。」

「行，那我現在去收拾。」顧母說著，朝外走去。

孫爺爺聽不懂這些，有些昏昏欲睡，顧父扶著他去歇會兒。

屋裡只剩下姊弟三人，顧清婉看著顧清言快把強子折磨壞了，趕緊把強子抱進懷裡。

「你跟著左二哥，不但要看能不能賺錢，還要跟著他學習做生意的態度，你看他，見人說人話，見鬼說鬼話，這種人走到哪兒都吃得開。」

「我的志向不是做生意，我的志向是做世上最頂尖的大夫。」顧清言不以為然道。

「多學習一些總沒錯。」顧清婉嗔道。

第二日，顧清言去了縣城賣菜，顧清婉也沒閒著，讓海伯貼出告示徵收果樹苗，而她自己去巡查幾間鋪子的生意，再去藥鋪幫忙。

來藥鋪就診的婦女都是她在看的，她還認識好幾個婦人，每個人在鎮上都有些臉面。顧清婉發現給女子看病也是一門技術活，她開始注重這點。

婦女們得病的機會比男子還多，她還沒弄懂是怎麼回事，想請教弟弟，又不好意思，只得自己鑽研。

「小婉，妳也在這醫館幫忙？」顧清婉正低頭看書，聽見聲音，抬頭望去，竟然是以前村子裡的鄰居王青蓮。因為天氣轉涼的關係，她穿了一件有好幾處補丁的薄棉襖，褲子看起來很單薄，外面風大，她的臉吹得有些發青。

看清來人後，顧清婉趕忙招呼王青蓮坐下。「蓮嬸，您快裡面坐。」並且去倒了一杯熱水給她。

在醫館裡，病人大都怕涼，燒了小爐子不僅能取暖，還能燒水，倒是方便。

「妳爹他不在？」王青蓮端著熱水東張西望，沒看到顧愷之，開口問道。

第六十二章

「我爹回去吃飯了，吃完飯才會來。」此刻是午時，用餐的時辰。

「哦。」王青蓮臉色萎靡下來，看起來還有些忐忑不安。

「蓮嬸，有什麼事可以跟我說，是身體不爽利？」顧清婉試探地問道。

「這……」王青蓮有些難以啟齒，她囁嚅半天，也沒說出來。

「蓮嬸，人吃五穀雜糧，什麼病都有，您不妨直說，如果不方便，讓我給您把脈。」顧清婉看出王青蓮有難言之隱。

「小婉，我也沒什麼大病，就是總覺得那兒瘙癢，還有股味道難聞得很。不用檢查，妳給我開點藥就成。」這種病，王青蓮說出都有些難為情，好在對方是顧清婉，要是顧愷之，她都不敢說。

「蓮嬸，要不您進去，我檢查一下。」顧清婉這兩天也是這樣給別的婦女檢查。

「這不太好，還是不用了，妳開點藥就行。」王青蓮想到那裡的味道那麼難聞，要是讓顧清婉聞到，怪不好意思的。

「有病就得好好看，不是一帖藥就能解決，還得找到病源除根。」顧清婉不明白王青蓮彆扭什麼，自己都不嫌了，她有什麼想不開的？

王青蓮掙扎半天，才難為情地點點頭。「那……那好吧。」

「這就對了，來這邊。」顧清婉說著領王青蓮進入一間屋子，把門閂上。用一塊白布鋪在床上，一邊道：「蓮嬸，您脫褲子吧。」隨後，她從懷裡拿出弟弟設計的口罩戴上。

王青蓮應一聲，臉都紅了，還是磨磨蹭蹭地脫了褲子上小床躺下，雙腿夾緊。

「蓮嬸，您這樣我怎麼檢查？放鬆些。」顧清婉拍拍王青蓮的手，讓她別緊張。

王青蓮閉著眼睛，最終還是張開雙腿，雙手攥成拳。

顧清婉這才彎身查看，這一看眉頭便皺起來。王青蓮的私處是不正常的紅色，還有些液體。她用棉花輕輕蘸了一點檢視，有血色流膿，應該是內裡有問題，和前幾天她看到的一個女人問題一樣，只是那人沒有這麼嚴重。

「好了。」顧清婉將棉花扔進裝穢物的桶子裡。

「小婉，我這是什麼情況？」王青蓮下床，提起褲子纏上腰帶。

「蓮嬸，您這樣是不是有一段時間了？」

顧清婉將白布收起，打開門出去。王青蓮連忙跟上，一邊道「是」。

將白布放進更衣間的木盆裡，顧清婉把門帶上，舀水洗手，這才回道：「一會兒我開點內服藥和清洗藥，以後妳要多注意個人衛生，勤沖洗。」

「好。」王青蓮連連點頭。

隨後，顧清婉開了藥方，抓了藥，對王青蓮道：「蓮嬸，這是內服藥，每天一包，三碗水煎成一碗。一包能用兩次，也就是一天一包，記住了嗎？」

「記住了。」王青蓮點頭。

「這個藥也要煮，不過是用來清洗患處，這些藥都是七天用量，七天後您再來複診。」顧清婉把藥都用繩子綁好，綑成兩串，讓王青蓮拎上。

「這些要多少銀子？」王青蓮說著把銀子掏出來，遞給顧清婉。

「不用了，我們兩家關係還能要您銀子？娘要是知道，非得罵我。」顧清婉笑著將銀子推回王青蓮懷中。

「那我走了。」王青蓮臉上的笑容燦爛幾分。

「好，您慢走。」顧清婉將王青蓮送出門口，瞧見爹帶著強子朝藥鋪走來，還拎著一個食盒。

「爹。」顧清婉笑著接過食盒，牽強子進門。

「那是妳蓮嬸？」顧父看到那背影，覺得眼熟。

「是啊，沒收她銀子，您放心吧。」顧清婉邊說邊打開食盒。她是知道的，村人來看病，爹還是不收銀子。

剛吃罷飯，把碗筷洗完收拾好，海伯便出現了。「少夫人，剛才有人送來兩年的李子樹？要還是不要？」

「留下吧，多收點蘋果、梨之類的，耐放且味道好，百姓們也能接受的樹，樹齡越短越好。」顧清婉回道。

「是。」海伯說著，從袖子裡拿出一封信，臉上帶著別有深意的笑。

顧清婉接過一看，是夏祁軒的信，將之放進懷中，準備晚上回去再看。

「少夫人若是沒有別的事，老奴告退。」

「你先回去。」

「是。」海伯應了一聲，便轉身離開。

顧清婉在藥鋪待到黃昏時分，把今日用過的白布都以皂角洗淨，晾在屋子裡，才和顧父一起關門回家。

回到家裡，海伯準時讓下人端來飯菜，她吃完後，向她彙報一天的事。她將重要的安排好，不太重要的讓海伯自行作主，便急急忙忙回屋。

從拿到夏祁軒的信開始，她的心就回來了，很想看看他寫了什麼。

對她來說，夏祁軒的信是她的寄託。

不知從何時起，夏祁軒在她心中的分量就越來越重。

他才離開，她就忍不住想他了。

每一天都比前一天更想他。

不知他這一路上有沒有吃好？有沒有睡好？有沒有遇到危險？

不知，他什麼時候會回來？

小婉，我的身和心都在思念妳，雖然我們是有名無實的夫妻，但我此刻是真的很想妳。

我今日運氣不太好，住的房間隔音有些差，此刻雙耳塞著紙團，也無法阻擋隔壁房間裡男子粗重的喘息和女子呻吟聲。

我很想讓阿大過去要他們閉嘴，但心裡卻有些想繼續聽。因為聽到這些聲音，令我的身心都在吶喊，我想小婉，我很想，想到心好痛，想要擁吻妳，想要和妳合而為一。

心裡是多麼渴望，小婉，等我回去，妳能不能別再拒絕我，讓我徹底擁有妳，好嗎？

我此時此刻，好想品嘗妳的甜美，就像那晚一樣，心和身都如同觸電一般，電得我酥酥麻麻，那種感覺好美。我這些日子一直在想，只是簡單的一個吻都有如此感受，那麼真的擁有妳之後呢？

聽著隔壁此起彼伏的呻吟聲，我的小婉是否也會這樣？我滿心期待。

顧清婉看到此，翻了個白眼，卻忍不住笑出聲，以前怎麼沒發現夏祁軒這麼可愛？腦子裡不由幻想起夏祁軒在寫這封信時，隔壁的聲音傳進他耳裡，他雙耳塞著紙團，凝眉奮筆疾書的模樣。

等到笑夠了，顧清婉才繼續往下看。

小婉，我受不了，我的身體有了反應。越是想妳，它就越大，脹得我好痛，小婉，我該如何是好？

我現在好想小婉在身邊，想要小婉抱著我上床，脫掉我的衣衫，用妳的小手撫摸它。

小婉，告訴妳一個祕密，那晚妳摸它的時候，我好舒服，雖然我表現得很平靜，其實我很緊張。

「哈哈哈。」顧清婉肚皮笑得好痛，這男人真是太可愛了，天，這真的是夏祁軒寫的信？

原來夏祁軒就是個悶騷男，平時看起來風度翩翩，溫文爾雅，骨子裡就是個騷。

小婉，不行了，我好痛，越想那晚妳摸它的感覺，我越難受。小婉，我受不了了怎麼辦？不行，等一等。

寫信還有這樣寫的？顧清婉無語，之後一張紙上都是圓點和直線記號，揭開一張才又看到內容。

小婉，我……我懺悔，我認錯，我用自己的手解決了問題。我對不起妳，妳會不會原諒我？

妳不用說，我都能想像妳看到此的時候，臉色一定很不好看。但我答應妳，以後我會克制自己，把它留給小婉。

好在隔壁聲音消停下來，我不用再飽受折磨，但窗外月色溶溶，我想念小婉的心更深厚了。

為了早日回去，我一定會儘快處理好這邊的事，到時候補給妳一個洞房花燭夜。等我，想念妳的夫君祁軒。

「這個壞蛋。」顧清婉又好笑，又有些哀傷，兩地相隔，這種日子並不好過。這些日子以來，回到夏府時，讓她支撐下來的是夏祁軒的信，今夜，一定好眠。

三日後，顧清言從縣城回來，一到達就去藥鋪見顧清婉，瞧他一臉春風喜色，便知道蔬菜賣得好。

在藥鋪說話不便，姊弟倆便去了夏家，順便讓海伯也聽聽，有些事情還得麻煩他。

「有賺就好，不能讓左二哥虧了。那你的意思是蔬菜能種？」顧清婉問。

「蔬菜能種，反正生長週期短，用兩間溫室就能供應上。」顧清言在回來的路上，就已經把一切規劃好。

「你自己心裡有數就成。這幾天海伯收了不少果樹，已經送到地裡，待會兒你回去讓人栽上，今晚就灌水看看情況。」顧清婉道。

「行。」顧清言點頭，隨後看向海伯。「海伯，鎮上的鄉紳名士你認識幾人？」

「回言少爺，將近一半的人往來都差不多，但沒有很好關係的。言少爺是想說選拔鎮長的事？」海伯問道。

「嗯，若不是這幾天在縣城裡，都該走動了。」顧清言頷首。

「要不這樣，明兒你和海伯去走動、走動，不是還有吳員外的路子？正好讓可香休息兩天，這兩天在飯館裡請這些人吃飯，你看如何？」顧清婉想要幫襯弟弟一把。

「不用。」顧清言不想姊姊太累，直接拒絕。再說，那些人哪有資格讓姊姊親自做飯，當初是為了生計不得已，如今根本不需要這樣做。

「就這麼決定，明兒你去走動關係請人。」顧清婉臉色沈下來，雖然不知道這樣做有沒有效，但應該還是有些作用。

見顧清婉態度堅定，顧清言明白姊姊的苦心，只能點點頭，答應下來。

有了安排，一切都有條不紊地忙碌起來。得知飯館這兩天請來的人有機會支持顧清言，可香和李翔都很開心。飯館這些天也僱了掌櫃，是夏祁軒的人。

顧清婉重新掌勺，技術沒有退步，畢竟她收手的日子不長，做的飯菜味道仍然極好。請來的人個個吃得滿意而歸，足足忙碌兩天，這才忙活完。

顧清婉姊弟這邊忙活歸忙活，一同參加競選的幾人也同樣走關係請人吃飯、送禮。但顧清言不需要擔心，他醫治吳員外的條件之一，就是這次的禮品全由吳員外出，且不能寒酸。有吳員外這個財神爺，送的禮物當然都是極好，這下把握又大了幾分。

到了投票日，顧清婉是女子，不能去鎮上的大祠堂，只能在家裡等消息。

顧清言這邊選得熱火朝天，競爭激烈。

當宣布顧清言票數最多，獲得鎮長之位時，自然遭到反對。

「一個乳臭未乾的小子，也來當鎮長，憑什麼？諸位相信這小子能帶領大家有好生活嗎？」蔡有華極不滿，鼓動眾人。

顧清言看著蔡有華，眼裡滿是冷意。自己還沒找他算帳呢，就迫不及待跳出來作死，怎能不成全他呢？

在蔡有華的鼓動下，不少人交頭接耳，議論紛紛。

顧清言看著有些動搖的人，抬手示意眾人安靜，臉上帶著淺淺的笑。「如果我沒有能力，就不會來參選，因為我是很有自知之明的人。既然參選鎮長之位，便有十足把握帶大家致富，過上好日子。」

「說來聽聽，我也想知道你有什麼能力能帶大家致富？」說話的是蔡家老人，他不是針對顧清言，而是就事論事。

「想必大家也知道，如今鎮上大多數的田地都是我顧家的。」顧清言說這話時，挑釁地看了蔡有華一眼，果然從他眼裡看到不甘的嫉恨。

眾人點頭，這是不爭的事實，這裡有很多人都是從村裡搬遷到鎮上的人家，他們的地都還在村子裡。

「這也不能說明什麼。」其中一人說道。

「大家或許還不知道我最近在種植非當季蔬菜的事？」顧清言站得筆直，在眾多目光的注視下，沒有絲毫膽怯，帶著強大的自信。

「知道一些，聽說都賣光了，而且生長週期很短，才幾天就種出來，真神奇。」有些人的消息比較靈通。

「對，單靠這一點，我就可以帶領大家致富。」顧清言自信地道。

「意思是要我們全部的人給你做工？」蔡有華嘲諷地問道。

「也可以，但我完全可以教你們種植的技術。」顧清言說著，眼裡閃過一抹精光，但他不會讓姊姊把井水拿出來。

「聽說是你姊姊會調製藥水，才有這奇效，難道你捨得把藥水貢獻給大家？」一道沙啞難聽的聲音響起。

「對，既然要做鎮長，就把這調製藥水的方法交出來。」蔡有華好像逮到希望一樣，人心都是貪婪的，不管這消息是真是假，相信這些人都能逼死顧清言。

「我選鎮長和我姊姊有什麼關係？真是笑死人。我好心帶領你們致富，一個、兩個質疑我的能力，現在還要我姊姊把獨門配方交出來，你們覺得可能嗎？換成是你們願意嗎？我可以把種植技術教給你們，但你們不能強迫我家人。」顧清言聽見這話，冷哼道。

見很多人被說得沈默下來，蔡有華仍不甘心。「這就是做鎮長的付出，就這麼一點貢獻你都捨不得，還談如何帶領眾人致富？」

「蔡有華，你說得真好聽，那你自己呢？做了六年鎮長，給鎮上帶來什麼？你糟蹋多少良家婦女，欺壓多少良善，坑害多少人，心裡應該有數吧？如果沒數，我可以樁樁件件找到證據指出來。」顧清言本來今日就是要打蔡有華的臉，既然蔡有華想要顧家的地，自己就讓他一無所有。

話音一落，無數雙眼睛盯著蔡有華看。回過頭去想，蔡有華確實沒什麼作為，暗地裡還有些傳言。

「休要胡說！你才到鎮上幾天，知道什麼，別信口雌黃冤枉人。」蔡有華急忙辯解。

「不說遠的，就說近的，我就被你坑害過。」

顧清言今日說什麼也不會給蔡有華翻身的機會，前些天收集的資料可不能浪費。

「你！我什麼時候坑害你？你再亂說，我抓你去縣衙！」蔡有華說這話時，顯然底氣不足。

「不就是因為你，我才會被孫正林告到縣衙的嗎？這可是孫正林親口說的。」

「我沒有，他冤枉我！」蔡有華想抵賴，腦子裡突然靈光一閃，難道就是因為這點，顧清言才要參選鎮長，為的就是來打壓他？心裡突然恨極了孫正林，若是當初他不起貪婪之心，是不是就不會有今日之事？現在竟然生出絲絲後悔之意，但如今情勢到了這地步，後悔已經沒用。

第六十三章

見兩人又要鬥嘴，群眾中一人開口道：「行了，今日我們不是來看你們兩個吵架鬥嘴，是來選鎮長的。」

「鎮長我不當了，你們誰愛當誰當。但是蔡有華不能當，他沒資格，因為他即將成為階下囚。」顧清言發現和蔡有華說理說不通，乾脆送到縣衙去，以曹先良害怕夏祁軒的心，一定會好好調查蔡有華。

「顧清言，你別太過分！」蔡有華害怕起來，指著顧清言跳腳大吼。

「說話不是靠聲音大就厲害，我相信新鎮長很樂意用你來樹立他的好形象。」顧清言冷笑一聲，看向周圍的人。「對了，曾經被蔡有華欺負過的，都可以聯名上告，多多益善。」

「清言，鎮長不是你說不想當就不當的，未免有些兒戲。」說話的是吳開友，他希望顧清言當鎮長，這幾天吳仙兒的表現讓他明白了一些事。

「就是，說當就當，說不當就不當，真不像話。」吳員外的好友毛友發附和道。

「吳員外，你們不是質疑我的能力嗎？我沒那能力就退出。」顧清言看中的不是鎮長位置，而是當眾打蔡有華的臉，反正今日以後，蔡有華在鎮上無法立足。

「張騫，把這人綑了，送去縣衙。」顧清言對祠堂外喊道，還是姊姊厲害，未卜先知，把張騫借給他用。

「你有什麼資格綑我？我是鎮長！」蔡有華叫嚷道。

「我是良民，當然要將你這狗東西送去縣衙，為民除害。」顧清言話音落下，張騫已經把蔡有華綑綁起來，沒人敢上前阻止，就連蔡家那老頭都沒開口。

顧清言見無人開口，嘴角勾起冷笑，朝張騫揮手，準備要走，卻被人阻止。

「你想怎麼樣？」顧清言看著眼前擋路的，竟然是蔡家那位老人。

「把蔡有華放了，給你當鎮長。」老人本不想管，但蔡有華始終是蔡家子弟，看著他被帶走，有些說不過去。

「都說了，我不當鎮長。身為大夏王朝的一分子，我有權力為民除害對不對？」顧清言淡淡道。他才懶得當鎮長，現在他改變主意了，他的志向不在這裡，他要去縣城。

這是他看到左明浩販賣那些蔬菜後而有的想法，這想法都還沒告訴姊姊呢，但為了收拾蔡有華，才會有今日這齣。

「那你不當鎮長，還會教大家種植非當季蔬菜嗎？」有人提問。

「自然，但是想要逼我姊姊交出配方，那不可能。」顧清言冷冷道。

「這是自然。」能坐在祠堂裡的人，都是有些身分地位的。

「老先生，麻煩讓路。」顧清言凝眉，要不是眼前的人上了年紀，他說話就不會這麼客氣。

蔡家老人也知道顧清言心意已決，今日是阻擋不了的。反正顧家現在如日中天，他沒必要為了蔡有華得罪顧家。

「不管誰當上鎮長，到時記得到飯館吃飯，我請客。」顧清言笑咪咪說完，便繞過蔡老頭離開。

「這孩子，真胡鬧。」吳員外看著顧清言離開的背影道。

「算了，這孩子非池中物，這窮山小鎮困不住，仙兒若是有心，你可要好好把握。」毛友發低語。

「唉，女大不中留啊。」吳員外嘆了口氣。

這頭，顧家坐滿了人，都在等待消息。等了半天，才見顧清言慢悠悠回來，臉上帶著笑意。

選上了？看他表情，所有人都這麼認為。不過小五的樣子有些不自然。

「張騫呢？」顧清婉沒看到張騫跟著回來。

「當然是把那東西送到縣衙去。」顧清言笑道：「我餓了，先開飯。」

顧清婉一陣好笑，和娘一起去端菜。

顧父和海伯、順伯擺桌子，顧家現在每頓飯最少兩桌，加上夏家這邊，就得三桌。吃飯的時候顧清言坐在顧清婉旁邊，姊弟倆邊談邊吃，其他人都聽著他倆說話。顧清言把今日的事情都交代了。「姊姊，妳說我做得對嗎？」

「既然無心，還是不做的好。自己受累不說，若是無法讓人家致富，都要怪你，這可是吃力不討好的事。」她知道弟弟是想對付蔡有華，如今蔡有華已經完蛋，也就沒必要那麼累了。

「姊姊，其實我是有了別的想法。」顧清言小心翼翼道。

「怎麼了？」顧清婉心有疑惑。

「我想去縣裡發展。」人往高處走，當初在村子，他想往鎮上發展，養家餬口。但如今有了點本事，他想去縣裡，到了縣裡，才有更好的發展空間。

此話一落，眾人都停了筷，看向顧清言。孫爺爺當先表態。「你還年輕，是該去縣裡發展。」

其他人都贊同，顧母眼裡閃過不捨。兒行千里母擔憂，這還沒離開呢，她就擔憂起來了，害怕顧清言去縣裡發展，會遇到阻礙。

「這是你跟著左二哥以後有的想法？」顧清婉問道。

「是，但我還是想徵求姊姊的意見。」顧清言是想讓姊姊一起去縣城，有姊姊在，他不管做什麼都很安心。

「可以，反正縣裡也有夏家的鋪子。」顧清婉自然希望弟弟能越飛越高，但在還沒有成長起來之前，她得一路保駕護航。

「姊姊，謝謝。」顧清言感動得眼睛通紅，鼻子發酸，喉嚨發脹。從穿越過來到現在，只有姊姊最支持他、瞭解他。

「我們是姊弟，別說這麼見外的話。」顧清婉放下碗筷，掏出手絹為弟弟抹淚。「你已經是大人了，還要哭鼻子，強子會笑話你的，是不是，強子？」

說著，問一旁呆呆看著他們的強子，強子笑起來，連連點頭。

顧清言朝強子凝眉。「強子，是不是姊姊說什麼你就應什麼？」

強子想也沒想地點點頭，在他心裡，顧清婉比誰都重要，如果沒有顧清婉，就沒有現在的一切。

「那你以後也要對姊姊好，聽姊姊的話。」顧清言笑了，有個人和他一樣尊重姊姊，他很開心。

看到孩子們感情好，顧父、顧母一臉高興。孩子們團結友愛，是父母最樂意看到的，大女兒深得幾個小的愛戴，他們也很開心。

一頓飯下來，因為顧清婉姊弟倆的關係，氣氛更加融洽，其樂融融，每個人臉上都笑意滿滿。

吃完飯，顧清婉沒有急著離開，而是和弟弟商量接下來要做的事，等確定了計劃，她才和海伯一道回去。

因為顧清言的關係，打亂了原本的計劃。但顧父、顧母已經表態，孩子們想做什麼他們不阻撓，他們二老就在鎮上住下去。一來為照顧孫爺爺他們，二來在船山鎮有了家的感覺，不想再搬來搬去，所以顧父、顧母和孫爺爺他們就不用搬遷。

可香黏的是顧母，自然是顧母在哪兒她在哪兒，強子還小，留在顧父身邊學醫。顧清言有了想法，將來強子一定要成為他醫院的頂梁柱，當然希望他好好跟著顧父學習醫術。

要搬遷的只有顧清婉姊弟倆，但也沒有這麼著急。

蔡有華的家在第三天便被左楊帶著一隊衙役抄了，該抓的抓，該放的放，不過只針對蔡有華那一房，其他兩房沒有什麼影響，畢竟做壞事的只有蔡有華。為此蔡有華的妻子、孩子們還跑到顧家大鬧一場，被顧清婉強勢壓制，再也不敢來鬧事。

而顧清言比較忙，決定要去縣城發展後，他得先看看果樹是不是和蔬菜一樣的情況。連續兩天觀察後，發現本該落葉的果樹又發了新芽，這讓顧清言很滿意。

不愧是萬能井，如此神奇！顧清言已經迫不及待想看看第三階段的井水能有什麼效果，可惜後面的字還是灰濛濛的看不見。

不過能有現在的地步，顧清言已經很滿足，一步一步紮穩腳跟才行，顧清言深知這個道理，什麼都不能一蹴而就，不可能一口吃成胖子。

顧清婉仍然每天在藥鋪幫忙，算算時間，這都是王青蓮拿藥回去的第八天，還沒見她過來。她很想知道自己的診斷準不準確，對於女人病，她還在慢慢探究中，沒有百分百的把握。

這些日子秋收冬種麥，家裡都忙，沒來也不奇怪。

日子過去，出外的人終會歸家，此刻夏家門口，停了一輛風塵僕僕的馬車。

「畫秋，我頭髮亂不亂？臉花不花？」車廂內，老太太摸著並不亂的鬢角問道。

「老夫人，不亂，您的樣子好看著呢。」畫秋無語，快到船山鎮時，老太太就讓她梳妝打扮，一路問到船山鎮，她都嗓子冒煙了，老太太卻不厭其煩。

「那就好。」老太太樂呵呵地笑著，這才挑開簾子，朝周圍看。看到夏家大門時，微微皺起眉頭。

路才放了車凳，畫秋先行下馬車，而後扶著老太太下車。

陳詡在一旁雙手抱胸，面無表情地道：「我還有事，就不送您們進去。」說罷，直接上了馬車。

路才心裡直樂，公子肯定是趕著去飯館，他也好想念雲來飯館的飯菜啊！

陳家主僕離開後，老太太和畫秋拾級而上，大搖大擺地就要進門，完全沒把一旁守門的小安和小順看在眼裡。

「兩位老人家，請稍等，您們找誰？」小安和小順道。

「對喔，我們怎能大剌剌進去。」老太太說著，退後兩步，挺了挺腰板，對小安、小順道：「讓夏祁軒和他媳婦，還有夏海出來迎接我，就說老太太我來了。」

畫秋翻了翻白眼，老太太，您能不能不要這般遲鈍？剛開始不就應該這樣嘛，讓人攔下來再說這話，這樣顯得不那麼尊貴了。

小安和小順互看一眼，都感覺對方來頭一定不小，能直呼公子名字，又能隨便喊出夏大管家名字的人，他們可不敢怠慢。

小安恭敬地點頭。「二位稍等，小的去去就來。」說罷，跨過大門，快速跑去稟報了。

「不愧是夏海教導出來的下人，這點涵養還不錯。」老太太點點頭。

畫秋亦點頭稱是，想想，她都好久沒見到夏海了，不知道這老頭變成什麼樣了？

不多時，腳步聲響起，便見夏海急匆匆走來，身後跟著小安，其餘一個人都沒見到。老太太不滿地皺起疏白的眉。「怎麼就你一個人？祁軒和我孫媳婦呢？」

「老夫人，您怎麼來了？」夏海正在查點糧食，聽見小安稟報，心裡有幾分猜測，但不敢確定，畢竟楚京離船山鎮這麼遠，路途要一個月，老太太和畫秋怎麼可能走到這裡？

看到兩人，夏海震驚不已，完全回不過神來。

「怎麼，老太婆我不能來？我不是收到你的信，說祁軒好不容易找到一個好媳婦，這不是太高興了，才趕來看看我那孫媳婦嘛？」老太太一臉不悅，以為夏海不歡迎她。

「老夫人，老奴不是這個意思。來，先進屋再說。」夏海趕忙錯開身子，請老太太進門。

畫秋看著夏海，眼裡滿是歡喜，但現在不是他們說話的時候，便扶著老太太進門。

「祁軒和我孫媳婦呢？」老太太舉目四顧。

「回老夫人，公子已經回楚京，算算時日，應該到了……」夏海話還沒有回完，老太太驚呼。「那我不是白跑一趟？看不到我孫媳婦了？」既然祁軒回去楚京，想必會帶上他媳婦。

「老夫人安心，少夫人並未和公子回京。」夏海怕老太太一點一點地問，直接把夏祁軒和顧清婉之間的事都講完。

「原來如此，那我孫媳婦現在不在府中，在她家藥鋪？」老太太一隻腳踏進正廳，一隻腳在門外，見夏海說是，又撤回來。「那我們去藥鋪見她。」

「老夫人，路途勞累，老奴看您還是先吃些東西，休息好再去看少夫人也行。少夫人傍晚就會回來。」夏海知道老太太性格，雷厲風行，說什麼就是什麼，但還是忍不住要勸上一句。

「老太太我精神好著呢。」老太太聽完夏海的描述，沒見到顧清婉本人，都已經喜歡得不得了，迫不及待要去看看她的孫媳婦。

既然無法阻止，夏海只能聽命，讓人備馬車，帶著老太太和畫秋去見顧清婉。

只是老太太童心未泯，竟然想了個壞主意，不直接告訴顧清婉身分，想要考驗、考驗她。

藥鋪裡，顧清婉幫著她爹抓藥，顧愷之為病人針灸，強子在一旁觀看。今兒藥鋪裡還多了一個人，吳仙兒。

也不知道吳仙兒發什麼瘋，非得來幫忙，搶著把病人用過的白布拿去清洗。顧清婉懶得管她，只要吳仙兒不害人就成。

「蓮嬸，您過來了。」顧清婉正把藥遞給病人，眼角餘光瞧見門口有人進門，側頭看去，是王青蓮。

「是啊，我還擔心小婉妳不在呢。」王青蓮氣色好看了幾分，沒像先前那樣萎靡。

「怎麼樣？好些了嗎？」顧清婉主動問。

「嗯，好很多，不再癢了，味道也沒以前重。」王青蓮點頭，對顧清婉的態度尊敬了幾分。

「我再給您檢查一下。」顧清婉說著，領著王青蓮進其中一間屋子。

等檢查完，不待王青蓮問，她便道：「我再給您開七天的藥，徹底根除，但您要記住，以後要勤沖洗。」

「需要加什麼嗎？」王青蓮問道。

「不用，加東西洗反而不好，每天燒點水，不過要燒開，涼一涼，等您自己身體能接受的溫度再洗最好。」顧清婉說著，去開藥方。

吳仙兒洗完白布，湊過去觀看，她現在真的很佩服顧清婉，感覺她什麼都會，真了不起。她以前錯聽小人言，誤會她，現在才知道誰是珍珠，誰是魚目。

開了藥方，顧清婉便去抓藥，吳仙兒趕忙道：「讓我幫妳抓，好嗎？」

顧清婉看了她一眼，淡淡點頭。「可以，每樣藥材的斤兩不能出錯。」

「好。」吳仙兒高興壞了，連忙接過藥方，跑到櫃檯後，鋪上紙，才照著方子上的藥找藥櫃上的名字。

「小婉，她行不行？」王青蓮有些擔憂。

「您放心，我會盯著她。」顧清婉笑道。

「她是誰？」王青蓮是個喜歡八卦的人。

「她是我朋友。」顧清婉只能這樣回答。不管和吳家有什麼恩怨，弟弟現在都不放在心上，她也不會揪著不放。

王青蓮點點頭，如今顧家有錢有勢，在鎮上定認識不少人。

第六十四章

吳仙兒每抓一次藥，顧清婉都要盯著她，讓吳仙兒特別緊張。這十月的天氣，硬是弄得一身汗，好不容易把藥抓好，才鬆了一口氣。

顧清婉見吳仙兒抓藥沒錯，第一次朝她露出友好的笑容。隨後把藥包好，用粽繩慢慢綑綁，一步一步都很慢，這是讓吳仙兒學習。

「好了以後，記住我說的話。」顧清婉把藥遞給王青蓮。

「好。」王青蓮點點頭，沒有要拿出銀子的意思。

顧清婉送王青蓮出門，隨後才回身。

吳仙兒撇撇嘴。「就算認識，也不能不拿銀子吧，連做樣子都不做，怎麼有這種人啊？」

聽見這話，顧清婉瞥了吳仙兒一眼，她趕忙住嘴不說。

街道上，小巷子裡，夏海對老太太道：「老夫人，剛才那位就是少夫人。」

「長得果然標緻，是個可人兒。」老太太說著，轉頭問畫秋。「妳是和夏海說說話，還是陪我進去？」

畫秋看了夏海一眼，笑道：「老奴自然是陪您。」

「我看還是算了，也這麼長時間不見，你們兩個先回去，好好聚聚。」老太太說著，也不等畫秋答應，便朝藥鋪走去。

夏海和畫秋目送老太太進門，才回夏府。

這一幕，在路邊扮作路人甲的張騫都看在眼裡，見到老太太他也很震驚，但想到老太太的性子，也就釋然了。

老太太一進門，便喊道：「大夫，救命啊！」

顧清婉在記錄王青蓮的病症，聽見這聲音，抬頭望去，只見一個五十來歲的老太太弓著身一臉痛苦，按著膝蓋走進門來。

老太太今年六十八歲，身體硬朗，人也不顯老，看起來不過五十來歲，這還是因為她有一身武功底子。但她早些年跟著她家老頭北上，在雪地裡傷了膝蓋，這些年膝蓋不太好，正好趁此來考驗顧清婉。

顧清婉只看到老人痛苦，也沒細細打量她身上華麗的綢緞衣裳，趕忙過去扶著老太太坐下。「老人家，您是哪兒不舒服？」

「膝蓋疼。」老太太搓揉膝蓋，這可不是裝的，她的膝蓋每天都會隱隱作痛，颳風下雨的時候會痛得更厲害。

「老人家，放鬆些，我給您摸摸。」顧清婉輕聲說著，蹲下身用手輕揉老太太的膝蓋，從膝蓋往下移，一點一點地捏摸。

顧清婉的小手力度拿捏恰當，把老太太捏得很舒服，一臉享受，整個人放鬆下來。還沒享受一會兒，她手上動作停下來，老太太急忙問道：「怎麼停了？繼續，繼續。」

看得一旁的吳仙兒皺起眉頭，怎麼感覺這老太婆像裝病？

「老人家，我能把您鞋襪脫掉，褲腿挽高一些檢查嗎？」隔著厚厚的棉褲，摸不準，顧清婉才有這要求。

「可以。」老太太反正已經做好把自己交給顧清婉折騰的準備。

「那就得罪了。」顧清婉說著，站起身一把抱起老太太。

突如其來的一幕把老太太驚訝得不行，直到進入小房間，被放在床上，她才回想起夏海說過，顧清婉力大無窮。腦中不由想到一幕，不知道顧清婉抱著夏祁軒的畫面是不是很美？真期待看到這一幕。

顧清婉把老人放在小床上坐下，便為她脫鞋襪。

小屋裡瞬間瀰漫一股腳臭味，老太太還在幻想，卻被自己的腳臭熏到回過神來，有些不好意思地把腳往後藏。她連著趕路多日，腳整天悶在鞋子裡，不透氣，味道有些重。

顧清婉看到老太太這麼可愛，忍不住笑起來，她根本不介意這個，輕輕抓住老人的一隻腳踝，便從膝蓋開始檢查。

見顧清婉毫不在意自己的腳臭，老人心裡更加滿意這個孫媳婦。

「老人家，您的腳可是在颳風下雨天更疼？」顧清婉檢查完一隻，換到另一隻。

老太太點點頭，積極配合回覆顧清婉的一個個問題。

半晌後，顧清婉把老太太的棉褲放下，一邊道：「我幫您洗洗腳，再扎幾針。」老人家的風濕有些年頭，按理說會比現在還嚴重，但不知用了什麼方法緩解，且老人家的身體裡有一股力量，使其氣血更充足。

「好。」老太太點頭，她也不問能不能治好的話，她在楚京看過最好的太醫都無法根治，別說這麼一個小姑娘。

顧清婉去拿木盆，在火爐上舀水，外人看是如此，但只有她知道，她現在舀的是井水，且是加熱的水。

端著水進了房間，顧清婉蹲下身，把老太太的腳放進盆中，重新挽起褲腿洗腳，動作輕柔，再按摩穴道，把老太太歡喜得不行。

這時，外面傳來顧清言不耐的聲音。「妳怎麼在這裡？」這話想必是問吳仙兒，只聽見吳仙兒囁嚅半天，沒說出一句話，隨後小屋房門被敲響。

顧清婉起身去開門。「怎麼過來了？」弟弟這幾天一直盯著果樹，順便種植兩間溫室的蔬菜，還要去教鎮上的人建溫室，忙得不行。

「今日的果樹都開了花，白色的蘋果花和粉色的桃花，漂亮極了，我讓妳去看看，要不明日就花落了。」顧清言笑道。

「你先回去，我忙完再過去。」顧清婉說著，又折身蹲下給老太太洗腳。

老太太聽兩人說話親密，皺起了眉頭，以為是哪個勾引她孫媳婦的小白臉，忽略了開花的果樹。

「我等妳一起，我能進門嗎？」顧清言站在門口。

顧清婉看了看老太太，見老太太點頭，她才道：「進來吧。」

麼。

顧清言看到姊姊在給人洗腳，心情不太好，臉色陰沈下來，但當著別人的面不好說什

老太太看到顧清言的模樣後，眼裡閃過一絲驚訝，隨後是疑惑。

顧清婉為老太太擦乾雙腳，讓她躺下，對弟弟道：「把銀針給我取來。」

「好。」顧清言應聲出去。

老太太從頭到尾都聽著姊弟倆交談，一句話不說，這少年恐怕就是她孫媳婦的弟弟，但是怎麼長得和遠在京城的武侯韓玄霸年輕時一個樣子？

顧清婉見老人不開口，她也不好說話，出去拿過消毒用的盒子，加了井水和烈酒。

顧清言取來銀針盒，見姊姊把消毒水準備好，不待吩咐，把銀針放進去泡著。

老太太心裡有事，直到顧清婉扎完針她都沒感覺，一雙眼睛盯著顧清言看。

顧清言被一個老太婆盯著，心裡發麻，趕緊出去，情願在門口等。

「老人家，以後每晚用開水燙腳，儘量不要讓腳受涼、受風。」顧清婉扎完針，怕老太太無聊，找著話和老太太說。

「開水怎麼燙腳？」老太太驚訝極了，那不是把腳都燙起泡了？

聽到她的話，恐怕很多人都會有這種想法，顧清婉頓時笑起來，連忙解釋道：「老人家，用開水燙腳也是有燙法的，不是讓您把整隻腳放進盆中，那樣誰都受不了。用腳板碰一下水後，放到另一隻腳背上蹭一下，燙感會少些。雙腳換著來，如此直到水溫能放下您的雙腳，然後泡上一會兒。」

「夏天也這樣？」老太太貫徹不懂就問的真理。

「夏天可以等水涼上一些再泡，若是滾燙的水，還不熱壞人？」顧清婉都被問得有些無語。

老太太煞有介事地點點頭。「以前從來沒有人給老太婆我這樣說過，今日算是長了見識。」

「我這些都是土方，讓老人家見笑了。」顧清婉笑道，也不解釋那麼多。

老太太很滿意顧清婉的性子，愛恨分明，待人和善有禮，不矯揉造作，是個好女子，難怪祁軒那塊木頭會動心。

兩人有一句沒一句聊著，等拔完針，顧清婉為老太太穿上鞋襪，方才告一段落。

老太太蹬了幾下腿，感覺膝蓋果然舒服多了，別說膝蓋，身上也一陣輕鬆，就連趕路多日的疲憊都一掃而空。

「姊姊，走吧。」見顧清婉從小房間出來，顧清言便迎上前。

吳仙兒已經被顧清言氣走，只剩下顧愷之和強子，顧清婉想等著送老太太離開再走，可是老太太從房間出來後就逕自坐下。「我渴了。」

「我這就給您倒水。」顧清婉走到爐邊，見鍋裡的水未開，直接舀了一碗井水給老太太，自然是變熱的水。

老太太接過水吹幾口，才輕抿一口。「水沒有味道，但很好喝。」

見顧清婉只笑不語，顧清言就知道她用的是萬能井的水。

顧愷之看了姊弟倆一眼。「你們有事就先去忙，這邊我招呼就好。」

「好。」顧清婉應一聲，便對老太太道：「老人家，您先坐，我還有事要出去一趟。」

「去吧，去吧。」老太太揮手趕人。她決定先回去，想看孫媳婦到時看到她會是什麼表情。

顧清婉走到還在看醫書的強子面前，捏捏他的小臉。「姊姊去看花，你去不去？」

強子搖頭，舉起手中的醫書，示意他要看書。

「那你乖乖看書。爹，我們走了。」顧清婉和強子說完，又和父親說了聲，便跟著弟弟走出藥鋪。

剛一出藥鋪，顧清言就垂下臉來。「姊姊，這老太婆是不是有病？一直盯著我看。」

「她是看你長得俊。」顧清婉笑道。

扮成路人甲的張騫看了一眼身後的藥鋪，也跟著顧家姊弟離開，他的任務是保護顧清婉。

這一頭前腳剛走，陳詡主僕便找到這裡來，一進藥鋪便見老太太端坐著喝水，顧愷之在搗藥，強子在看書，他裝作沒看見老太太，走到櫃檯前。「小婉他們呢？」

「去地裡了，剛走，你走快些還能追上。」顧愷之笑著指了指方向。

陳詡淡淡點頭。「多謝。」

老太太放下茶碗，站起身。「我也告辭了，銀子讓這位公子付。」說著，繞過呆愣住的陳詡，邁步離開。

顧愷之亦是一臉茫然，他指著陳詡。「你們認識？」

「算是。」陳詡點點頭，掏出一兩銀子扔在櫃檯上，便走出藥鋪。

顧愷之不收銀子的話都還沒說出口，主僕倆已經消失在門外。

老太太出了門，等在門口，見陳詡出來，沈著臉道：「不准去找我孫媳婦。」

「來的時候您可不是這麼說的。」陳詡皺眉道。

「我現在後悔了不行嗎？」老太太蠻不講理地道，陳詡一看就是對她孫媳婦有壞心思，現在祁軒不在，她怎能讓陳詡待在她孫媳婦身邊？

「……」陳詡真想一拳把老太太轟飛。

「我現在迷路，不知道夏家在哪裡，你送我回去。」老太太也不管陳詡願不願意，隨便挑了個方向，拉著他就走。

陳詡在心裡嘆了口氣，看來只能晚一天見到小婉了。

路才跟在二人身後，為他家公子默哀。本來滿心歡喜到了飯館，卻不見伊人芳蹤，好嘛，想著興許在顧家，換了行頭去，仍然撲了個空。到了藥鋪，眼見就要見到朝思暮想的人兒，卻又有阻撓，真可憐。

這就叫時不我待，不對，是不待他家公子。

這一頭，顧清婉姊弟和張奮到了地裡，進了溫室，果然一株株果樹花開正盛，白色、粉色，交織在一起，宛如人間仙境。

「怎麼樣？」顧清言看著姊姊臉上的笑容，也被她的歡喜之情感染。

「好美！」顧清婉忍不住跑到樹下，想在樹下奔跑，來表達她現在很開心。

顧清言見姊姊這麼開心，便安下心來，這些日子姊姊過得太壓抑，這是她這段時間來笑得最真誠的時候。

「喝茶嗎？」顧清言看了一眼目光緊隨姊姊的張騫，男人的直覺讓他察覺到了什麼。

「好。」張騫感覺到顧清言似笑非笑的目光，這才反應過來，連連點頭。

由於天氣轉涼的關係，在溫室裡燒了地爐，顧清言打水燒上，準備好茶葉，便讓張騫坐一旁。

「聽說上次你在夜市把人家桌子劈了？」顧清言用鑷子把茶葉一片片挾進茶壺中，漫不經心地問道。

張騫面無表情地點頭。

看張騫沒有要解釋的意思，顧清言直接挑明問：「為什麼？因為我姊姊？」這些日子，有一些閒言碎語還是會傳進他耳裡。

「不是。」張騫想否認。

顧清言淡淡地睨了張騫一眼，並沒再說什麼。

直到水燒開，顧清言慢慢地泡了茶，再將茶水斟上推到張騫面前，也沒再說一句話。

張騫端起茶，一飲而盡，目光若有若無地看著遠處。為了不對不起公子，他還是請求海伯把他調走吧，避開是現在最好的選擇。

毫無所知的顧清婉則很開心，她很想留住這些花，看起來那麼弱小，卻有不可思議的力量，能結出一顆顆甜美的果實，這就是自然之力。

花開花落，能帶給人歡樂，同樣也會有悲傷。或許是樂極悲來吧，顧清婉心情突然低沈下去，覺得一切都是這麼無趣，或許夏祁軒在，又是另外一番景色。

就如夏祁軒所說，和不一樣的人看風景，心情都會不一樣。

不知道他怎麼樣了？

當思念濃到極致，另一方便能感覺得到。

「祁軒，你在想什麼呢？」楚皇連喊了幾聲，夏祁軒都沒回應，他只呆呆地看著外面白雪飄飄的天空。

今年的楚京已經下了第二場雪，到處銀裝素裹，美不勝收，風景如畫，佳人卻不在。

慕容長卿哪裡看不出夏祁軒在想什麼，搖頭笑道：「世上能讓祁軒和陛下說話時走神的，自然是遠在他方的那個人。」

「自從你回京，把那女子誇得天上有地下無，朕都忍不住想要見見這個女子。」楚皇笑道。

夏祁軒、楚皇、慕容長卿三人關係一直很好，說話都很隨意。

慕容長卿一臉壞笑，走到夏祁軒旁邊低語。「既然如此想念，那你快點收拾、收拾去見她。」

此話一出，夏祁軒才收回目光，睨了慕容長卿一眼。剛才是他的錯覺嗎？好似感到小婉也在思念他，不由一陣喜悅，心已經飛回船山鎮。

想要快點見到他的小婉，他沒想到自己白回京城一趟，雖然有證據，卻還不足以扳倒白三元。

那隻老狐狸藏得太深，這證據固然重要，卻不足以讓他萬劫不復。

「那麼陛下準備什麼時候動手？」夏祁軒問道。

「還得等，等老狐狸露出尾巴才行。」楚皇嘆氣道。他這個皇帝做得真窩囊，連個大臣都不敢對付。

夏祁軒的臉沈下去，這一等要何時才是個頭？

第六十五章

楚皇看明白夏祁軒的心，開口道：「朕不急，等到春闈之後再行動。」

「陛下是想先網羅人才？」夏祁軒挑眉。

「網羅人才是一方面，最重要的是等老狐狸露出尾巴，朕才好踩著老狐狸的尾巴，將他一擊必殺。」楚皇轉動著拇指上的玉扳指，眼裡露出陰鷙之色。

「陛下的意思祁軒明白。」夏祁軒點頭，春闈過後，一定會分出狀元、榜眼、探花，還有進士，到時候老狐狸肯定也會收門生，陛下再治老狐狸結黨營私之罪。自古帝王最忌諱朝中大臣拉幫結派，那時，陛下便能抓老狐狸的尾巴。

這麼一算，至少還得四、五個月，時間太久，他等不了。他答應過小婉，要在除夕夜之前趕回去，若是如此，不必等到那時，現在就能出發了。

楚皇接著沈吟道：「張雲山妻女的下落可有眉目？」

單憑顧愷之那份證據，分量不夠，但若是加上可以指證白三元的人呢？張雲山之死，白三元脫不了關係，若其妻女能出面指認……

經過此次夏祁軒的調查，張雲山與顧愷之交好，死前仍與他互通書信。張雲山死後，其妻女想必會去投奔顧愷之。

夏祁軒道：「還在調查。」

楚皇點點頭，不再多問。

「是不是心都在千里之外了？」慕容長卿忍不住調侃。

夏祁軒懶得理慕容長卿，抱拳對楚皇道：「陛下，若沒有什麼事，祁軒先行告退。」

「在那之前趕回來就成，朕需要你。」楚皇拍了拍夏祁軒的肩膀，兄弟多年，很多話不用說，彼此明白。

「是。」夏祁軒應聲，轉動輪椅離開。

聽著輪椅轉動的轆轆聲漸行漸遠，慕容長卿嘆了口氣。「陛下打算隱瞞祁軒到什麼時候？」

「至少現在不能告訴他，若他曉得自己的雙腿是被白三元害得無法行走，朕怕他忍不住報仇，破壞朕的計劃。」

「祁軒不是衝動的性子，就算知道真相，恐怕也會忍一忍。」慕容長卿說著，為楚皇倒了一杯茶。

「至少等他得知真相的時候，已經快能報仇，那樣的效果才最好。」楚皇輕啜一口茶水，放下茶杯悠悠道。

慕容長卿沒再接話，他明白楚皇是不想夏祁軒受到仇恨的影響，怕他再變成以前那個殘忍的笑面虎。

當初，夏祁軒高中狀元，正是春風得意的時候。白三元擔心他入朝為官，成為楚皇的得力臂助，便下手暗算，挑斷他的腳筋。

自此夏祁軒再不能行走，又逢卿家退婚，心性大變，翩翩佳公子竟成了煞星，遇佛殺佛，遇魔殺魔，將楚京攪得滿城風雨。

楚皇不忍見他這般沈淪下去，便將找到顧愷之，取回證據的重任交給他。

夏祁軒並非不知好歹的人，楚京又是傷心地，便領命遠走。

經過多方查探，才初步斷定顧愷之在船山鎮，便以米鋪作為幌子，在附近深入查找。

也因此，與那個女子結緣。

如今的夏祁軒心性顯然已經轉變，不像以前那麼陰暗，心中更是有了牽掛，不再無所顧忌。

是因為那個女子吧？

船山鎮——

顧清婉回到夏家，才進二門，便聽到嘻嘻哈哈的笑聲從正廳傳來，聽聲音有些耳熟，卻想不起來是誰。

「少夫人。」門口小廝見到她，恭敬地打招呼。

她淺笑。「今兒家裡可是來客人了？」

「是的。」小廝到現在還沒弄明白老太太的身分。

「恭迎少夫人。」海伯從正廳裡聽見顧清婉的聲音，迎了出來，跟著出來的還有畫秋，她上前一步屈膝一禮。「老奴畫秋，見過少夫人。」

「妳好。」下午顧清婉沒有見到畫秋，自然不認識，禮貌地問候，順便虛扶一把。

「小婉，怎麼才回來？祖母我可是等了好久。」老太太忍不住跑出來，她本想在裡面坐著，嚇顧清婉一跳的，但很沒志氣地先跑出來。

顧清婉凝眉抬眼望去，看到來人竟然是中午去藥鋪的老太太。

夏海看出顧清婉的疑惑不解，解釋道：「少夫人，這位是公子的祖母，今兒剛從老家那邊過來。」

祖母？自從顧清婉和夏祁軒成親後，夏家眾人對夏祁軒的身分都是三緘其口，現在多了一個祖母倒也不奇怪。

顧清婉這才回過神來，連忙走到老太太跟前，從善如流道：「孫媳見過祖母，祖母在前，有眼不識泰山，還望祖母見諒。」

「是不是很驚喜？」老太太牽著顧清婉朝正廳裡走，拉著她一起坐在主位上。

顧清婉想說驚喜沒有，驚嚇倒是有，她從來沒見過這樣的老人，老人不是都很一本正經的嗎？

「祖母今兒可是為了考驗小婉？」顧清婉忍不住開口問道。

「妳是不知道，夏海把妳誇得天上有地下無，我一時好奇，就去探究竟了。」老太太也不隱瞞，大大方方承認。

「那孫媳可有通過祖母考驗？」顧清婉笑問道。

「妳真是明知故問。」老太太樂呵呵地笑著，歡喜之情溢於言表。

頓時一屋子的人都笑起來。

海伯看了看外面的天色。「老夫人，您看是現在開飯還是晚些？」

以前，家裡就顧清婉一個，自是由她作主，如今有了老夫人，當然要問老夫人的意見。

「你們以前怎樣，現在就怎樣，不用刻意迎合我。」老太太回了一句，牽著顧清婉上下打量，越看越喜歡。

「是。」夏海恭敬地應一聲，便下去安排。

吃完飯，等到安排好老太太睡下，夏海才去找顧清婉稟報今日的事。

「海伯，祖母來了，你也不派人通知我一聲。」正事談完，顧清婉才提起這事，她其實知道這恐怕是老太太的意思，也不能怪海伯。

「老夫人童心未泯，老奴也沒辦法。」海伯苦笑道。

「你派人過去顧家，跟我爹娘他們說一聲，再去地裡通知言哥兒，讓他明兒過來拜見祖母。」顧清婉吩咐道。

「是，老奴這就去安排。」夏海說著，人已經退出屋子。

次日剛吃完早飯，顧父、顧母帶著顧清言、可香、強子過來給老太太請安，陳詡主僕也跟隨在後。

他們一到正門口，顧清婉上前去牽起強子，並與她爹娘打招呼。「爹、娘，您們來了，進屋坐。」

一進屋，顧母看到老太太時，眼裡滿是震驚，旋即很快又平靜下來。

老太太同樣一臉激動，疾步走到顧母面前。只見顧母朝她搖頭，老太太自然明白其中意思，便強忍下內心的激動。「妳就是婉丫頭的娘親？」

「月娘拜見老夫人。」顧母要屈膝行禮，被老太太扶住，牽著朝大廳裡走。

「言哥兒，我覺得娘和老太太認識。」顧清婉聲音很低，只有兩人聽得見。

「以後總會水落石出的。」顧清言低聲回道。

顧清婉點點頭，感覺到炙熱的目光，她回過頭去，正好和陳詡的眼神相碰，也不知道是不是錯覺，他的目光帶著一種侵略性。

顧清婉完全不明白怎麼回事，但還是頷首問道：「陳公子什麼時候回來的？」

「和老太太同一天。」他一如既往的言簡意賅。

顧清婉點點頭，不知道該說什麼，便去逗弄強子。

「飯館妳不去了？」她不說話，陳詡便主動找話。

平時的陳詡話少，屋裡的人都知道。顧父和海伯在說話，顧清言和可香幾人聽見這話，都奇怪地看向陳詡。

「飯館交給二妹打理也一樣。」顧清婉笑著回道。

「是他不讓？」陳詡完全當其他人是空氣，想說什麼便說什麼。

顧清婉感覺陳詡的語氣不太對，不知道要怎麼回答，便沒有開口。

海伯微微皺起眉頭，看來公子的情敵又多了一個。

顧清言挑眉，嘴角勾笑。「陳詡，你問這麼多幹麼？」

「我想吃她做的飯菜。」陳詡直言不諱，無視夏海丟過來的眼刀子。

顧清言看了姊姊一眼，忍不住想笑。他現在很想知道夏祁軒回來後，知道這麼多優秀的男人都傾心姊姊，會不會氣得從輪椅上跳起來？

「陳公子，我是有夫君的人，你說這話不合適。」有的話，顧清婉還是想要說清楚，特別是在海伯的目光下，要把自己的位置擺正。

「我覺得合適。」陳詡沈聲道。

「陳公子，你再說這些話，夏府不歡迎你。」夏海忍不住站出來。

「我沒有要你們夏府歡迎我。」陳詡說完，深深地看了顧清婉一眼，帶路才離開。

「太過分了！」夏海對陳詡的背影大吼一聲，氣得不輕。

「少夫人，以後離這種人遠些，若是公子回來……」夏海也知道不能怪顧清婉，但為了他家公子，他只好做小人了。

「我明白。」就算夏海不說這話，她也知道分寸。

吃完午飯，送走顧父、顧母等人，顧清婉回到院子裡，準備把給弟弟做的衣裳收尾完工。

畫秋送來一個錦盒，說是老太太給的見面禮。

等畫秋離開，顧清婉忍不住打開錦盒一看，裡面躺著一只黑玉手鐲，看到這只手鐲，顧清婉趕忙去把櫃子裡的黑玉手鐲拿出來比較。

這一比，幾乎完全一樣，一看就是一對！顧清婉這下可以肯定，娘和老太太本就認識。

她看得出娘不想多說，或許能從老太太那裡套出來也說不定。顧清婉拿著兩只黑玉手鐲就去聽風閣，剛要進院子，卻聽見……

「老夫人，老奴想說的正是這個，千萬不能讓少夫人知道公子曾中過狀元。」夏海的聲音傳出院子。

「為什麼？女人不都希望夫榮妻貴嗎？」老太太聲音裡滿是疑惑。

「說來奇怪，我們少夫人很討厭讀書人，公子只說認得幾個字，算得了帳，才讓少夫人答應嫁給公子。」

院外，顧清婉聽著老太太和夏海的話，心裡怒火噌噌往上冒，竟然被夏祁軒騙了！

「夏祁軒，你個大騙子！」心裡的怒火令她失去理智，說話聲音也沒壓抑。

院子裡的老太太、畫秋和夏海三人聽到這話，知道事情穿幫。三人從院子裡出來，便見顧清婉手中拿著錦盒，一臉怒氣。

「婉丫頭！」老太太趕忙走到顧清婉身前拉著她的手。

「祖母，夏祁軒真的是狀元？」顧清婉看著老太太，見老太太嘆氣地點頭，她的心沒來由地一痛，這是種被欺騙的痛。

前世，陸仁騙得她那樣慘，更令她母子雙亡。她以為，夏祁軒是不一樣的。

可是，夏祁軒居然也騙她！他不僅是讀書人，還是狀元！

顧清婉只覺得一陣心寒，他對她，到底有沒有一句真話？

「婉丫頭，妳冷靜點，聽祖母解釋行嗎？」老太太牽著顧清婉朝院子裡走，顧清婉也想知道夏祁軒真正的身分，便跟著進了屋子。

畫秋端上茶，和海伯一道離開，留下兩人。

顧清婉靜靜地坐著，不主動開口問。

老太太看著顧清婉，握住她的手。「婉丫頭，祁軒不是刻意欺騙，他瞞妳是因為想要和妳一起。你們成親雖然時日尚短，但妳應該清楚他的為人。」

老太太經歷過的事情很多，看人也準，顧清婉的心思，想一想便明白。

顧清婉很不贊同。「就算剛開始是這個意思，但後來他可以告訴我，我和他既已成了夫妻，就應該一一告知。」

「也許是他太害怕失去妳，才會選擇隱瞞這件事。」老太太嘆氣道：「妳也知道，祁軒早晚會帶妳回楚京見我、見他爹娘，一旦回京，他的身分就無法隱瞞。他不是不告訴妳，只是想等你們感情深厚以後再說。」

顧清婉知道和夏祁軒之間的問題，只有等他回來後才能解決，現在說什麼都沒用。她笑了笑，道：「祖母，祁軒一直沒告訴我家裡還有什麼人，反正事情都已經到這分兒上了，您就全部告訴我吧。」

「有些事等妳去了楚京自然便會知道。」因為就算現在說了，顧清婉也未必懂，老太太便不想說那麼多，但還是把家裡有哪些人都告訴她。

顧清婉也明白老太太的意思，聽完老太太的話後，心裡微微有些驚訝，感覺夏家人口很多。楚京除了公公、婆婆之外，還有姨娘、妹妹們，聽到老太太說這些，她就一陣頭痛。如果能不去楚京，還是希望不要去，大家族都人多嘴雜。

她拿起錦盒打開，取出一對黑玉手鐲。「祖母，您可認得出哪一只是您的？」

老太太看到顧清婉手中的黑玉手鐲，顫抖著雙手接過，輕輕撫摸。「妳娘把它也給了妳？」

「是。」顧清婉感覺老太太內心很不平靜，眼裡淚花閃動，她沒有開口，等著老太太平復心情。

「這麼多年了，還能再見到它真好。」老太太說著，抹了一把淚。

「祖母，您和我娘認識對嗎？」顧清婉低聲問道。

「妳娘不告訴妳，恐怕有她的道理，祖母只想跟妳說，我與手鐲的主人是結拜姊妹。當年妳娘是我夏家內定的媳婦，本來要嫁給祁軒的小叔叔，但妳娘家中發生了很多事，等我們知道的時候，妳娘已經離開楚京了。」老太太說起這個，滿心傷懷，小兒子為了這件事，離家多年一去不回。

聽到這些，顧清婉猜測，娘的身分恐怕不簡單，但還是沒有問，她看出老太太並不想說，只能等以後娘親口陳述了。

安撫好老太太的情緒後，顧清婉離開聽風閣，去地裡找顧清言。她現在一肚子的話，想找人傾訴，只有弟弟能明白她的想法。

先是把娘的事情告訴弟弟——

「這樣一來，就能想通了。」顧清言聽完，想到老太太見到他的眼神，恐怕他長得很像老太太認識的某個人。

「不知道為什麼，娘從來不提她的過去和家人。」顧清婉心裡有好多猜測，可能的一點就是她娘的娘家人不好，要不也不會跟著她爹離開京城。

「姊姊，妳有心事？」顧清言看著姊姊，自從來到這裡，她就一臉憂鬱。

「有這麼明顯嗎？」

「妳在我面前，從來不懂得掩飾。」顧清言拉著姊姊坐在板凳上，往地爐裡加了一根粗柴，蓋上蓋子。

「他騙我。」顧清婉嘆了口氣。

顧清言凝眉，還沒反應過來她說的是什麼。

「當初他不是說他不是讀書人嗎？只是為了做生意，認得幾個字，我今日才知道，他中過狀元。」顧清婉還是放不下被欺騙的事。

以前不在乎夏祁軒，或許不會覺得有什麼，但不知不覺她的心落在夏祁軒身上後，一旦知道被他欺騙，心自然會痛、會難受。

「妳知道了？誰告訴妳的？」

顧清言當初不說，是覺得夏祁軒是個可靠的男人，怕姊姊知道後鬧矛盾，影響感情，沒想到這麼快還是穿幫了。

聽弟弟的語氣，好像也知道一樣，顧清婉不可思議地瞪著眼。「難道說你們都知道？」

見言哥兒點頭，她難以置信地搖頭。「原來你們一起騙我，你可是我最信任的弟弟！」

「我騙妳，是覺得夏祁軒是個值得依靠一生的男人，我只想妳幸福。雖然他的腿現在有問題，但有爹幫他疏理脈絡，爹說過，最多一、兩年就能讓他站起來。我知道妳討厭讀書人的原因，但夏祁軒不是陸仁，妳應該能看得出來，更應該比我瞭解夏祁軒的為人。」顧清言也不想勉強姊姊。「如果妳真的在意這些，就等夏祁軒回來，你們談談，然後和離，妳知道的，不管作什麼決定，我都支持妳。」

顧清婉沈默，弟弟說得有理，但她就是覺得夏祁軒不該騙自己。她討厭欺騙，當初他們約定過，不能欺騙對方的。

第六十六章

此時，遠在千里之外的路上，疾馳的馬車裡，睡夢中的夏祁軒突然坐起身，有種心慌的感覺。

「公子，是否作噩夢了？」阿大的聲音從車簾外響起。

「沒有，只是覺得心裡悶。」夏祁軒倒了一杯茶喝下，抬手按著發脹的太陽穴，總有一種不好的預感。

「要不在前面的小鎮上停留一宿？」阿大試探地問道。

「前面可是白雲鎮？」

「是的。」

白雲鎮，就是在那間客棧裡聽到那種聲音。他給小婉寫的那封信，她收到了嗎？看完後是怎麼想的呢？夏祁軒煩悶的心被這一點吸引了注意力。

半晌後，他才嘴角含笑。「不用了，快些趕路。」他要早點見到小婉。

「公子，這樣沒日沒夜地趕路，還有半個多月就能回到船山鎮。但是公子，您身體恐怕支撐不住。」阿大有些擔心。

「無礙，我可以。」只要想到能快點見到小婉，他就充滿活力，一點問題也沒有。

阿大嘆了口氣，沒再說什麼。

日子如白駒過隙，自從顧清婉知道夏祁軒欺騙自己已經有十天，這幾天她一直很忙，忙著搬家，她儘量讓自己不去想夏祁軒的事。

顧清言這些天一直和左明浩建造溫室，或者教人種植溫室蔬菜，搬家的事便落到顧清婉身上。

顧清婉本來可以搬到縣裡的夏家米鋪居住，但她沒有，一是生夏祁軒的氣，二是因為清淺的關係，她不想去那裡鬧心，便直接搬到弟弟在縣城租的三進院子。

她遷居，全家幾乎都出動，除了不知道原因就突然離開的張騫，顧父、顧母他們自然要過來看未來住處的環境。老太太和畫秋也搬過來，最重要的目的是「防狼」，不准那些人圍著顧清婉打轉。

老太太這些日子算是看出來，她的孫媳婦對孫子有意見，還有兩隻蒼蠅圍著孫媳婦亂轉，她不得不幫孫子好好守著，就算說她臉皮厚也沒關係，孫媳婦都快沒了，臉皮有多重要？

比如此刻，因顧清言忙於縣城溫室的建造，陳詡今兒幫忙搬家，把該搬的東西都搬進院子後，陳詡沒事就站在遠處，看著顧清婉指揮下人擺放家具。

他雖隱藏自己的心意，就那樣看著，但眼神專注而深情。

就算是傻子也能看出陳詡的心意。老太太竭力阻止，不讓陳詡見顧清婉也沒用，顧父、顧母也說過他，但陳詡依舊我行我素。

顧清婉和左月一起收拾好屋子後，人已走到門口，見到她娘。

顧母看向左月。「月兒，待會兒妳幫小婉一起做飯可好？我得陪老太太出去一趟。」

「嬸子太客氣了，就算您不說我也會。」左月笑嘻嘻地道。

雖說是剛搬家，廚房裡的東西倒也齊全，多虧左月幫忙，她知道菜和米糧皆不可少，過來的時候便把這些都捎上，就連廚具都給備好了。

廚房裡很安靜，左月撐著下巴，看著灶膛裡的火發呆，眼裡不自覺露出愁緒。

顧清婉看著這樣的左月，心裡嘆了口氣，沒有出聲打擾。將排骨倒進煮開水的砂鍋中，加了適量的鹽、八角、白芷等，蓋上蓋子，這才把切好的胡蘿蔔和玉米放在一旁備用，隨後又清洗白鱔。

說到白鱔，顧清婉比較喜歡將白鱔切成小塊炸好，再拌上青椒炒過，味道極好。

半晌後，左月長長地嘆了口氣，悠悠道：「小婉，做女人為什麼這麼無奈，很多時候都身不由己？」

顧清婉點點頭。「做女人確實不如男兒自在。」有時候，她也希望自己是男兒，就不會有太多約束。

「如果可以，我真希望自己只是個普通人家的女子。」左月魂不守舍地加了一根柴進灶膛裡。

「妳的婚事？」廚房裡就她們兩個，顧清婉也不打算繞彎子，直接開口。

左月點點頭。「家裡要把我送進宮，我一點都不想去，但我爹根本不管我願不願意。」

顧清婉聽到這話，愣在原地，她完全沒想到左月是要進宮。一入宮門深似海，有多少女子在那高牆深院中苦苦煎熬一世？有的女子一生都見不到皇帝一面，就那樣蹉跎青春歲月，直到老死宮中，這是很殘酷的事。

左月看了顧清婉一眼。「這就是身為大家族女子的悲哀。小婉，有時候我好羨慕妳，要是有一天妳不想和夏祈軒在一起，就可以和離，這就是嫁給普通人的好處。」

「已經是確定的事了？」顧清婉凝眉。

「春節一過，我就得去楚京。」左月苦澀地笑道。

顧清婉不知道該說什麼來安慰左月，左家這樣安排，定有道理，她一個外人沒有資格說什麼。一個人一個命運，想要改變，就得靠自己。

等到排骨燉出香味，湯變了色，顧清婉才將胡蘿蔔、玉米放進砂鍋裡，蓋上蓋子繼續燉。

顧清婉邊做菜，邊和左月說話。才一會兒工夫，左月的心情便由陰轉晴。

腳步聲從外響起，隨後門簾挑開，顧清言帶著一身寒氣從外面進來。

「娘她們回來了嗎？」顧清婉笑著站起身問弟弟，才發現不知不覺間言哥兒好像長高了一截，和左月站在一起，竟然比她還高一些。再幾天就是弟弟的十三歲生日，已經可以算是男子漢了。

「回來了，人都在前廳。」顧清言笑著回一句，伸手在灶膛前烤火。

顧清婉將爐子上的鍋端在一旁，裡面是清蒸鯉魚，洗淨的鐵鍋放在爐上燒乾水分，舀了一點白白的豬油放進鍋裡化開。

「姊姊，吃完飯我送爹娘回船山鎮，順便教那些人怎麼保持溫室的溫度。」顧清言幫著燒灶膛裡的火，開口道。

「什麼時候回來？」顧清婉心疼道，最近弟弟太忙了，幾乎要忙到晚上才回家。

「恐怕要到明兒下午。」顧清言回道。

顧清婉點點頭，沒再說什麼，專心炒菜。

晚上，左月陪顧清婉一起睡，聊的都是一些小女兒家的悄悄話。

第二日左月回去後，顧清婉和老太太、畫秋三人給巷子裡的人家都送點心，算是認認人。老太太硬是拉著顧清婉去夏家米鋪，她也聽夏海說過這邊的米鋪交給一個叫清淺的女人打理。但私心裡，老太太還是希望自己的孫媳婦掌管米鋪的生意。

到了米鋪，清淺見到顧清婉時臉就垮下來。「我還以為是誰，妳來做什麼？」

「她是夏家米鋪的少夫人，自然是來查看鋪子。妳只是米鋪的一個管事，這是妳應有的態度？」畫秋站到顧清婉身前與清淺對視，她教導夏府下人多年，身上自然而然流露出威嚴。

「請問您是？」清淺耐著性子問道。

「我只是夏家的一個下人。」畫秋淡淡地道，也沒打算介紹老太太的身分。在畫秋心裡，清淺只是個青樓女子，就算從良，也沒資格知道老太太的身分。

夏海把這邊的事情全部告訴老太太和畫秋，兩人比顧清婉都還要瞭解情況。

「原來是公子府上的人，失敬。」清淺臉上帶著淺笑，溫婉地道，她怎會看不出畫秋的態度。再看和顧清婉站在一起的老太太，雖然穿著刻意低調，但身上散發出來的氣勢不是一朝一夕形成，加上顧清婉對老太太恭敬的樣子，可見這老太太身分不簡單。

確定了心裡的想法，清淺的態度也大轉變，立即向顧清婉賠禮。「清淺剛才眼花，錯認成別人，才會用那樣的語氣說話，還請少夫人莫要見怪。」

顧清婉心裡冷笑，這麼蹩腳的藉口都找得出來，誰會相信？不過清淺很不簡單，竟然這麼快就調整好心態，怕是已看出老太太身分不簡單。

這些日子以來，老太太對孫媳婦早已疼到心肝裡去，哪能忍受得了別人這樣對顧清婉，她微微皺起疏白的眉毛，淡淡道：「我的婉丫頭就是大度善良。也對，狗咬人一口，總不能反咬回去。」

聽見這話，顧清婉在心裡給老太太豎起大拇指，想起弟弟教的新詞「神補刀」。

畫秋也是想笑不笑的樣子，老太太還是和以前一樣護短。

清淺藏在袖中的雙手死死攥成拳，臉上卻仍帶著淺笑，假裝沒聽懂老太太的話。「這位是？」

「妳沒必要知道我是誰，只要認清自己的身分就行，以後不要再讓我聽到妳對婉丫頭不敬。」老太太冷聲道。

「清淺記下了。」清淺心裡對老太太的身分已經有了幾分肯定，儘管老太太說話難聽，她也不敢表現出絲毫不滿。

「好心的人，求求您們賞口飯吃吧。」此時門口傳來虛弱的說話聲。幾人側目，只見一個臉色蒼白、蓬頭垢面、骨瘦如柴的婦人靠在門口，睜大一雙陷進眼窩的眼睛，看著她們幾人，帶著滿滿的祈求之色。

清淺為了表現自己的善良，立即從懷裡拿出一兩銀子，遞給那名女子。「快去買些吃的吧，前面不遠處有間包子鋪，味道極好。」

「謝謝，謝謝菩薩……」婦人說著就扶住門邊跪下，給清淺磕頭致謝。

清淺嘴裡連說快起，卻不肯伸手去扶婦人。

隨後，老太太三人檢查完米鋪後出門。「婉丫頭，妳不可能看不出這女人的居心，怎麼還讓她留下？」對於這點，老太太很不理解。

「祖母，我第一次見到她時，就知道她司馬昭之心。但祁軒留下她，想必有用意，我怎能擅自作主？」顧清婉挽著老太太的手，一邊走，一邊解釋。

這話一落，老太太心情頓時由陰轉晴，她聽出顧清婉在意自己的孫兒，自然歡喜，連連點頭贊同。

畫秋也跟著笑起來，終於有一個真心為公子著想的人。

說話間，見前面圍著一群人，老太太最喜歡熱鬧，拉著顧清婉、領著畫秋，加快腳步走上前去擠開人群。

只見人群中，地上躺著一名婦人，正是剛剛在米鋪外要銀子的人。

「這是怎麼回事？」老太太問旁邊的人。

周圍的人對著婦人指指點點，竊竊私語，顧清婉跟著老太太、畫秋站在人群裡，她目光掃過地上的婦人，耳裡傳進旁人的說話聲。

「這人剛拿出一兩銀子準備買包子，卻被人拿走了，那人說那是她偷的銀子。」

「原來是個偷兒？真活該。」

「就是，穿得這麼破爛，能拿出一兩銀子，不是偷的才怪。」

顧清婉凝眉聽著，擠開人群，朝地上的婦人走去，一邊淡淡道：「不知道就不要妄下斷言，她的銀子是別人給的。」說著，她已經走到婦人身旁蹲下，執起婦人的手為其號脈。

號完脈，她抱起婦人，對老太太道：「祖母，這人應該是餓暈了，我們先把她帶回去吧。」最重要的是，婦人除了飢餓外，還有腎虛和氣血虧損的現象，詳細情況還得再查看一下是不是如她所想。

說著話，顧清婉抱著婦人，從分開的人群中走出。

老太太對顧清婉好，對外人可沒那樣和善，但大庭廣眾之下，她不好說什麼，與畫秋一起跟在顧清婉身後往回走。

回到宅子，顧清婉將婦人安置在門房小床上，讓張婆子給婦人清洗身體，王婆子煮粥。

顧清婉回屋去查看這些日子記載的婦科筆記，又翻閱了一些醫書，一個時辰後，王婆子和張婆子領著那婦人前來。

屋裡燒著地爐，地爐上燒著的水冒著裊裊霧氣，顧清婉透過霧氣看向門口走進來的人。

張婆子已經為那婦人換了乾淨的棉衣褲，做了吃的，婦人吃過東西，臉色好看了一些，不過人還很虛弱。洗淨後，換了一身行頭的婦人看起來不到三十歲。

見到顧清婉，婦人立即走上前跪下，磕頭致謝。「感謝夫人相救，小婦人感激不盡。」顧清婉救她的事，張婆子剛剛已經說過了。

「快快起來。」顧清婉不習慣這場面，連忙上前扶起婦人，朝地爐旁的矮椅子上坐下，溫聲問道：「妳叫什麼名字？」

「小婦人唐翠蘭，西河村人。」唐翠蘭低聲回道。

西河村？聽起來有些耳熟，顧清婉沒有細想，溫和地點點頭，這才看向還立在門口的張婆子、王婆子。張婆子臉色有些怪異，一臉欲言又止，顧清婉問道：「有事嗎？」

張婆子悄悄看了唐翠蘭一眼，又快速收回目光，內心掙扎，她要不要把唐翠蘭得髒病的事告訴少夫人，讓少夫人離唐翠蘭遠些？

她給唐翠蘭清洗身子時，見其私處潰爛，真是太噁心了。她現在都極害怕已經被傳染，但當著唐翠蘭的面，說出來好像有些不妥，還是待會兒私下稟報吧。

她遂搖了搖頭。「沒事。」

「那妳們倆先下去吧。」顧清婉說完，張婆子和王婆子恭敬地應聲離開。

顧清婉將冒著氤氳熱氣的茶水遞到唐翠蘭手中，溫聲道：「妳可以先在我家住下，等養好病再說以後的事。」為唐翠蘭號脈時，便號出她身體有問題，加上洗淨後的唐翠蘭面色帶著氣血虧損的蒼白，眼睛暗黃帶血絲，可見身體有很嚴重的病痛，作為一個醫者，不可能放著不管。

「謝謝夫人。」唐翠蘭一陣感激涕零，磕頭道謝，實在是她離開這裡以後真的無處可去，說不定明日就會餓死街頭。俗話說，好死不如賴活，能多活一天是一天。

午時，吃完飯，顧清婉見門口人影晃動，張婆子走進來，一臉欲言又止。

「可是有什麼事？」顧清婉微微凝眉問道。

張婆子猶豫著，她在夏家時日不短，知道顧清婉不喜歡說人是非長短，但唐翠蘭得的可是髒病，得這種病的，都不是什麼好女人。

她希望說出來讓少夫人提防唐翠蘭這個人，猶豫半晌，張婆子走到飯桌前，幫顧清婉收拾，緩緩道：「少夫人，奴婢有些話憋在心裡，不說出來難受。」

顧清婉道：「有什麼話，直說無妨。」

「少夫人，今兒奴婢為那唐翠蘭淨身時，看到她的身體……」張婆子說到此，見顧清婉臉色正常，才繼續說下去。「她有髒病。」

聽見這話，顧清婉皺起眉頭，唐翠蘭身體的情況她是知道的。她將碗碟放進托盤，停下動作，看向張婆子。「妳想說什麼？」

見顧清婉臉色不太好，張婆子怕她心生不悅，立即解釋道：「奴家認為得髒病的女子都不是好女子，只是希望少夫人提防、提防。」

「嗯，我知道了，妳先下去吧。」別人一片好心，顧清婉自然不會怪罪。

第六十七章

今日顧清言回來，姊弟倆飯後在屋裡聊天，聊到顧清婉這些日子正在鑽研婦科疾病。自從經過王青蓮的事情後，顧清婉心裡一直有個想法，隨後將想法告訴弟弟。「我想開一家專門為女子、婦人治病的醫館，你說成嗎？」

顧清言愣了一下，以為聽錯，看著姊姊認真的神情，才連忙點頭。「這個好，我舉雙手贊成。」

有弟弟的支持，顧清婉就放心了，但是想到銀子的事，仍眉心深鎖，嘆氣道：「現在家裡的銀子已經捉襟見肘，開醫館的事還是過些日子再說。」

這頭，溫室剛建起來，銀子花得都差不多了。

雖然顧家這半年來日子逐漸好轉，但家裡開銷也大，又經顧王氏一家的糟踐，根本沒留下多少銀子，前些日子溫室分紅，也沒分到多少。

說起銀子，姊弟倆都很發愁。

半晌後，顧清言開口道：「要不，我們把地給賣了吧？」

「不可，這地雖然在我們名下，但畢竟是孫爺爺的土地，孫爺爺乞討多年都沒把地賣出去，可見他根本不捨得賣掉。」顧清婉直接否決。

「我們可以先去找孫爺爺商量，問問他的意思再決定。」顧清言不死心地道，好不容易姊姊有了自己的理想抱負，他定要全力支持。
顧清婉看著言哥兒殷切的眼神，不忍拒絕，隨後點點頭。
見姊姊答應下來，顧清言發自內心地笑道：「明兒我先去處理一下這邊的事，後日我們一起回去，在船山鎮住一宿。大後日正好是我生辰，我們全家一起聚一聚。」
「也好。」顧清婉露出滿是欣慰的笑容，自從她嫁人後，弟弟一下子就成熟起來，家裡的事安排得井井有條，外面的事也處理得極好，人緣交際也強很多。
「對了，今兒救回來一個人，是西河村的人。」顧清婉接著道。將唐翠蘭的事情告訴弟弟，畢竟家裡多了一個人。
顧清言聽了沒說什麼，就想著有機會去打聽一下人品。
第二日一早吃了飯，顧清言帶著小五去東河村忙溫室的事，老太太和畫秋出門消食兼串門子。
唐翠蘭今日精神比昨日好很多，幫著擦洗桌子。從昨兒晚上回去，她就想了一宿，心裡有了決定，她看向顧清婉，囁嚅地道：「少夫人……」
顧清婉看向唐翠蘭，看出她有話要說，遂停下手中的動作。
「少夫人，我想留在這裡，可以嗎？不要工錢，只需要一日三餐就好，不，一餐也行，只要少夫人肯留下我。我知道少夫人的猶豫，是因為怕我是個不乾不淨的女人，我雖然不能告訴妳我的情況，但可以對天發誓，絕對不是你們想像的那種女人！」唐翠蘭激動地道。
她想了一宿，覺得不能放過這麼好的機會，她看得出顧清婉是個心地善良、待人真誠的女子。
她不想再沿街乞討，遭受各種白眼嘲諷了，要擺脫這種遭遇，只能依靠眼前的人。
顧清婉看著因為害怕被拒絕而顫抖的唐翠蘭，心中不忍，最終點點頭。「好。」
雖然只是簡短的一個字，對唐翠蘭來說，這就是天籟之音，她流下激動的淚水，「撲通」一聲跪下地，邊哭邊道：「謝謝，謝謝少夫人！」
看到唐翠蘭如此模樣，顧清婉心裡很不平靜，到底是什麼樣的遭遇，讓她變成這種卑躬屈膝、小心翼翼的樣子？
午後帶唐翠蘭出門買了換洗衣物等用品，還帶她去醫館拿藥。
從醫館出來，唐翠蘭拎著一堆藥包，內心感動得無以復加，這份恩情，值得她一生來還。
顧清言知道此事後倒是贊成姊姊的決定，今兒他到了西河村，特意問了一番那裡的人，不過外人瞭解得也不詳細，只知道似乎發生了不好的事，不過只要唐翠蘭人品沒問題就好。
次日，大夥兒用了早飯，顧清婉便和弟弟一起回船山鎮。
到了家門口，姊弟倆剛下車，便見村子裡的項白氏和娘從大門口出來。項家是異族人，這婦人算起來還是弟弟的乾娘。
這裡的人有個習俗，生下的孩子怕被鬼怪纏身，不好養大，都會去拜異族爹、娘，好趨吉避凶。
雖然有這層牽連，但兩家關係並不是很親近，就和普通的街坊鄰居一樣。

項白氏很熱情，見姊弟倆從馬車上下來，滿面笑容道：「言哥兒，小婉，你們姊弟倆回來了。」

顧清言只是淡淡地點頭，算是回應，顧清婉笑著開口。「是啊，嬸子，今兒怎麼得空過來，這是要回去了？」

話音一落，項白氏臉上閃過一絲不自然，隨後滿面笑容道：「這不是冬種都下了地，沒什麼事，便來妳家串門子。」

顧清婉假裝沒看出項白氏的異樣，煞有介事地點點頭。「怎麼不坐會兒，反正也沒什麼事。」

「不了，妳幾個弟弟、妹妹還等著我回去呢。」項白氏說道，隨後看向顧母。「進去吧，外面怪冷的，不用送。」

顧母點點頭，說聲慢走。

顧清言沒好氣道：「是來借銀子的吧？」自從孫爺爺把土地給了他們，村人不要臉的便上門來借銀子。

娘也太好說話了，隨隨便便誰來都借。

顧母瞋了顧清言一眼，讓他少說兩句。

「娘，您明知道這些銀子借出去就收不回來，來一個您借一個，我們家不是開善堂的。」顧清言想到姊姊要開醫館都沒銀子，心裡就一陣憋屈，語氣也不好起來。說完這句話，便率先走進大門。

顧母被顧清言說得愣在原地，她不知道做錯了什麼，兒子這是什麼態度？

「娘，言哥兒不太理解人情世故，您別放在心上，他是什麼性子您還不瞭解嘛。」顧清婉見此，忙上前去挽著娘的手進門。

顧母又怎會不知道兒子在生氣，她也有自己的無奈，說不借，怕人家說她家發了，看不起人，但借出的銀子又收不回，她身為人母，哪裡不知道這些道理？

進了門，顧母才回過神來，問道：「你們怎麼回來了？」她記得，姊弟倆離家才沒幾日呢。

顧清言是生他娘的氣不想解釋，顧清婉是不想讓娘跟著操心，姊弟倆都沒有說真正的理由。

顧清婉開口回道：「明兒是言哥兒的生辰，一家人一起過會好些。」

「好，那我去買些菜回來，明兒我們大家一起聚聚。」顧母聽見這話，笑道。內心卻很感慨，不知不覺，女兒嫁了人，兒子都十三歲了，真是光陰似箭。

「娘安排就好。」顧清言淡淡說道。

顧母笑著點頭，心裡盤算著要買些什麼菜。

屁股還沒坐熱，顧清婉不想氣氛變得沈寂，開口道：「娘，現在時辰還早，您先休息，我們出去走走。」

「也好。」顧母點點頭，看了兒子一眼，見兒子臉色不太好，本想解釋，最終化為一聲長嘆。

姊弟倆從家裡出來，剛一出大門，顧清婉拉著顧清言。「你不該這樣對娘。」

「為何不可？我就是要讓娘知道，她借銀子給別人，我很不高興。」顧清言氣呼呼地道。銀子並沒有想像中那般好掙，上次溫室種的蔬菜賣得精光，看起來是掙錢了，但是三家一分，才分一點點，根本沒有多少。

「但你也不能做得太過了，她始終是我們的娘。」顧清婉嘆了口氣。

「我知道。」顧清言沈聲應了一句，朝孫爺爺住的房子方向走去。

宅院的大門敞開著，一進去，便聽見劈柴聲，不用想也知道是順伯和全伯他們在忙活著。

看到姊弟倆進門，順伯放下斧頭，連忙走過來招呼他們進客廳。

「孫爺爺可是睡下了？」顧清婉看向順伯，問道。

「沒有，隔壁的李老頭在他屋子裡，兩人在下棋，我去給他說一聲。」順伯說著，便準備過去，被姊弟倆阻攔。

姊弟倆是晚輩，應該前去拜見。

敲響了房門，孫爺爺的聲音傳出。「進來吧。」

聽見這響亮的聲音，姊弟二人都笑起來，孫爺爺精神不錯。

推門進屋，便能瞧見地爐旁邊下棋的兩位老人，姊弟倆朝兩位老人打招呼。

孫爺爺抬眼瞧見是顧家姊弟，便對李老頭道：「改日再下。」孫爺爺人老並不糊塗，姊弟倆才搬到縣城兩日，又一起回來，還特地過來見他，想必有事。

這話帶著送客的意思，李老頭也知情識趣，哈哈笑道：「今兒先放你一馬。」孫爺爺連連點頭。「明兒過來我將你一軍。」

李老頭也毫不相讓地回了一句「等著」，才和顧家姊弟倆道別。

送走了李老頭，顧清婉將房門關上，走到弟弟旁邊的矮椅上坐下。

「孫爺爺，我們有事想和您商量。」不等孫爺爺開口問，顧清言便先說道。

「什麼事？」孫爺爺不苟言笑，肅穆端坐，等著姊弟倆開口。

雖然孫爺爺不笑的樣子有些可怕，但顧清言還是試探地問道：「孫爺爺，那些土地能動嗎？」

人精似的孫爺爺在顧清言話音落下，便明白意思，他也不急著回答，拿過一旁的水煙筒，打開矮几的小抽屜，裡面是他平時捲的煙葉，挾起一些放進煙嘴。

顧清言趕忙用小鐵火鉗挾了一塊火紅的木炭，為其點煙。

孫爺爺吸了兩口，把水煙筒抽得「嘩嘩」響，吐出大口煙霧，才緩緩道：「地給了你們，就是你們的東西，何須來問我？」

「孫爺爺，在您最困難的時候都沒有把土地賣掉，這說明您有多看重這些地，我們怎能擅自作主？自然要來徵求您的意見。」顧清婉說著，顧清言附和地點頭。

孫爺爺很滿意，這表示姊弟倆尊重他，雖然他們沒有血緣關係，但他早已當姊弟倆是親孫子、孫女。

他情願行乞多年，也不變賣土地，心裡就是抱著一絲希望，只盼有朝一日，孫正林能回心轉意，不嫌棄他這個老乞丐接他回去。但等了這麼多年，他早就心灰意冷。

本以為這些地契會隨著他帶進棺材，豈料命運安排，讓他遇到顧清婉，把土地給顧清婉他們，他一點都不後悔。

沈吟半晌，吞雲吐霧的孫爺爺透過煙霧看向姊弟倆，面色柔和地道：「把東門那塊地留下，其他的你們想怎麼安排就怎麼安排。」

姊弟倆都明白孫爺爺說的意思，顧清婉點頭道：「只賣我們倆的那部分，強子和可香的地我們不會動。」

「你們看著處理就好，縣城那邊一切可都順利？」孫爺爺比較關心姊弟倆在縣城的發展，畢竟萬事開頭難，不會那麼順遂如意。

「有左二公子幫忙，一切還好。」顧清言回道。

地爐上的水燒開，顧清婉拿過一旁的茶具開始泡茶。這茶葉是村子裡養蜂老人自製的苦丁茶，孫爺爺喜歡這味道，他說，喝苦丁茶，才能品味人心。

見顧清婉泡茶，孫爺爺把棋收好，放在一旁，一邊對顧清言道：「做生意，不管他人再好，你也要留三分底線，不要掏心掏肺。如果沒有什麼事最好，一旦有事你還有後路。」

「我記下了。」顧清言點頭。

顧清婉為三人各自倒了茶，重新落坐，聽著孫爺爺說話。

「你們要是賣地，就把地賣給百姓，不要再賣給那些吃人的鄉紳名士。百姓們佃地，交了公糧，還得交租金，收成好的一年，還能餬口，不好的時候，一年要餓多少肚子，苦的還是百姓。」

孫爺爺說完，放下空茶杯，顧清婉立即添上，點點頭。「我們姊弟倆也是這打算。」

「嗯。」孫爺爺滿意地點頭，隨後一臉擔憂道：「最怕的就是那些鄉紳名士鑽空子。」這種事以前他自己也幹過，要不孫家也不會有這麼多田地。

屋子裡沈寂下來，半晌後，顧清婉試探地道：「要不我們來一條規定，家中田地少於多少的人才能購買，若是還有鄉紳鑽空子，那也是百姓中有人甘願被鄉紳利用，這就不關我們的事。」

「這法子好，土地珍貴，若是那些百姓願意被人利用，那也沒辦法。」孫爺爺很贊成。

有了孫爺爺的一錘定音，再次商議一番，姊弟倆才告辭離開。

「賣地時我們還得去找鎮長才行。」顧清婉說這話時，臉上帶著笑意。

顧清言哪裡不知道姊姊在幸災樂禍，暗恨當初自己鬼迷心竅，怎麼會說出那樣的話，惹了這麼一個麻煩。

如今的鎮長是吳員外，不對，應該稱吳鎮長了。

自從顧清言醫治好吳員外的病，吳仙兒就把自己當成是顧清言未來的女人，經常來陪顧母說話、做針線，還為顧父、顧母各自做了一件棉衣。

儘管顧清言一直都不承認，但吳仙兒卻咬定，因為當初他在溫室門口說的話，鎮上的人都知道她是顧清言的女人。

每次只要知道顧清言在，她就會到家裡來，更別說這一次，顧清言要去找吳仙兒的爹。

姊弟倆到了吳家，顧清婉看向弟弟，低語道：「吳仙兒好像不在。」

「不在才好。」顧清言道。

「你就巴不得我不在，我偏在，氣死你。」顧清言話音落下，吳仙兒走進大廳，瞋了顧清言一眼，隨後歡喜地走向顧清婉。「小婉姊姊，妳來了。」

吳仙兒清楚，在顧家，顧清言最尊重的是誰，所以討好顧清婉很重要。剛開始她是抱著這種心態，但後來相處下來，她覺得顧清婉是個能交心的朋友，現在喜歡親近她是發自內心。

「幾天不見，妳又更漂亮了。」顧清婉看得出吳仙兒略施粉黛，刻意裝扮過，可惜弟弟瞧不見，心裡不禁同情起吳仙兒。

「再怎麼打扮也沒小婉姊姊好看。」吳仙兒握住顧清婉的手說著，在她旁邊坐下。

「想不到能從妳嘴裡說出一句人話。」顧清言用一副妳很有自知之明的眼神看著吳仙兒。

吳仙兒氣得跺腳，卻不敢說重話，好不容易才見到顧清言，怕把他氣走。

顧清言的目光移向門口。「吳鎮長不在家嗎？這下人去得也夠久的。」

第六十八章

「我爹去串門子了，下人應該出去找他了。」吳仙兒眨動著明眸，暗自吐了吐小舌，是她要求她爹從後門出去，故意裝成串門子去了，這樣她才能多和顧清言待一會兒。

顧家姊弟倆都搬到縣城，現在回來找她爹，一定有什麼事，事情一旦談妥，她又不能見到顧清言了，這才略施小計。

但也不能太久，怕耽擱了顧家姊弟的事。

一盞茶過後，果然見吳鎮長從外面回來，帶著一身寒氣。

吳鎮長一進門，便看向顧清婉姊弟倆。「剛聽下人說你們來找我，可有什麼事？」

「是的。」顧清言點頭，便把他們要賣地的事說出，希望吳鎮長到時能出具證明，幫著去縣衙過印。

聽完後，吳鎮長皺起眉頭，顧家姊弟可不是缺銀子的人，為何要賣地呢？心裡雖然疑惑，但還是答應下來。

談妥事情，姊弟倆便告辭，吳仙兒嘟起嘴，送他們出門。

顧清婉看出吳仙兒的想法，笑道：「明兒是言哥兒十三歲生辰，妳要是有空，就去我們家玩。」

聽見這話，吳仙兒立馬笑開，忙不迭點頭。「好，我明日一定早點過去。」

顧清言自然聽到姊姊的話，難得沒有開口阻止，他看了吳仙兒一眼，當先走出大門。

「明日見。」顧清婉笑著說完，快步追上顧清言。

目送顧家姊弟倆的背影消失，吳仙兒高興得手舞足蹈，哼著曲兒進了大門。

吳鎮長在大廳裡喝茶，見女兒進門，放下茶杯。「一點淑女形象都沒有，難怪言哥兒不喜歡妳。」

「就算不喜歡，他也要娶我。當初他醫治您的條件就是讓我做他的女人，我信守承諾有什麼不好？」吳仙兒一直強調自己只是報恩守信。

吳鎮長是什麼樣的人，女兒的心思怎麼瞞得了他？剛開始或許是，但後來恐怕就變了味兒。顧清言那孩子優秀，聰慧睿智，處理事情比大人還要精，對於一個少女來說，這些就是致命的吸引力。

總之，顧清言越是拒絕，仙兒就會越陷越深，或許她自己都沒發現已經喜歡上這個小一歲半的男人了。

這邊，姊弟倆從吳家出來，便去逛店鋪、買瓜果，明兒顧清言生日，得有東西招待。

回到家裡，放下東西，二人便去飯館幫忙。

如今飯館交給可香，生意雖然沒有以前那般好，但到了飯點，仍然座無虛席。

興許是店裡人手少，太累的關係，李翔這些日子瘦回原來的身形，同時也長高不少，還別說，李翔瘦下來挺俊朗的。

見到顧清婉，可香愣了下。「什麼時候回來的？」

「將近未時才到。」

可香點點頭，麻利地翻炒著菜，一邊問道：「明日是言哥兒的生辰，他可回來了？」

「在外面呢。」顧清婉從木桶裡撈出馬鈴薯絲，抖動兩下筲箕，頭也不回地道。

「大人生一頓肉，小孩生一頓打，明兒我們是不是每人給他一板子呢？」可香說著，自己都笑起來，她想到上次自己過生辰，顧清言就這樣說，還拿板子追著她跑。

「妳還記著呢。」顧清婉把馬鈴薯絲倒進熱鍋裡翻炒。

「當然。」可香氣呼呼地回一句。

待飯館打烊，回到家裡，一家子坐在地爐旁說話。

「對了，爹、娘，今兒孫爺爺說起要留下東門那塊地，我們是不是該給孫爺爺建墳、買棺了？」顧清婉看向爹娘，顧清言和可香吃飯的動作也停下來，想聽顧父怎麼說。

大夏王朝習俗，老人到了五、六十就可以開始買棺、建墳，提前把這些東西準備好。有錢人家更是建一座三碑五帽的墳。墳越闊氣，代表兒孫越孝順，有時候修築一座墳花費的銀子都能建造一間好屋子。

「嗯，明兒我跟妳孫爺爺商量一下。」顧父認為這是應該的，他完全沒有意見。

「那我得空就去河邊撿鵝卵石堆著，到時候請一匹馬馱幾趟，反正早晚得用。」顧母接過話。

可香不放心顧母一個人去河邊，開口道：「等飯館休息的時候我陪您，一天撿一點，今年應該是建不成了，要建也得開春以後，不著急。」
顧母點點頭，答應下來。
顧清婉笑著看向可香，眼裡滿滿感激之色，她不能在爹娘面前盡孝，好在有可香在。
可香感受到顧清婉的目光，回她一抹暖暖的笑容，心裡卻溢滿酸楚。
其實，顧母、顧父對她好是有原因的，除去這點，顧母不會對她這麼好，她在這個家恐怕也沒有容身之地吧，但是迫於現實，顧母不讓她說出來。
她畢竟不是顧父、顧母親生的，在這個家裡，到底是隔了一層。多年歷經苦難，讓可香深深明白這一點。
聊了會兒，各自回屋睡覺。顧清婉明明很睏，卻翻來覆去睡不著，腦子裡總是冒出夏祁軒和她單獨在一起時耍無賴的笑容。
翻來覆去，好不容易熬到雞鳴兩遍，才昏昏沈沈睡過去。
睡夢中的顧清婉感覺旁邊有動靜，嚇得她猛然睜開眼睛，待看清楚，原來是強子爬到她床上。她揉了揉惺忪睡眼，這才看向窗外，外面已經朦朦亮。
冬天的早上天明得晚，如今應該已經快到辰時，她今日竟然醒得這麼晚，伸手去捏強子肉嘟嘟的小臉。「小皮猴，這麼早就起來了。」
強子拉開顧清婉的手，比劃幾下，意思是，娘讓我來叫妳。
「好。」顧清婉坐起身，把強子抱進懷裡。「幾天不見，有沒有想我？」
強子聽見這話，抬起小臉，用力地點點頭。

顧清婉寵溺地捏了捏他小臉，笑道：「那要不要和姊姊一起去縣裡？」強子認真地想了想，隨後搖頭比劃。

看著強子一個一個手勢比劃完，顧清婉內心很感慨，強子比別的孩子要懂事，小小年齡，就已經知道自己要做什麼。她點點頭，道：「好，那你好好和爹學醫術，等言哥兒開大醫館的時候，你去當坐堂大夫，做史上年齡最小、最厲害的針灸大師。」

強子抬頭，臉上露出一抹大大的笑容。他從顧清婉懷裡退出，蹭下床去，幫她拿起放在架子上的外衣。

顧清婉接過衣裳，在強子腦袋上揉兩下。「真乖。」

強子有些不好意地笑著，隨後比劃兩下，意思是他先出去。

顧清婉點點頭。「去吧，去看看哥哥和二姊起床了嗎？」

等強子出去，顧清婉穿戴好，把頭髮盤了簡單的一個髻。

洗漱完，便去廚房幫忙，見娘的臉色有些陰沈，顧清婉也知道自己起得稍晚，娘不高興了。但她現在嫁了人，娘也不好說她。

「把那盆肉都切好。」顧母剝著大蒜，用下巴指了指案板上那盆肉。

「好。」顧清婉應聲拿過牆壁上掛著的圍裙繫好，在一旁的盆裡洗了手，才開始切肉。盆裡有豬肉，還有豬肝、豬耳、豬大腸，都是娘昨兒處理好煮熟的。

豬肉炒蒜苗、豬肝炒青椒、燒肥腸、涼拌豬耳，不用娘說，顧清婉看到這些就在心裡把菜分好。

顧母見女兒把豬肉切成薄薄的肉片，滿意地點點頭，切豬肉不能厚過菜刀，端上桌會被人笑話。

一會兒工夫便切好豬肉，拿過小盆盛好，又開始切豬耳。

此時院子裡，響起顧清言的怒吼。「顧可香！妳個瘋婆子，妳沒完了是不？」

聽見這話，顧清婉凝眉，放下菜刀，走到門口挑簾往外看。只見可香拿著一根棍子追著顧清言跑，嘴裡說著。「大人生一頓肉，小孩生一頓打，這不是你自己說的嗎？」

顧清婉見此，笑了起來，這兩個活寶。隨後便放下簾子，回身繼續切菜。

「顧可香，別以為我怕妳！我是男人不打女人，我要是動手，妳一拳也頂不住！」顧清言說著挑簾進了廚房，不再搭理可香。

可香也跟進來，見廚房裡兩個女人在忙著，有些不好意思，趕忙把棍子丟進灶火裡，問顧母有什麼需要做的。顧母遂讓她去把牆角幾顆包心菜洗淨、切好，再刮點馬鈴薯出來。

只有顧清言沒事，站在那裡看姊姊切菜。

顧清婉回頭看了弟弟一眼，道：「你和強子去請孫爺爺他們，大家一起熱鬧點。」

「好。」顧清言應聲點頭，便挑簾出去。

外面腳步聲消失，顧母才看向可香。「女孩子說話要輕聲細語，文文靜靜，一大早就瘋瘋癲癲地跑，別人知道要笑話了去。」

可香知道顧母都是教自己好，笑著點頭。「女兒記下了。」

顧清婉靜靜地切菜，有時候她發現娘對可香比對自己還要好，恐怕是娘覺得嫁出去的女兒潑出去的水吧……

大鍋水燒開，顧母將發好的玉米粉倒進甑子裡，蓋上蓋子，對可香道：「把小爐子的火點著，燒水、淘米。」說完，挑簾走出去。

可香放下手中的活兒，走到灶臺前拿起火鉗，挾了兩塊火紅的木炭放進小爐子，隨後丟進去一把玉米芯，火頓時燃起來。

這一切都看在顧清婉眼裡，她發現自己越來越像個外人。女人成了親，在夫家是外人，回娘家是客人，若遇到夫家是不好的，更是有苦難言。她並不嫉妒可香，只是有些感慨而已。

把肉都切好裝盤，娘還沒回來。顧清婉淨了手，從袋子裡舀米出來搓洗兩遍，才放進可香燒熱的鍋裡。

「待會兒再擇點韭黃，用來炒雞蛋。」顧清婉一邊攪動鍋裡的米，對正在刮馬鈴薯皮的可香道。

「好的。」可香點點頭，看向顧清婉，道：「姊姊，待會兒吃完飯我們去逛集市吧，今兒趕集，外面挺熱鬧的。」

「行。」顧清婉笑著應聲，正好去給強子買雙棉靴，今兒早上看他棉靴有些開口。

姊妹倆說著話，外面傳進來言語聲，隨後門簾被挑開，吳仙兒帶著一身寒氣走進來，一張小臉凍得紅撲撲的，她搓著手。「小婉姊姊，我沒來晚吧？」

「沒有，正好。」顧清婉笑著點頭。

可香看到吳仙兒，眼裡掠過一絲不悅，一閃即逝。

廚房裡多了吳仙兒，頓時變得熱鬧起來，總是話題不斷。

一頓飯，有顧清婉和可香，不費什麼力便做出來。除了那幾樣豬肉菜，又加了乾鍋馬鈴薯片、韭黃炒雞蛋、羊肉燉蘿蔔。

菜很豐富，吃得個個眉開眼笑，肚兒圓圓，最開心的則數強子。

飯後，顧清婉帶著強子、可香、吳仙兒出門。今兒是趕集日，街上很熱鬧，幾人走走停停閒逛著。

此時，前方一聲男子的怒喝聲引起顧清婉的注意。

「滾！人都快死了還抬來，這是給老子找晦氣是不是？」

隨之是女子低聲下氣的央求聲。

顧清婉抱著強子抬眸望去，看到前方醫館門口，村子裡的李二、李田抬著一個人，旁邊站著一個瘦削的女子正和醫館的人說話。

從側臉看去，顧清婉便認出此人。這不是曹心娥是誰？本以為這輩子都不會再見，沒想到竟然還能碰到。

不用想也知道被抬著的是李大蠻子，雖然隔得遠，但也看得出李大蠻子臉色黯淡無光，雙目緊閉，應該是快不行了。

看到這樣的李大蠻子，她生不出一絲一毫同情，當初李大蠻子為了曹心娥燒她家房子，她沒有親自動手已經算仁慈。

開。

「快滾，不要讓他死在門口！」不管曹心娥的苦苦哀求，醫館的人像趕蒼蠅一般讓她離開。

顧清婉冷漠地看著這一切，心情卻無比暢快，嘴角也不自覺勾起淺淺的弧度。

吳仙兒站在顧清婉旁邊，看到這抹笑容，心裡不解——圍觀的人都對這名女子露出同情之色，為何顧清婉反而有些幸災樂禍？

「小婉姊姊，妳認識她？」吳仙兒想不明白，直接開口問道。

顧清婉沒有否認。「一個村的，怎麼不認識。」

說完，她瞥了曹心娥一眼。「走吧，沒有什麼好看的。」說著，牽著強子擠出人群。

吳仙兒又不笨，看顧清婉的態度，便明白兩家關係恐怕不好，頓時看曹心娥的眼神也不友善起來。顧家人不易與人結仇，能被顧清婉記恨的，想必不是好人。

轉眼，顧清婉便把曹心娥的事忘記，牽著強子開開心心地逛起了集市，給強子買了新靴子。

回到家裡，顧清婉和可香、吳仙兒正閒話家常。顧清言進來後，臉色有些不悅。

顧清婉微微凝起眉頭。「這是怎麼了？誰惹你了？」

顧清言頓了下，怒氣沖沖地道：「還能有誰？咱們的娘。」

「娘怎麼了？」顧清婉不解地問道。

吳仙兒和可香也看向顧清言，想知道顧母做了什麼讓他如此生氣？

「娘把我們的老屋給了王青蓮。」顧清言氣得眉頭緊皺，家裡環境剛好些，他娘就借銀子給人，現在連房子都能送人。

「什麼時候的事？」顧清婉疑惑地問道。

「你們去逛集市的時候，王青蓮來家裡跟娘說的。娘說反正那屋子也用不著，既然王青蓮需要，就給她家。」顧清言心情很煩躁，不明白娘是怎麼想的，都不會考慮他們幾個孩子的感受。

可香聽見這話，心裡也有些生氣，但她沈默下來。

吳仙兒是外人，不發表意見，感覺到氣氛沈重，不適合再留下來，開口道：「小婉姊，我先回去，改明兒我去縣裡找妳玩。」

顧清婉點點頭，起身道：「我送妳出去。」

「不用，你們繼續聊。」吳仙兒說著，拿過架子上的披風繫上帶子，戴起兜帽，看了顧清言一眼，才開門出去。

顧清婉站在門口，目送吳仙兒離開，才坐回地爐旁。

姊弟三人都沈默著，顧清婉覺得自己在這家裡，已經不方便說什麼，開口道：「娘為什麼要把房子給王青蓮？」

「好像是李珍回來了。」顧清言嘆了口氣，倚靠在一邊的矮几上。

李珍是王青蓮的大女兒，出門做工嫁在外地，因為不是三媒六聘，那家人根本看不起李珍。按照前世的記憶，李珍這次回來是生孩子，生了一對雙胞胎女兒，那家人都不肯認，直到孩子已半歲多時，才過來接。

第六十九章

「娘答應的時候，你沒反對？」顧清婉不明白弟弟怎麼不拒絕？

「以我的脾氣，妳認為我不會開口嗎？我說那房子還有用，娘說我們都去縣裡了，還能有什麼用？再說他們大人說話，叫我一個小孩子別插嘴。」顧清言仍很生氣。「我已經把東西收好，等妳回來我們就去縣裡，賣地的事我剛才已經去找吳鎮長說過，讓他處理。妳收拾一下，我們馬上走。」

顧清婉嘆了口氣。「我也沒什麼能收拾的。那我去跟娘說一聲，我們再走。」

可香想說什麼，嘴唇掀動兩下，又將要勸說的話吞進肚子裡。顧清言正在氣頭上，說什麼恐怕都聽不進去，還是等他自己想通再說。

顧清婉去客廳找娘親，娘在和七奶奶說話，七奶奶眼睛紅紅的，看樣子是向娘哭訴。旁邊坐著兩個孩子，如果她沒看錯，這兩個孩子不是李明巧的嗎？七奶奶已經原諒李明巧了？不過這不是她該關心的。

顧清婉打招呼。「七奶奶您過來了，吃了嗎？」

七奶奶抹了一把紅紅的眼睛，強顏歡笑地回話。「吃了，小婉什麼時候回來的？」

「昨兒就回來了。」顧清婉點頭，走到顧母旁邊，低聲道：「娘，縣裡有事，我和言哥兒回縣裡去了。」

這消息有些突然，顧母凝眉不解地問道：「你們不是明兒才要回去嗎？」

「剛才縣裡來人，說溫室那邊出了點事，讓言哥兒儘快去處理。」顧清婉不能說實話，只能瞎編理由。

「既然這樣，那你們就去吧，路上注意安全。」顧母點點頭。

「知道了。」顧清婉應了聲，朝七奶奶道：「七奶奶，那您坐，下午讓可香給您做飯吃。」

「好，去吧。」七奶奶笑著點頭。

顧清婉出了屋，見顧清言已經等在門口，她說道：「你不去跟娘說一聲？」

再怎麼生氣，也是娘親，顧清言在姊姊的話音落下後，走到客廳門口往裡喊。「娘，我走了，您跟爹說一聲。」

顧清言話音一落，顧母和七奶奶走出來，站在門口叮囑路上慢些，注意安全。

姊弟倆都點頭應著，朝外走去。

可香送姊弟倆上了馬車，走回客廳，坐在顧母旁邊，聽兩人說話。

「我這是沒有辦法，難道真看著她死？說不管，狠不下心；說管，但想到六丫，我這心就像給人一刀一刀割著一般。」七奶奶嘆口氣。

顧母跟著嘆氣。「無兒無女是菩薩，有兒有女是冤家，這命就是這樣，怎麼做都不合適。」

七奶奶點頭稱是，旁邊兩個孩子吃著糖，雖然聽不懂大人談話，但他們明白，大人說的話和他們有關。

可香聽著這些話，覺得昏昏欲睡，趴在顧母大腿上睡覺，顧母心疼地抱著可香，一隻手輕輕拍著她的背。

顧母對可香好，好得比對顧清婉姊弟都好，姊弟倆都能感覺得到，但不會說什麼，他們知道顧母是是心疼可香過去所受的苦。

馬車裡，顧清言心中已經有了想法，以後他掙的銀子，絕對不會交給娘，若家裡緊缺銀子，他再貼補家用，不然照這樣下去，家裡還不被娘給送光？

現在村人都知道娘好說話，一有問題就來他家，他已經不知道該用什麼話來形容娘了。

第二天一早，顧清婉和唐翠蘭出去買菜。

唐翠蘭吃了藥，身體逐漸好起來。她的病還不算嚴重，很容易治療，兩天下來，臉色好看很多，眼睛也明亮有神不少。

早上菜市場門口一排都是賣魚的，魚便宜，二十文一條，個頭還挺大，有四、五斤重，且都是活魚，稍微再大一點的三十文。

顧清婉站在魚桶邊挑魚，用棍子指給老闆說要哪一條，老闆負責把魚撈出。

「喲！還真是妳，我說是哪個狐狸精，老遠聞到騷氣。」此時，細聲細氣的聲音從顧清婉身後響起。

這樣刻薄的話，聽得人心裡一陣不舒服。

顧清婉轉過身看向說話之人，只見一個上身穿綠色繡紅牡丹棉襖，下身穿藍色繡茶花棉裙的少婦，梳著雲髻，頭插銀釵流蘇，耳戴鑲綠寶石耳墜，一雙狹長的丹鳳眼帶著嘲諷，給人陰冷的感覺。顧清婉微微凝眉，她根本不認識此人。

正疑惑間，綠衣少婦又開口。「竟然還有臉來逛菜市場，也不怕街坊鄰居看到妳嫌噁心。」

她眉眼中帶著深深的厭惡。

顧清婉這才明白少婦說的不是她，而是她身前也不知道是氣得，還是怕得發抖的唐翠蘭。

唐翠蘭死死握著板車，她內心的憤怒無法用言語來表達，此時此刻，她只想把眼前的人掐死。

「賤人！做了對不起夫君的事，還有臉活在世上，妳怎麼還不去死！」綠衣少婦見唐翠蘭穿得周正端莊，雖然不是上等布料，也算中等，便知道唐翠蘭過得不錯，沒有她預想中的差，心裡別提多生氣。

她這才看到唐翠蘭身後的女子，雖然女子綰著已婚婦人的髻，但眼睛明亮清澈，一看就是未經人事的女子，她最恨的就是這種乾淨的女子，況且這女子還幫了她想要弄死的女人。

綠衣少婦眉梢輕挑，狹長的丹鳳眼裡滿是怨毒。「是妳收留她的？」

「是又怎麼樣？」顧清婉本就看不慣綠衣少婦尖酸刻薄的嘴臉，且對方有心找碴，她態度自然不好。

「物以類聚，都是一樣的賤。」綠衣少婦嘲諷地道。
「杜心秀妳有什麼事衝我來，不要對少夫人無禮——」
「啪啪啪！」唐翠蘭話音未落，一連串耳光聲在菜市場響起。
周圍看熱鬧的人還沒反應過來怎麼回事，殺豬般的嚎叫聲震破蒼穹。「殺人了！救命啊！」
眾人循聲望去，才看清綠衣少婦倒在滿是污水的地上哀號，乾淨貴氣的衣裳上滿是泥和腳印，一張還算如花似玉的小臉此刻腫得如豬頭。
而少婦的肚子上，踩著一隻藕色繡花短靴，靴子的主人居高臨下，俯瞰著腳下的人。
「嘴巴放乾淨點，不是什麼人妳都能得罪。」
杜心秀嘴裡發出嗚嗚聲，眼裡滿是驚恐之色，心臟都縮在一起，很害怕腳的主人再多用一分力，她就變成一灘肉泥。
明明看起來纖瘦的女子，竟然重若千斤，她都快喘不過氣來了。即將陷入黑暗時，突然世界一下又變得輕鬆起來，整個人從沒如此好受過。
顧清婉本就沒想過要殺死杜心秀，把握好力度，在這女人快不行的時候放開，讓她在生死一線間掙扎，才是最大的教訓。
在杜心秀懵懵懂懂還未回神間，顧清婉發話。「妳給我記住，以後見到我，就像狗一樣夾著尾巴滾。還有，再聽到妳說翠蘭姊的不是，我要妳的命。」
聲音裡帶著一股狠意，經歷過浴血重生，顧清婉是個有仇必報的人，她的善良，只留給在乎的人。

唐翠蘭沒想到經歷過這麼多折磨後，能遇到顧清婉這樣好的人。她走到顧清婉身後，伸手挽著她的手臂。「少夫人，求您放過她吧。」

顧清婉朝唐翠蘭點點頭，隨後看向杜心秀。「今日看在翠蘭姊的面子上放過妳，以後不要再讓我見到妳，再聽到妳說她半句不是，我就廢了妳。」

杜心秀連連點頭。「我不敢了，我真的不敢了……」

顧清婉冷哼一聲，推著板車朝菜市場裡走去，唐翠蘭連忙跟上。

圍觀的人對杜心秀指指點點，人群中一個十七、八歲丫鬟打扮的姑娘見顧清婉離開，才敢過去扶杜心秀起來。「姨娘。」

「妳這個賤婢，剛死哪裡去了？」杜心秀吃了這麼大的虧，心裡有氣沒地方出，趁丫鬟扶她起身，在丫鬟腰上狠狠掐著不放。

丫鬟痛得淚水在眼裡打轉，卻敢怒不敢言。

經過這事，杜心秀已經沒臉再逛菜市場，和丫鬟一瘸一拐地離開，心裡卻把顧清婉的樣子深深刻畫在腦海裡，想著回去要怎樣跟她男人告狀，讓她男人把顧清婉收拾了。

午飯後，顧清婉回屋喝茶看醫書。

此時敲門聲響起，隨之顧清言的聲音也從外面傳來。「姊姊，歇下了嗎？」

「沒呢，進來。」顧清婉回了一句。

顧清言隨手關門，走到地爐前坐下。

「左二公子那邊的地裡不用去嗎？菜應該快到收成的時候。」

「沒事，明兒或後日去就行。」顧清言端起熱呼呼的茶喝一口。「我已經讓陳詡幫忙，看看有沒有合適的店鋪。等到吳鎮長把地處理好，他會派人送銀子來，然後就可以把店鋪盤下來了。」

「好。」顧清婉沒有異議。

這時，又有人敲門。

「少夫人，是我。」唐翠蘭的聲音在門外響起，帶著幾分小心翼翼。

一開門，只見唐翠蘭站在門口，神色中有幾分掙扎，躊躇不前。

「有什麼事進來再說吧。」她朝唐翠蘭招手，指了指旁邊的矮椅。

唐翠蘭咬咬唇，還是邁步走進門。

「怎麼了？」其實顧清婉已經猜到幾分，但不確定。

「少夫人，我想求您幫幫我，我真的是被陷害的。」唐翠蘭說著，眼淚已經大顆大顆往外溢。

「別哭，慢慢說。」顧清婉拿過杯子，為唐翠蘭倒了一杯茶，放在她手中。

唐翠蘭用袖子擦了把淚，輕抿一口茶，穩定情緒，在心裡把事情整理一番。

顧清婉也不著急，喝茶等著。

唐翠蘭清楚，一旦顧清婉知道她的事，顧清言也會知道。她猶豫了一下，開口道：「我爹是前任知縣唐青雲，自從我爹死了以後，我……」

「等等，妳說妳是唐青雲的女兒？」顧清言一臉震驚。

姊弟倆都很訝異，如果不是唐青雲清官明斷，顧家現在肯定又是另一番景象。姊弟倆都很感激唐青雲，本想找機會感謝他，沒想到他突然離世，如今陰錯陽差，竟然救了唐青雲的女兒。

唐翠蘭不明白顧清言為何突然打斷自己的話，但還是點點頭。「是的。」

「既是如此，妳怎麼會走到這一步？」顧清婉想不通，唐青雲是個好官，名聲很好，不看僧面看佛面，他的女兒怎可能會變成現在這樣子？

唐翠蘭說起這個，眼裡滿滿憤恨之色。「我是遇人不淑，嫁了個狼心狗肺的東西。」

姊弟倆相視一眼。

原來唐翠蘭在幾年前嫁給周家的三兒子周源，這周家原先家境不是很好，但不知為何，周源突然變得有錢，收購田產無數，同時周家也請了不少的打手魚肉鄉民，弄得西河村村民敢怒不敢言。

唐翠蘭以為這一切都是唐青雲在背後支持，回娘家問後才知道，周源是去找過唐青雲，要求岳父給銀子，支持他買地產、開店鋪。可他哪裡知道，這唐青雲雖然為官多年，卻從不貪百姓一文錢，除了那點微薄的俸祿，根本沒有多餘銀子。唐青雲也搞不清楚周源從何處弄來這麼多銀子買地，如此短的時間就做了西河村地主。

他當時勸周源要腳踏實地，人窮不要緊，一步一步來，總有一天會過上好日子，哪知周源突然發了橫財。

也是因為此事，唐青雲心有歉疚，儘管知道周源在西河村橫行霸道，他也睜一隻眼，閉一隻眼，只能儘量幫助西河村村民。

因為唐青雲沒有幫助自己，周源從此內心記恨上他，等岳父一死，便將怨氣都撒在唐翠蘭身上。

周源娶了好幾房小妾，每天讓小妾們欺負唐翠蘭，最後還把她迷暈，找來一個得花柳病的男人糟蹋髮妻，之後再趕出周家。

周家在西河村有錢有勢，於這縣城裡也有一席之地。唐翠蘭找了不少活計，第二天都會被莫名其妙趕走，她知道是周家人使壞，心裡有苦難言。

唐翠蘭本已經抱著活一天算一天的念頭，沒想到會遇見顧清婉。

唐翠蘭的遭遇，令顧清婉想到前世的自己，她憤怒道：「竟然有這樣無恥的男人，妳怎麼不去報官呢？」最後一句話帶著恨鐵不成鋼的意味。

「八字衙門朝南開，有理無錢莫進來，除了我爹，我還從來沒見過真正為百姓想的父母官。像我這種什麼都沒有的人，他們才不會管我的死活。」唐翠蘭無奈地嘆口氣，低聲道。

「如果可以，希望少夫人和言少爺能幫幫我。但若會給你們帶來麻煩，那就還是算了，我不希望少夫人和言少爺涉險。」唐翠蘭雖然對顧家姊弟不是很瞭解，但從張、王婆子嘴裡聽說，顧家姊弟還是有些能耐的，認識的人也多，才來求他們幫忙。

「這事我們會考慮的，妳先去休息。」一直沒有說話的顧清言開口。

姊弟倆怕是要商議才能有決定，唐翠蘭很知趣地點點頭，躬身退出屋子。

顧清言隨後對顧清婉說：「這事查明確定屬實後，我們再商量不晚。」

晚上，顧清婉去詢問老太太晚餐吃餃子可好？

「這好，那我和畫秋也來幫忙。」老太太說起吃的，也是個吃貨。

三人說說笑笑地朝廚房走去。

「祖母，能跟我說說祁軒小時候的事嗎？」顧清婉其實最想知道的，就是夏祁軒的腿是怎麼受傷的。但是她明白，夏祁軒的腿是夏家每個人心裡的傷，她又怎會在他們傷口上撒鹽？

說到夏祁軒小時候，老太太的話就煞不住，從夏祁軒出生，再到做狀元，但因為腿的關係，不能為官，說到此，老太太整個人變得黯然。

顧清婉明白老太太的心思，一個翩翩公子，正是意氣風發的時候，竟然因為身體缺陷不能有所成就，恐怕這也是夏祁軒心裡的痛。

當她們倆一陣沈默之際，一隊車馬緩緩駛進縣城門口。

駕車的兩名男子，其中一人眉目俊朗，另一人虎目濃眉，看起來都很粗壯，一看就是練家子，身後的兩匹馬上，也各自坐著一名漢子。

街道上的行人見此，都紛紛避讓，生怕惹得馬車上的人不悅，吃一馬鞭，又不敢還手。

這輛馬車不是別人，正是從楚京沒日沒夜趕回來的夏家主僕。

「主子，要不要先去店鋪裡洗漱一番，讓清淺做飯吃了再趕回船山鎮？」阿大隔著簾子問馬車裡假寐的夏祁軒。

「你覺得清淺做的飯菜有小婉做的好吃？」他的小婉不會嫌棄他風塵僕僕的模樣，他現在只想快點見到思念已久的那個人。

在馬車一角，堆放著一卷卷畫卷，全是顧清婉的畫像，有笑的、有生氣發怒的，還有沈思的，每幅畫卷裡的人物都活靈活現。

阿大、阿二隔著簾子，相視一笑，公子現在已經思妻成魔。為了趕時間，一隊人馬穿過縣城，朝船山鎮駛去——

第七十章

天色漸漸暗沈，空中飄飄灑灑，下起鵝毛大雪。大雪下了一夜，整座縣城都籠罩在白雪皚皚中。

顧清婉昨兒晚上多吃了幾顆餃子，夜裡撐得睡不著，雞鳴才睡過去。不過卯時仍舊準時起來，開始每天早上必做的事。

剛到廚房，手才碰到門簾，便見張婆子急急忙忙跑來。

「少夫人，外……外面……」

「外面怎麼了？」顧清婉停下挑簾的動作，不解地看向張婆子。在夏家，海伯教導過張婆子她們，遇事不能驚慌，這才到顧家沒幾天，便把海伯的教導忘記了？

「您……您去看看……」張婆子激動得說不出話來，連連指著外面。

顧清婉緊了緊身上的襖子，點點頭。弟弟和老太太他們都沒起床，只能自己去看看發生了什麼。

顧清婉揣著不解和疑惑走出大門，當看到門口輪椅上的男人，她的眼睛裡便再也沒有別的。

「你、你……」

這次輪到她說不出話來，他不是該在楚京嗎？怎麼會在門口？

她以為自己眼花，努力地眨了幾下眼睛，但夏祁軒仍然在她眼前，那樣溫柔深情地注視著她。

他仍然如往昔那般溫潤如玉，一身天藍色長袍，披著藍色大氅，只是眉眼間有掩飾不住的疲憊，眼下有淡淡鴉青，可見沒有休息好。

顧清婉之前再生氣，看到夏祁軒現在憔悴的樣子，也說不出責怪的話。

「進屋吧。」她輕聲道。

顧清婉軟和的態度，讓夏祁軒愣怔在當場。昨晚到了船山鎮，從海伯那裡得知小婉發現被他欺騙的事，他以為他們見面時，她一定會大發雷霆，再責問他一番，沒想到這麼輕聲細語。

身後的海伯和阿大四人也是一怔，都一臉喜色，看來少夫人已經不再生氣。

顧清婉淡淡地看了夏祁軒和海伯他們一眼，轉身朝大門走去，對一旁的唐翠蘭道：「把公子他們安置在客房，先不要告知老太太。」

「是。」唐翠蘭恭敬地點點頭。她心裡很驚訝，沒想到少夫人的男人竟然是個瘸子，不過這公子長得龍章鳳姿，儀表堂堂，也配得上少夫人。

夏家主僕一愣，原來，她還是在生氣。

夏祁軒想要喚住顧清婉，但他清楚，小婉在氣頭上，還是看情況再說。

家裡一下子多了這麼多人，準備的飯就要多了。顧清婉在廚房裡不停忙碌著，不經意做的都是夏祁軒愛吃的菜，連她自己都沒有注意，等回過神之際，菜已經準備好。

在廚房裡忙碌了一早，顧清婉覺得自己身上都是油煙味，就先回屋打理一下再過去。自從夏祁軒離開後，她就沒再刻意打扮過自己。

拿出擱置將近兩個月的梅花簪，然而看著手中的梅花簪，猶豫再三，嘆了口氣，又重新放進盒中。

飯廳裡，沒有一個人動筷子，都在等著顧清婉。夏祁軒幾次探頭朝外張望，想要去看她到了沒，怕她因為生氣不來。

就在夏祁軒胡思亂想，有一句沒一句地和老太太說話的時候，顧清婉進了飯廳。「怎麼都不動筷子？」說著話，她很自然地走到夏祁軒旁邊的椅子坐下。

老太太見此，好似鬆了一口氣，笑咪咪道：「妳辛苦了一早上，當然等妳一起吃。」

「我和翠蘭姊說了，讓你們先吃，不用等我的。」顧清婉說著，接過畫秋遞來的飯碗，擺在夏祁軒面前，看得老太太笑逐顏開，眼睛都瞇成了一條縫。「大家開動吧。」

顧清婉用公筷挾了一塊回鍋肉，放進夏祁軒碗裡，忽視掉他溫柔的眼神。

老太太看著顧清婉和夏祁軒的互動，微微皺起了眉。想當年她和老太爺在一起，隨興而為，哪像現在的孩子，扭扭揑揑，都不知道在矜持什麼。

想想兩口子的事不宜摻和，讓他們自己解決吧。

於是老太太和畫秋急忙吃了一些，離開了飯桌。這裡的人都是極有眼力的，老太太一走，個個都好似吃飽一樣，陸續離開。

最後，只剩下顧清婉和夏祁軒兩人。
氣氛沈寂下來，顧清婉準備放下碗筷時，碗裡多了一筷子菜。
「多吃點，妳瘦了。」簡單的一句話，帶著濃濃的關懷。
顧清婉挾起菜，放進嘴裡。
「對不起。」夏祁軒放下碗筷，目光停留在她側臉上。
顧清婉好似沒聽見一般，停下吃飯的動作，看向他碗裡沒動幾筷子的飯，嘆了口氣，道：「吃吧，吃完了再去睡會兒。」
「小婉要怎樣才原諒為夫？」夏祁軒並沒有要端起碗的意思，眼神認真而專注，帶著濃濃的擔憂之色，害怕顧清婉不原諒他。
「我不想和妳有隔閡，以前騙妳，是害怕失去妳。我可以向妳保證，除了這一點，別的事情都沒有騙過妳。沒有告訴妳家裡的事，是不願妳想太多，這件事原本就沒有打算瞞妳一輩子，只是想過些時候，或是我們有了孩子再告訴妳，到那時就算妳生氣，但看在孩子的分上，也會原諒我。」
顧清婉其實不是個記仇的人，經過這麼一段時間，她已經沒有剛知道這件事時那樣生氣。
只是現在她自己也弄不清楚，到底要如何面對夏祁軒？
她看向他。「吃飽了嗎？」
「小婉不肯原諒為夫，為夫吃不下。」夏祁軒帶著幾分孩子氣地道。

「那你別吃。」顧清婉本來就沒有原諒夏祁軒，他還這樣吊兒郎當的態度，頓時氣不打一處來。

不想再說什麼，直接跑回房間，在地爐邊坐下。

門外響起腳步聲，隨後是敲門聲和老太太說話的聲音。「婉丫頭，祖母能進去嗎？」

顧清婉壓下心裡的氣，起身去開門。「祖母，您不歇會兒嗎？」

「你們小倆口有矛盾沒解決，祖母怎麼歇得下？」老太太說著，進了屋子。

顧清婉看了一眼外面，沒有看到某人，隨手關上房門，跟著走到地爐旁坐下。

老太太道：「婉丫頭，妳在祖母心裡一直是個懂事乖巧的孩子，有時候還要請妳多多包容祁軒的任性。祖母知道你們剛剛為什麼吵架，只要關於妳的事，他就緊張、擔心，他會有這些情緒，還不是太在乎妳？妳說呢？」

再優秀的男人，在老人心裡，都是孩子脾性，夏祁軒在老太太心裡，同樣是個還沒長大的孩子。

顧清婉點點頭，承認老太太說的話。夏祁軒在外人面前，確實是個理智冷靜、凡事講求完美的男人，只有在她面前，情緒才會起伏明顯。

「他到了楚京，在家裡待了還不到兩天，得知事情並沒那麼快結束，便又沒日沒夜地趕回來，這一切還不是為了能見到妳？昨兒夜裡他便到了家門口，怕打擾我們休息，沒來敲門。若不是早上張、王婆子掃雪，他們還不知道要凍到什麼時候呢？這所有的一切，都是為了丫頭妳啊，看在他深愛著妳的分上，就原諒他，好不好？祖母也替我那不成器的孫兒向妳道歉。」

這些話，當然是阿大他們告訴老太太的。

「祖母，這是我和祁軒之間的事，您不需要道歉，您說這話，真是折煞我了。」顧清婉開口道。

老太太嘆了口氣。「其實祖母可以看得出，你們彼此都很在意對方。」

顧清婉想要否認，老太太抬手阻止。「別急著否認。妳不在乎祁軒，不會做一桌他愛吃的菜，也不會在做完飯後先回屋梳洗，祖母可有說錯？」

地爐上的水燒開，水氣衝出水壺蓋子，發出「噗噗」聲。

顧清婉拎起水壺泡茶，沒有說一句話，以前怎麼就沒發現老太太嘴巴這麼能說會道？她好像沒有老太太說的那樣在乎夏祁軒吧？但她被說得找不到話來反駁。

「婉丫頭，祁軒是個什麼樣的人，妳應該很清楚，你們兩個成親到今日，聚少離多，為何不好好珍惜？」老太太是黃土都埋到脖子的人，事情看得通透，她知道顧清婉現在還沒有認清自己的心。

老太太的話很有道理，顧清婉都聽進心裡，她開口道：「謝謝祖母教誨，小婉記住了。」

「祖母一直都知道妳是個懂事的孩子，要怎麼做，相信妳自有分寸。」老太太笑咪咪地接過茶水喝著，內心已經盤算起什麼時候能抱曾孫。

顧清婉心中想著老太太說的話，夏祁軒竟然為了見她，沒日沒夜地趕路，難怪看起來那麼疲憊，心裡不感動是假的。

她送老太太回房歇下，看天色還早，準備回屋再看會兒書，然後做飯，卻見夏祁軒在院子裡等她。

「小婉，我們談談可好？」夏祁軒在顧清婉快要走過他旁邊時，開口道。

「我有些累了，有空再說，你也回屋好好睡一覺。」顧清婉知道夏祁軒日夜兼程地趕路，昨兒又在門外等了一宿，定是累了，想讓他回屋好好休息。說著話，她一步不停地朝前走去。

在顧清婉說話時，夏祁軒正準備伸手去握她的手，不料她沒有停步，撲了個空，輪椅打滑，瞬間整個人摔出輪椅。

下了一宿的大雪，地上掃得再乾淨，也會有殘冰留下。

聽見身後重物落地的聲音，顧清婉回頭看去，頓時嚇得不輕，只見輪椅倒在一旁，夏祁軒整個人跪趴在地上。

她沒想到會發生這樣的事，回過神，跑到他身邊蹲下，眼裡滿是關切和擔憂。「你怎麼樣了？」

「沒什麼大礙。」夏祁軒沒想到會在她面前如此狼狽，緊皺的劍眉帶著懊惱，他本就不夠完美，再在小婉面前發生這麼狼狽的一幕，令他很擔心，擔心小婉會嫌棄他。

顧清婉不再廢話，一把抱起夏祁軒朝她屋子走去。

進屋後，安頓好夏祁軒，她又倒了一點烈酒在瓷碗裡，蹲下身用棉花蘸了烈酒為夏祁軒擦拭手掌。他兩隻手掌都擦破皮，往外滲著血珠，看得顧清婉心都糾在一起。

想要說責備的話，又說不出口，最後化成一聲嘆息。「冬天地面結冰，以後注意一些。」

夏祁軒一直將顧清婉的反應收進眼底，雖然小婉表現得很淡然，但看得出很關心他。就算手掌上傳來火辣辣的疼，他好像也感覺不到，心裡被甜蜜填滿，這一刻，他覺得這一跤摔得好值。

顧清婉雖然面無表情，其實心跳很快。一個男人用如此炙熱深情的眼神盯著她看，而且還是這麼近距離，剛想要開口，讓夏祁軒不要這樣看著她時，夏祁軒先開口了。

「小婉，對不起。」

「好像從我們成親到現在，你跟我說最多的就是對不起。」顧清婉為夏祁軒抹上藥膏，準備包紮，被他阻止。「不用包紮，只是小傷而已，若是老太太看見，又要小題大作。」

「祖母那是關心你。」雖然說了這話，顧清婉還是沒再給夏祁軒包紮。

「我去叫阿大他們來給你換衣裳。」

「他們不在。」夏祁軒開口阻止準備開門的顧清婉。雖然沒有算準會摔這一跤，但他把阿大他們派出去還是有些私心的，一旦他沒人管，小婉不可能不管他。

顧清婉何嘗不明白夏祁軒的用心，她嘆了口氣。「我去給你找衣裳來。」說著，開門走出去。阿大他們不在，也只能她親自為夏祁軒換衣裳。

顧清婉去客房裡翻找出夏祁軒的衣裳，瞧見一卷卷畫卷在桌上放著，好奇地打開。這一看，整個人愣在原地，只見每張畫都是她，就連她眼角小小的一顆痣也被畫出來。

不用說，這些全部是夏祁軒所繪，畫出這麼栩栩如生的畫像，一定是將她深深刻畫在心裡。這一刻，顧清婉心底的冰在融化。

抱著衣裳回屋，站在門口，心裡沒來由地緊張。駐足了一瞬，推開房門，見夏祁軒倚靠在矮椅上打盹，她拿起薄被給他蓋上。蹲著身子，靜靜地注視他，熟睡中的他，淺淺均勻的呼吸聲，眉目如畫，睫毛濃而長，鼻子直挺，微微勾起弧度的唇瓣如桃花那般，帶著淡淡的粉。

看到這樣的夏祁軒，顧清婉竟然想要去親吻，這個念頭在心裡一起，她自己都嚇一跳，趕忙移開視線，平復內心的遐思。

夏祁軒這麼快就熟睡，可以看得出他很累。她輕輕抱起夏祁軒，將他放在床上，蓋上被子，讓他好好睡一覺。

顧清婉往地爐裡再加了幾塊炭，讓屋裡保持暖意，這才起身去廚房。

做菜中，顧清婉讓畫秋看著爐火，回屋去看夏祁軒醒來沒有。冬日的白天短，屋裡很暗，她進屋剛點好蠟燭——

「小婉。」

聽見聲音，顧清婉透過帷幕望向床那邊。「你醒了？」

「嗯，有些口渴。」夏祁軒的聲音裡帶著慵懶的睡意。

「等一下。」

地爐沒有燒水，顧清婉只能用加熱過的井水給夏祁軒喝，不過夏祁軒以為她是從茶壺裡倒的。她端著水杯走到床前，放在床頭櫃上，才從夏祁軒身後將他扶起，餵他喝水。

「你是現在起來，還是再睡一會兒？」

「起來吧。」夏祁軒說著，伸手去摸顧清婉的小臉，臉上帶著壞壞的笑。「其實為夫很捨不得這張床，很怕一起身，小婉就不肯讓為夫睡這裡。」

「夏祁軒，你能不能正經一些？」顧清婉想不通，夏祁軒怎麼總是這樣嬉皮笑臉的。

夏祁軒眉眼都是笑意，雖然小婉看起來很生氣，他能感覺到小婉此刻一點都不氣。

「那把衣裳換了，你衣裳上有泥，待會兒祖母看見要問東問西。」顧清婉說著，很自然去解夏祁軒的衣裳。

「我是不是把妳被子弄髒了？」夏祁軒就那樣躺著，由著顧清婉解帶子，他嘴角帶著愉悅的笑容，極其享受這一刻。

「我可以洗。」顧清婉為他解了衣裳，脫掉外褲，裡面褻褲的膝蓋位置被污水浸髒，也得換掉。

「髒了一點，褻褲等阿大他們晚上幫我換吧。」夏祁軒看出顧清婉的為難，心裡劃過一絲苦楚，小婉到現在還沒有徹底接受他嗎？

顧清婉只是猶豫一下，便將褻褲褪下，視線掠過夏祁軒那密林之地，她心中沒有一絲旖旎，因為她看到夏祁軒的膝蓋處，瘀青一片。

第七十一章

「你不痛嗎？怎麼不和我說？」顧清婉的心糾在一起，心裡很堵。

「怕妳擔心。」夏祁軒確實很痛，但他怕小婉難過，便沒有說出來。他的雙腿是腳踝筋脈出了問題，其他都很健康，所以膝蓋受傷，他也會有感覺。

「夏祁軒，你這個傻瓜。」顧清婉說著，為他蓋上被子，忙找來藥膏給他塗抹在膝蓋上，為他輕輕揉捏。

「小婉是在心疼為夫？」夏祁軒沒想到顧清婉會這麼擔心，剛剛還陰霾的心，瞬間晴朗。

顧清婉白了夏祁軒一眼，不想理他。揉了一會兒，拿過準備好的乾淨褻褲，為夏祁軒穿上。「吃完飯，我給你煮兩顆雞蛋滾幾下。」

「好。」他似個聽話的孩子般點點頭。

穿戴好後，將夏祁軒抱進輪椅中，推著他先到飯廳。

顧清婉將輪椅推到桌邊後再坐下。老太太現在心情很好，她看得出小倆口已經盡釋前嫌。

飯後，老太太和畫秋便推著夏祁軒去她房間閒話家常。

顧清婉煮好雞蛋，才去接夏祁軒回屋。阿大四人不在，不放心夏祁軒一個人住客房，只能讓他今晚先住她屋子。

「小婉，妳可是缺銀子？」夏祁軒也是從海伯那裡得知賣地一事。

「我準備開一間專門為婦女治病的醫館，還差一些銀子。」顧清婉沒有打算隱瞞夏祁軒。

「需要銀子為何不去帳房領取？縣裡也有我們的米鋪，妳應該知道。」雖然不贊成顧清婉拋頭露面，但這是專門為婦女們治病的醫館，夏祁軒沒有什麼好擔心的。他明白想要得到顧清婉的心，就得支持她，做她背後的男人。

「我不想拿你的銀子，因為自從知道你騙我之後，我就一直生你的氣。」顧清婉這個藉口是隨口捏造的，她只是在堵夏祁軒的嘴。

果然，顧清婉這話一出口，夏祁軒俊美的臉覆上一層陰霾，他嘆了口氣。「那妳現在可還生氣？」

「自然還氣。」顧清婉不想用夏祁軒的銀子，只能這樣回答。以她對夏祁軒的瞭解，她一旦說不生氣，他一定會給她銀子。

「妳我夫妻，何必如此生分？」夏祁軒怎麼會看不出顧清婉的心思，他將雞蛋扔進碗裡，沒了心情滾瘀青。

顧清婉看著碗裡滾動幾下的雞蛋，也沒再解釋，拿起雞蛋走到他身邊蹲下，為他化開瘀青。「楚京的事情是不是還沒有辦好？」今日老太太說過，夏祁軒見事還沒那麼快結束，又趕了回來。

「我能陪妳過完年，大年之後我再走。」夏祁軒在來的路上就已經安排好一切。顧清婉輕輕「嗯」一聲，專心為他化瘀青。夏祁軒的腳必須兩、三天疏理一次筋脈，等到萎縮的筋脈全部疏理通，才能用接脈之法。

且在疏理筋脈開始後，一旦半途中斷，又得重新來過。短短兩個月不可能把萎縮的筋脈疏理通，看來又得等夏祁軒從楚京回來以後，才能慢慢治療。

「明兒我們一起回船山鎮。」夏祁軒看著顧清婉的側臉。見顧清婉看向他，夏祁軒嘴角含笑。「我回來，得去拜見岳父、岳母。」

「好。」顧清婉點點頭。

到了就寢時間，上床時顧清婉心裡有些緊張忐忑，如果夏祁軒今夜要自己，她應該會同意吧。從看到那些畫卷後，她就已經對夏祁軒徹底敞開心扉。

解下髮髻，及腰長髮散落在背上和肩膀上，燭光下的顧清婉，看起來更美上幾分，俗話說，燈下美人，便是這個理。

今夜的顧清婉，已經決定把自己交給夏祁軒。既然決定要做他的女人，就不會再逃避，他們本來就是夫妻，沒什麼好忸怩的。

夏祁軒總是患得患失，恐怕就是沒有和她圓房的關係。

她握住他伸過來的手，十指緊扣，他用力一拉，將她拉向他。

顧清婉此刻趴在夏祁軒身上，兩人姿勢曖昧，空氣裡也漸漸瀰漫著旖旎的氛圍，彼此灼熱的氣息噴灑在對方臉上。

兩人就這樣注視著彼此，呼吸漸漸加重。夏祁軒伸手擁住她，吻上紅嫩的唇，有了上次的經驗，他沒有那麼生澀，舌尖靈巧地撬開她的貝齒，品嘗她的甜美。

滿室的旖旎春色，過了一會兒，他卻推開她。「我有些累。」他不想在這麼累的情況下要她。

顧清婉一怔，半晌後才反應過來，點頭道：「那你睡吧。」

其實她也能想得到，夏祁軒趕了這麼久的路，舟車勞頓，昨兒又在門口等了一宿，今日幾乎也沒睡什麼覺，不累才怪。

換成別人，恐怕今日都會睡得天昏地暗，但夏祁軒為了她，強行硬撐陪著。

她在他旁邊躺下，為兩人蓋上被子，便聽見他均勻的呼吸聲響起，看來夏祁軒是真的太累，難道他在馬車上都不睡？顧清婉後來才知道，夏祁軒在馬車上根本睡不著，只有很累的時候才會睡上一小會兒，但他卻不肯住客棧，沒日沒夜地趕路，才會累成這樣。

阿大四個其實不是被夏祁軒派出去，他們是去米鋪裡睡覺，他們這些日子也很累，怕是要睡上三天三夜才甘休。

次日，吃了早飯，顧清婉和夏祁軒剛出門口，阿大已駕著馬車在外等著，倒是沒有見到其他三人。

抱著夏祁軒上了馬車，將他放在軟墊上。除了放輪椅的地方，另一邊堆放著一堆雜物，已經沒有多餘之處給顧清婉坐，只能兩人擠在一起。

馬車緩緩走動，夏祁軒單手抱著顧清婉，笑著看她。

顧清婉看著那堆雜物，便知道夏祁軒是故意的，瞪了他一眼，心裡嘆了口氣。

「我讓阿大他們買這些東西的時候，妳還沒原諒我，我就只能出此下策。」夏祁軒道。

聽到這個男人的解釋，顧清婉只能無奈地搖頭，怎麼會遇到這樣的男人？隨即將頭轉過一邊，不和夏祁軒說話。

前日晚上下雪，道路並不好走。馬車駛得極慢，從巳時出發，到下午申時才看到船山鎮的景色。

顧清婉三人都餓得前胸貼後背，想著到了家裡，一定要煮點熱呼呼的甜酒湯圓吃。

只不過，天不從人願。

道路本就崎嶇狹窄，前方一輛豪華的馬車堵在路中，一聲聲急切的呼喊聲傳到顧清婉這邊。

「少夫人！您怎麼了？別嚇六月啊！」女子清脆帶著哭腔的聲音，聽語氣似是丫鬟。

隨後是男子聲。「這該怎麼辦？少夫人現在這樣，我們能不能移動？」

醫者父母心，聽到聲音，顧清婉便明白那輛馬車裡有人出事，她看向一旁事不關己在看書的夏祁軒。「我去看看怎麼回事。」

夏祁軒鬆開抱著顧清婉纖腰的手，另一手拿著書籍，他側頭道：「小心些，讓阿大陪妳過去看看。」他怕有人故意作戲，目的是為了抓住過去看情況的顧清婉，再勒索敲詐銀錢，從楚京到船山鎮的路上，他們不止遇過一次。

「好。」顧清婉笑著點頭，在大是大非之前，夏祁軒絕對是個明白事理的男人，只要不牽扯到她的事，都很理智；一旦遇到她的事，不好的一面就會全部展露出來，說到底還是不夠自信，患得患失罷了。

下了車，顧清婉和阿大踩著冰雪走向前面的馬車，那晚下的雪不小，道路兩旁的積雪還沒徹底化完，有的被路人踩成了冰，更加不好走。

阿大想要攙扶顧清婉，又怕馬車裡那個挑簾張望的男人吃醋，只能看著顧清婉一步步緩慢走著。

好在兩輛車之間距離沒有幾步，顧清婉走到前頭馬車旁，看著四十多歲的車夫焦急地在外走來走去，顧清婉出聲詢問：「請問發生了何事？」

「這位夫人，我家少夫人不知為何突然變成這樣，我們不知道該怎麼辦。」車夫一臉焦急擔心，顯得有些手足無措。

「讓我給你家夫人看看吧，我略懂一些醫術。」顧清婉挑開一點車簾，朝馬車裡看，從她的角度，只能見到一名青衣少女背影。

車夫聽到顧清婉的話，如同救命稻草，忙不迭跪下磕頭。「那就多謝這位夫人，謝謝。」

「行了，先起來，救人要緊。」顧清婉說著，車夫明白過來，趕忙起身拿過車凳放好。顧清婉看了一眼身後的阿大。「告訴你家公子，讓他別擔心。」

「是。」阿大點頭應道。

顧清婉上了馬車，看向馬車裡的主人。只見婦人身上蓋著薄被，露出一顆頭，臉色赤紅，氣喘得厲害，她連忙蹲下身為女子號脈。

越號脈越是震驚，顧清婉放開女子手腕，掀起薄被，按住女子腹部。只見腹脹如鼓，隨後捏著女子兩頰。「把舌頭伸出，讓我看看。」

女子雖然病得不輕，但還有些意識，聽著顧清婉的指令，伸出舌頭。

舌頭泛青還伴有口臭，顧清婉隨後點頭，為少婦蓋上薄被。「可以了。」

面赤發熱，乃是心火盛而血乾，舌頭泛青乃是肝氣竭胎死腹中。以婦人肚子腫脹程度，胎死的時日甚至還不短，至少已有十日光景，為何她們遲遲沒有發現？心中疑惑不已。

「這位夫人，我家少夫人怎麼樣了？」丫鬟擔憂地問道。

顧清婉並沒有回丫鬟的話，挑開車簾望向外面，果見阿大在車外候著，她開口道：「去告訴你家公子，馬車裡的人需要照看著，我們鎮上見。」

「是。」阿大應完，朝後面馬車走去。

顧清婉和阿大說完話，看向車夫。「駕車吧。」隨後放下車簾，她沒有問他們要去何處，這條路只能是去船山鎮的方向。

「夫人，我家少夫人怎麼了？」丫鬟一臉憂心。

馬車緩緩行進，顧清婉並沒急著將貴婦的情況告知丫鬟，而是問道：「妳家少夫人最近身體有問題，為何不找大夫來看？」

「少夫人懷有一個月身孕，最近一段日子極嗜睡，且總是心煩口乾，奴婢問過要不要找大夫來看看，少夫人說這是妊娠反應，沒什麼大礙。奴婢以為真的如少夫人所說，便沒有請大夫。」丫鬟說著、說著，反應過來，急忙抓住顧清婉的手臂，問道：「這位夫人，難道是我家少夫人身體出了狀況？」

「妳家少夫人腹中胎兒已死了十來日。」顧清婉並沒再多說，而是為貴婦按摩穴道，令她的氣喘緩過來。

丫鬟聽見這話，整個人都癱坐下來，她死定了！夫人放話，如果少夫人的胎兒發生什麼事，她就會被發賣到窯子裡去，怎麼辦？

貴婦氣喘得厲害，人還清醒，聽到這話，一臉不可置信，掙扎著起身推開顧清婉。「妳一定是庸醫，妳騙我，我不要妳給我看，妳下車！」

顧清婉從來沒這麼氣過，竟然有人懷疑她的醫術，她怒聲道：「妳以為我想管妳？如果我下了車，依妳現在的情況，到不了船山鎮就一命嗚呼。如果不是怕人家說被我看過的病人還要去見閻王，影響我聲譽，憑妳這幾句話，我就立刻不管。」

說著生氣的話，顧清婉手上不停按摩女子的穴道，力度也大了幾分，把女子按得很痛，但她的氣喘好了很多，女子便不敢再言語。

顧清婉可不是個好脾氣的人，被這麼一說，她便沒有要醫治的打算，等貴婦人氣喘好了些，便放開手，朝外面的車夫喊道：「停車，讓我下車。」

婦人和丫鬟已經信了顧清婉，因為她才隨便按摩幾下，婦人的氣喘便好很多，可見顧清婉是真的有醫術。

婦人本來正沈浸在傷心中，丫鬟在想著如何逃過一劫，主僕倆內心都很鬱結，聽見顧清婉的話，齊齊出聲。「這位夫人，請等等。」

顧清婉冷冷地掃了主僕二人一眼。「妳現在還死不了，到了鎮上趕緊去找大夫，再不找大夫，妳命就保不住了。」

「這位夫人，既然您有辦法，就請您幫幫我家少夫人吧。」六月跪求道。

馬車已經停下，顧清婉懶得再和主僕倆廢話。挑開車簾，便要下馬車，丫鬟的話讓她止住腳步。

「這位夫人，求您救救我家少夫人。我家少夫人乃是鎮上吳家的二小姐，老爺是船山鎮的鎮長，如果您肯救我家少夫人，我家老爺一定會報答您。」

顧清婉放下車簾，轉身看向貴婦。這麼一說，仔細一看，這女人和吳仙兒還真有幾分像。「她是吳家的二小姐吳秀兒？」吳仙兒曾經說過，她還有兩個姊姊，其中一個就是吳秀兒。

「是，正是。既然夫人有良方，就請出手救救我家少夫人吧！」六月連忙點頭求道。

這時，阿大的聲音在外響起。「少夫人，公子問您可是有什麼事？」

馬車突然停下，夏祁軒定是想到這邊發生了什麼事，遂派阿大過來探詢。她朝外面回了一句。「沒事，繼續走吧。」

不是她有多好心，而是看在吳鎮長和吳仙兒的面子上。

阿大應了一聲，便去告知夏祁軒沒事。

顧清婉讓車夫繼續趕車，重新跪坐在馬車軟墊上，她並沒有再給吳秀兒按摩，而是指導丫鬟動手。

一路上，馬車走得緩慢，就算小半個時辰的路，也多費了一個時辰。

到了船山鎮吳家，已經是酉時正三刻，天色已經徹底暗下。

馬車停下，車夫連忙進院子通知人。顧清婉先下車，走到自家馬車前，挑簾看向車裡的夏祁軒。

「這兒估計沒那麼快，你先回去，忙完我就回去。」

「我等妳。」夏祁軒不放心顧清婉在這裡，自然是婦唱夫隨。

顧清婉也知道夏祁軒的性子，無奈地點點頭。「好，我會儘快的。」

隨著她話音一落，吳家大門口頓時燈亮如晝，一行人急切地跑出來，朝馬車奔去。

「快去吧，忙完我們回家。」夏祁軒笑著看向顧清婉，給她支持的眼神。

「我們回家」四個字，暖了顧清婉的心，她點點頭。「好。」隨後走向吳家馬車。

吳家人已經把吳秀兒抬下車，六月走到顧清婉旁邊，準備來扶顧清婉。

顧清婉擺手。「趕緊去把妳家少夫人安置好。」

「是。」六月恭敬地道。

吳家人現在心思都在吳秀兒身上，沒有人注意到顧清婉，顧清婉也不在意，這是人之常情。她跟著吳家人一起進了大門，並沒有跟著他們一起去客房，而是進了吳家客廳，讓下人找來紙筆。

蛇蛻、芒硝、歸尾……藥方最後又加了平胃散，寫好方子，顧清婉交給下人。「立即去抓藥來。」

「是。」這下人認識顧清婉，也知道顧清婉一家都會醫術的事，恭敬地接過藥方，便跑出去。

第七十二章

吳家人安置好吳秀兒，方想起請大夫的事。六月這才看到顧清婉沒有跟著來，忙問吳家下人。「剛才跟著進門的夫人呢？」

「六月姑娘說的可是顧大娘子？她此時在客廳。」引著顧清婉去客廳的下人回道。

「妳是說小婉姊姊來了？」吳仙兒驚訝過後，急忙問道。

「是的，小姐，顧大娘子在客廳呢。」下人回稟道。

在吳仙兒問話的時候，六月已經把路上遇到顧清婉的事告訴吳鎮長和吳夫人，聽完六月的敘述，一夥人趕忙去前廳見顧清婉。

吳仙兒跑在最前面，還沒到客廳，老遠就放開嗓子喊。「小婉姊姊！」

顧清婉才剛端起下人送來的茶，便放下茶杯，走向門口。見吳仙兒風風火火跑來，她淡淡地朝吳仙兒點頭。

「小婉姊姊，真的是妳！」吳仙兒見站在門口的顧清婉，她背著燈光，身材纖細修長，眼睛耀眼得如此刻天上的星辰般。

「嗯。」顧清婉點頭。

「小婉，聽六月說妳已經為秀兒號脈，她情況怎麼樣？」吳鎮長一邊進門，一邊開口問。

顧清婉一一將吳秀兒的情況都說與他們聽。

每個人臉上都帶著深深的悲慟，吳鎮長嘆了口氣。「想不到還是難逃命運捉弄啊。」

顧清婉不明白吳鎮長的意思，她開口道：「吳鎮長，我已經開了方子，讓你們府中下人前去抓藥，不過若是你們不放心，可請大夫診斷後再說。」

「不，吳伯伯相信小婉的醫術。」吳鎮長擺擺手。

「那好，我就等二小姐服了藥，待情況穩定後再離去。」顧清婉還是有些不放心。

「好，那就麻煩小婉了。」吳鎮長點頭。

顧清婉想著外面的夏祁軒，遂站起身。「我當家的還在外面，我讓他先回去。」說著，便要往外走，卻被吳鎮長喚住。

「小婉，等等。」

她回身看向吳鎮長，吳鎮長道：「讓夏東家進來吧，路過而不進門，是不是看不起吳伯伯。」

「是啊，小婉姊姊。夏東家定是不放心才在外面等妳，既然如此，妳就讓他一起留下，等二姊沒事了，你們再一起回去也一樣。」吳仙兒幫腔道。

以夏祁軒的性子，確實會等在外面，顧清婉點點頭。「那我去帶他進來。」

「我們一起去。」不等顧清婉拒絕，吳鎮長說著，已經站起身往外走去。

吳開友現在最想結交的就是夏祁軒，好不容易有機會，自然不會錯過。

這船山鎮經常會有旱災，百姓們一年到頭沒收成，到時還得依靠夏祁軒這個大糧商，作為鎮長，當然要好好巴結。

吳仙兒也不落下，挽著顧清婉的手，一起去迎接夏祁軒。

知道事情嚴重，夏祁軒選擇留下來陪顧清婉，讓阿大先把馬車駕回去，吃了飯再來接他們。吳鎮長直說待會兒會讓馬車送他們夫妻二人回去。

大家都坐在客廳裡，喝茶等著下人抓藥回來。

「你們是從縣裡回來？」吳開友問道。

「是的。」顧清婉點頭回答吳鎮長，隨後又回答吳仙兒的問題。「縣裡的事情多，他走不開。」吳仙兒問的是顧清言怎麼沒跟著一起來。

「那你們一定還沒吃飯。」吳鎮長說了一句，看向吳夫人。「妳親自下廚做點吃的。」

「好。」吳夫人點點頭，便準備朝外走，被顧清婉出聲阻止。「不用忙活了，等二小姐服完藥，事情一了我們就回去。」

「這至少還得一個多時辰呢，你們一路回來又沒吃東西，定餓壞了，很快就好。」吳夫人對顧清婉的態度很溫柔，不管是吳開友的鎮長之位，還是他的病能痊癒，都是託顧清言的福，吳夫人都記在心裡。

「是啊，小婉姊姊，就在我家吃吧。雖然我娘廚藝沒妳好，但味道還是不錯的。」吳仙兒也跟著勸道。

「那就麻煩吳夫人了。」顧清婉點頭應下。

夏祁軒坐在顧清婉旁邊，一直很安靜，如果不是小婉的關係，他不會留下，他一向對這鎮上的鄉紳們沒有好感。那還是他派發米糧的時候，他讓海伯請鄉紳們前來商量，要不要每家再資助一些，多給百姓們派發點米糧？偏偏一個、兩個的都說忙得沒時間。

「夏東家幾時回來的？」吳鎮長知道夏祁軒去外地的事。

「昨兒剛回來。」夏祁軒雖心有不喜，但還是禮貌回應，正所謂伸手不打笑臉人。

夏祁軒和吳開友兩人說話，吳仙兒便拉著顧清婉。「小婉姊姊，今兒謝謝妳，我二姊還說了那樣的話，別生氣好嗎？」

「我沒生氣。」顧清婉嘴上說著，但心裡還是有疙瘩。

「我就知道小婉姊姊最好了。」吳仙兒甜甜地道。

「老爺，奴才把藥抓來了。」幾人在說話間，下人拎著藥包進門稟道。

「拿去煎吧，三碗水煎一碗便可。」顧清婉淡淡道。

「是。」下人應了一聲，急忙拎著藥包離去。

幾人說著話，時間也過得很快。不多時，吳夫人做好了飯菜，請顧清婉和夏祁軒過去，兩人也沒客氣，便在吳家用飯。

吃罷飯，藥還沒有煎好，顧清婉讓夏祁軒、吳鎮長在客廳說話，教吳仙兒帶著她去煎藥的地方，她親自煎。

「仙兒，讓妳娘煮些清粥，等妳二姊喝完藥，把清粥吃下。」如此能不傷胃。

「我知道了。」吳仙兒說著，吩咐下人去通知吳夫人。

用了小半個時辰，終於把藥煎出。顧清婉端著藥去吳秀兒的屋子裡，餵她喝下藥汁，吳夫人立即又餵給吳秀兒一碗清粥。

「吳夫人，立即找個封閉、且弄髒也無礙的房間，必須將二小姐立刻轉移過去。」顧清婉等吳秀兒喝完清粥，對吳夫人道。

「好，我這就去安排。」吳夫人知道是怎麼回事，連忙吩咐下人去準備屋子。

「仙兒，妳讓人燒水、備好澡桶，一併放在妳二姊待會兒要用的屋子裡。」顧清婉見吳夫人出去，又對吳仙兒道。

吳仙兒應聲離去。

顧清婉看向床上的吳秀兒，只見她臉色很難看，卻沒有再開口，一臉已經認命的樣子。

六月坐在床前，幫吳秀兒按摩穴道，這樣能令吳秀兒恢復肝氣。

「妳不止一次這樣了吧？」顧清婉給吳秀兒號脈時，便號出她的氣血虧損得厲害，且是在近一、兩年裡發生的，能讓一個女人如此虧損氣血，只有懷孕。

吳秀兒淡淡地看了顧清婉一眼，又把目光轉移到前方，眼神空洞地點點頭。

「想開些，妳還年輕，如果信得過我，我會把妳身體調理好，讓妳以後有個健康的孩子。」不是顧清婉安慰吳秀兒，而是她有把握醫治好才會這樣說，她從來不做沒把握的事。

吳秀兒的眼睛亮了亮，隨後點點頭。

不多時，吳夫人命人將吳秀兒轉移到後院的小屋子。裡面燒了好幾個火盆，還有一張木架子床，上面鋪著兩床半新不舊的被褥，旁邊有個大木桶，想必他們都清楚用來做什麼。

吳仙兒還是未及笄的少女，不適合待在這裡，被顧清婉趕到前面去。

剛把吳秀兒抬到小屋子，她肚子便開始作痛。

「直接準備熱水。」顧清婉見吳秀兒有了反應，便讓人把熱水準備好，因為她清楚，根本用不了一會兒，吳秀兒肚子裡的死胎便會出來。

隨即又是一陣忙碌，熱水剛備好，死胎便出了吳秀兒身體。吳夫人一早就讓婆子準備好，看到拳頭大的死胎出來，婆子便趕忙撒上一把鍋灰，用黑布包著立即拿出去。

不用問，也知道吳家會處理妥當。

又有兩名婆子為吳秀兒沖洗身體，隨後為她換上乾淨衣裳，戴上月事帶。顧清婉為吳秀兒再次號脈，死胎已落，剩下的情況便要慢慢調理。

顧清婉讓人把吳秀兒抬回房間休息，開了調理身體的藥方。吳秀兒這是小月子，不用她交代，吳家人應該清楚怎麼做。

做完這一切，才從臥室裡出去。

到了客廳，夏祁軒和吳鎮長還在說話。她剛出現，他的目光便迎上去，看出她眉間的疲憊，眼裡是滿滿的心疼之色。

「好了嗎？」

「好了。」她回他一抹安心的笑容，走到他旁邊坐下。

「那我們回去。」時辰已經不早，夏祁軒見顧清婉一臉困倦，想讓她早些回去休息。

「好。」顧清婉並無異議，她確實累了，趕了一天的路，又忙活到這會兒。

隨即向吳開友告辭。「吳鎮長，那我們夫妻先回去了。如果二小姐有什麼事，派人去顧家找我便是。」

「今日實在是太感謝了，如果沒有小婉，秀兒恐怕今日就回不來了。」

「這或許是二小姐福澤深厚，老天庇佑。」顧清婉笑道，站起身推著夏祁軒的輪椅，便朝外走。「吳鎮長不用送，去看看二小姐吧。」

「好，那吳伯伯就不送你們了，馬車已經在外候著。」吳鎮長確實挺擔心女兒，遂命人送夫妻倆出門。

剛出大門，吳仙兒便追出來。「小婉姊姊，妳要回去了嗎？」

顧清婉停下腳步，回身看向吳仙兒。「嗯，妳快進去吧。」

「我送你們上車。」吳仙兒說著，走到顧清婉旁邊。

顧清婉拿吳仙兒沒轍，只得由她。隨後連人帶椅抱著夏祁軒下了石階，放他上馬車坐好，車夫遞上來輪椅，她笑著看向車旁的吳仙兒。「天氣怪冷的，進屋吧。」

「好，你們慢點。明兒妳回縣城嗎？我去找妳玩。」吳仙兒偏頭看向顧清婉。

顧清婉回頭看向夏祁軒，詢問他的意思，隨後才看向吳仙兒，道：「明兒還不急，妳有時間就過去找我。」

「好。」吳仙兒乖巧地應一聲，再次道謝。「今兒太謝謝妳了，小婉姊姊。」

顧清婉笑著頷首放下車簾，坐到夏祁軒旁邊。

興許是累了，她一句話也不想說，倚靠在夏祁軒的肩膀上，閉目養神。

馬車到了顧家，守門的小七連忙進門通知顧家人，等候在外的阿大迎上來。

到家後聊了沒多久，大家都累了。洗了腳，便準備歇息。顧清婉和顧母、可香三人一起睡，夏祁軒和顧父、強子一起。

在娘家，若是弟弟、妹妹尚未成親，姑爺和女兒不能睡在一起，更不能做那種事，老人們說，會帶給弟弟、妹妹不好的命運。

女人們在一起，總有說的。可香說有客人一直在說她做的菜沒有顧清婉的好吃，還天天去捧場，還有的問顧清婉什麼時候再回去飯館重新掌勺。

姊妹倆說著、聊著，嘻嘻哈哈說個不停。

顧母聽著，時不時地湊上兩句，倒是很熱鬧。

聊了一會兒，可香便睡過去。顧清婉和娘還沒有睡，她想起上次七奶奶帶著李明巧孩子的事，便問道：「娘，七奶奶原諒李明巧了嗎？」

「不原諒有什麼法子？都是她身上掉下來的肉，總不能看著李明巧死。」顧母嘆口氣道，家家有本難念的經，都不是一、兩句話能說得明的。

顧清婉點點頭，按照馬河鎮那些人的態度，李明巧一定沒有什麼好日子過，一個女人帶著幾個孩子不容易。

七奶奶心腸好，別人家沒有血緣關係的，她都會幫襯著，更別提和她還有血緣關係的女兒。

第二天一早，吃了早飯，本來要回夏府收拾行裝。還沒出門，吳鎮長和吳仙兒便過來，帶來不少禮品，感謝顧清婉救了吳秀兒。

回去的步伐只得停下，大家又坐在一起說話。

吳鎮長和顧父他們說的都是些客套話，顧清婉沒有興趣，便和吳仙兒聊著。

「小婉姊姊，等我二姊身體好些，我送她回去，再去縣裡找妳玩，妳縣城的房子在哪裡？」吳仙兒兩鬢各垂下一綹長髮到胸口，她一邊攪著頭髮，一邊低垂著頭問道。

說是去看她，還不如說是去看言哥兒。顧清婉看破不說破，笑道：「南街青果巷，左手邊最裡面那家。」

「好，那到時候我去找妳玩。」默默將地址記在心間，吳仙兒笑道。

這一坐，又將近小半個時辰，吳鎮長怕耽擱了顧清婉和夏祁軒，便知趣地告辭。

吳家父女二人離開後，顧清婉和夏祁軒才告別家人，回夏府去收拾行裝。

夏祁軒的行裝並沒有多少，才一會兒工夫便收拾妥當。見時辰尚早，顧清婉決定今兒趕去縣城。

馬車上，顧清婉和夏祁軒兩人抱著湯婆子，蓋著薄被倒也不冷。

「小婉，雖然我同意妳去縣城，但現在住的始終不是我的地方，我們住在那裡多有不便，不如妳和祖母搬回米鋪可好？」夏祁軒語氣有些小心翼翼，想要徵求顧清婉的同意。

說起米鋪，顧清婉的眉頭便不自覺皺起，聲音沈下來。「有什麼不便？言哥兒需要我照顧，住那裡挺好，他不會說什麼。倒是你，那個清淺是怎麼回事？」

夏祁軒抬頭，接收到顧清婉的白眼，他笑得溫和。「這車裡有一股好大的酸味，小婉可是在吃醋？」

「夏祁軒，你不要太自以為是。」顧清婉冷冷道，聲音過大，引得駕車的阿大回頭瞄了一眼，不過隔著車簾，什麼也看不到。

雖然顧清婉生氣了，夏祁軒心情卻很愉悅，他明白小婉在吃醋，這說明是在乎他的。他執起她的手握在掌中，溫聲道：「清淺是我來船山鎮的路上救的人，我和她並沒有什麼，我見她肯學習，又是個能說會道、有能力的，便安排她在縣城管理米鋪。」

「是嗎？」顧清婉顯然不信。「那她對我的敵意從何而來？還曾經對我動手，見到我出言不遜，沒有一點禮貌。」

「妳說她對妳動手，還出言不遜？」夏祁軒並不知道這一點，海伯只說顧清婉已經見過清淺。

顧清婉白了夏祁軒一眼，懶得再和他多說。

「小婉，相信我，我真的和她沒有什麼。如果我和她有什麼，我為什麼不把她留在身邊？妳認為依我的性子，會讓我的女人在外面拋頭露面？」夏祁軒激動地握住顧清婉的手，生怕妻子不相信他的話。

顧清婉雖然沒有開口，但她已經相信夏祁軒了。確實，按照夏祁軒的性子，如果兩人真有什麼，他絕不會讓清淺整天看米鋪，更何況去米鋪的人都很雜，三教九流什麼人都有。

見顧清婉不說話，夏祁軒很著急。「妳不要生氣，等到了縣城，我就讓她離開！」

「如果真的沒什麼，她有做生意的能力，能幫到你，還是讓她留下吧。」顧清婉搖頭說道。

夏祁軒笑了笑，把她攬入懷中，用下顎在她頭頂輕輕摩擦，眼裡深邃晦暗。一個膽敢對他女人出言不遜，還動手的人，他無論如何也容不下……

第七十三章

直到了縣城顧家門口，夏祁軒一直摟著顧清婉。

顧清婉從夏祁軒懷裡退出，挑開一點車簾望向外面，瞧見是言哥兒的馬車，開口喊道：「可是言哥兒回來了？」

話音落下，顧清言的馬車也到了門口停下，顧清言挑開車簾望過來。「姊姊，才到嗎？」

「嗯，你快進屋洗洗，待會兒吃飯。」顧清婉看著弟弟，滿眼都是心疼之意。弟弟自從來到縣城，就奔波於事業，很少有休息空檔，每天都是起早貪黑。

「好。」顧清言跳下馬車，走向門口又停下腳步，看向馬車。「我姊夫沒回來？」

「他在呢。」顧清婉指著馬車裡。

「嗯，那你們也準備、準備吃飯吧。」顧清言笑了笑，便邁開步子進入大門。

看到弟弟的笑容，顧清婉的臉有些發燙，回頭瞪了夏祁軒一眼，肯定弟弟誤會了什麼，夏祁軒回她一抹曖昧至極的笑容。

將輪椅先放下馬車，顧清婉才抱著夏祁軒下車。還沒將他放進輪椅上坐下，對面的大門「咯吱」一聲打開，陳詡從大門出來，他一身寶藍色錦袍，腰束碧玉腰帶，眉目俊朗，一雙懾人的雙眸正好迎上顧清婉的目光。

「陳公子。」顧清婉打招呼，引得夏祁軒皺起劍眉，此時他在小婉懷中，怎麼看，他都比陳詡弱勢，內心對陳詡儀表堂堂的丰姿很不爽。

陳詡淡淡睨了夏祁軒一眼，才回顧清婉的話。「我聽見言哥兒的聲音，我找他。」這是藉口，他能說他是很想見到她，才出來的嗎？

「他剛進去，去找他吧。」顧清婉輕輕頷首，將夏祁軒放進輪椅中。

陳詡感受到夏祁軒的目光不太好，看向他，挑釁地挑了挑眉，隨後負手轉身，邁步跨進大門。

夏祁軒很生氣，氣得袖中的雙手死死攥成拳，青筋凸顯。

「我們先回屋洗洗再去飯廳。」站在門口，都能聞到飯菜的香味，想必畫秋已經開始炒菜。顧清婉不再耽擱，連人帶椅抬著夏祁軒進入大門，回他們屋子。

晚飯後，雖然天氣很冷，顧清婉仍然準備了熱水沐浴，用的自然是加熱的井水。等她沐浴完，她回屋裡叫夏祁軒沐浴。

「祁軒，我帶你去沐浴。」顧清婉一進門，笑嘻嘻地走到地爐旁，在夏祁軒旁邊蹲下。

夏祁軒放下手中的書，看到顧清婉明亮如星辰的雙眸，心裡一片黯然，卻沒有拒絕，點點頭。「好。」

顧清婉抱起夏祁軒走進浴室，浴室裡暖烘烘的。這間屋子裡弟弟設計了地暖，只需從浴室旁的小屋裡，把爐火燒旺，浴室裡便能暖意十足，感覺不到絲毫冷意。

興許是習以為常，顧清婉早已不似當初那般害羞，她既已決定要把自己交給夏祁軒，便不會再矯情。為夏祁軒脫了衣裳，抱著他進入浴桶，找來布巾擦洗身子。

浴室裡的溫度很高，兩人的臉不一會兒都出現緋紅，顧清婉洗得很仔細，沒放過任何一寸肌膚。

「小婉，我有些疲憊，待會兒妳送我去客房睡吧。」夏祁軒看到這樣的顧清婉，心裡有無數個想要她的念頭，但他強壓下心裡的情思。

顧父說過，等他把楚京的事情徹底處理好，便會專心為他醫治，讓他早點站起來，做個正常的男人。

他想給小婉一個完美的初夜，當然不能以他現在這般的模樣。

「你要睡客房？」顧清婉停下動作，凝視著夏祁軒，眉眼間蘊含怒意，她都表現得這麼明顯了，夏祁軒不可能看不出來她的想法。

夏祁軒如何看不出顧清婉眉間的怒氣，他在心底深深地嘆了口氣，隨後別開視線，點點頭。

「好。」顧清婉見此，努力壓下心裡的怒火，不再勉強夏祁軒。既然他喜歡睡客房就讓他去睡好了，最好一輩子都睡客房！

本是旖旎溫馨的氛圍，被夏祁軒破壞殆盡，接下來兩人誰也不說話。顧清婉為夏祁軒洗完，穿上衣裳，直接抱他去了客房，將夏祁軒交給阿大後，便一句話不說，轉身離開。

從未見過顧清婉如此模樣的阿大愣了一會兒，聽到夏祁軒深長的嘆氣聲，阿大抱著夏祁軒進門。「公子，您和少夫人吵架了嗎？」

「沒有。」夏祁軒現在想著的是，明兒要怎樣跟小婉道歉，讓她不生氣？

阿大看起來憨厚，但並不笨，他才不相信公子的話，看少夫人的模樣，兩人吵得一定很凶。

顧清婉回到屋子，把門關上後便氣呼呼地坐在地爐邊，思前想後一番，認為自己表現得是不是太明顯了？若是讓人知道，她因為沒能和夏祁軒圓房而生氣，定會笑話了去。

算了，不想了，地爐裡再添些炭火後，顧清婉百無聊賴地上床睡覺了。

第二天，顧清婉早早起床做早飯，與此同時，又單獨為老太太準備藥膳，最近老太太有點咳嗽。她用半夏、茯苓，先煎取藥汁，去渣後加入大米，再把陳皮搗碎成細粉，放入煮好的粥中，空腹食用，能順氣健脾，化痰止咳，還能用於脾胃氣滯，脘腹脹滿，消化不良。

煮好粥，顧清婉先給老太太送去，再折回廚房炒小菜。

撩開簾子，便見顧清言用筷子挾著一顆燒賣吃，她笑了笑，眼裡滿是寵溺之色。「餓壞了吧？再等等，我再炒兩道菜。」

「好。」顧清言吃下燒賣。

顧清婉也不再耽擱，在小爐子裡加了柴，放上洗淨的鐵鍋，舀了一點豬油進去化開。

「姊姊，唐翠蘭的事我已經調查清楚了。」顧清言看著姊姊的背影，開口道。

「嗯？」顧清婉將切好的菜頭絲倒進鍋中翻炒。

「她真的是唐青雲之女，而且說的都是事實。」這些都是左明浩幫忙調查的。

顧清婉炒菜的動作頓了一下，隨後道：「既然她真的是唐青雲之女，看在唐大人的分上，不管怎樣我們都得幫幫人家。」

「這是當然。」顧清言說著，嘴角勾起一抹冷笑。「姊姊，妳知道我還查到了什麼嗎？」

「什麼？」等菜頭絲炒好，顧清婉將早已炒好放在小盆裡的肉片撥一些放進鐵鍋一起炒。

「那周源和孫家走得很近，從他有銀子開始，兩家關係就一直很好。」顧清言已經能猜出周源的銀子來自何處。

「孫家？可是孫正林？」顧清婉挑眉，見顧清言點頭，她嘆氣道：「怎麼又和孫家有關係？」有孫爺爺在，顧清婉真的不想和孫家人扯上關係，也不想和他們對上，但命運捉弄，好像一切不是那麼順遂稱心。

「嗯，不過沒有關係，該幫唐翠蘭的還是要幫。看在孫爺爺的分上，我們不主動去惹孫家人就好。」顧清言知道姊姊的意思。

顧清婉將炒好的菜分盤出鍋，才看向弟弟道：「那你準備怎麼做？」

「自然是先找時機，有了時機才好下手。」

顧清婉點點頭。「萬事小心就好。」

「我知道。」顧清言笑著答應。

顧清婉便讓弟弟端菜去飯廳，她去看看夏祁軒起床沒有。

到了客房，夏祁軒在和阿大在商量事情，顧清婉進門便道：「先吃飯再說吧。」

夏祁軒本以為今日顧清婉的臉色會不好看，怎知她一臉笑容，根本看不出任何不悅。難道說小婉沒有生氣？既然她沒生氣就好，就怕她因為他的拒絕而傷心，他都不知道要怎麼安慰了。

「祁軒，天氣降溫了。」顧清婉一邊為夏祁軒繫外袍帶子，一邊暗示道。

「嗯。」他淡淡地點頭。

顧清婉在心裡翻了個白眼，夏祁軒絕對是裝的，他那麼聰明的人不可能不知道她的意思。既然他裝，她就直說。「天氣降溫，我一個人睡，很冷。」

「那晚上把炭火加旺一些。」夏祁軒一本正經道。

「夏祁軒，你明明知道我的意思，還這樣回答。你是不是不想和我同房，你不喜歡我？」顧清婉只能這麼想。

「小婉，我怎麼可能不喜歡妳？我喜歡妳，喜歡到融入骨血之中，以後萬萬不要再說這樣的話。」夏祁軒沈下臉來。

「那你為何不願意和我同房？我身為女子，頂著被人笑話還如此主動，你還想怎麼樣？」顧清婉就想知道原因。

「小婉，不是我不想與妳同房，而是我想給妳一個完整的初夜。妳看看我現在的身體，根本給不了妳。」夏祁軒嘆了口氣，將顧清婉擁進懷裡，緊緊抱著。身為男人，看著自己心愛的女人投懷送抱，他忍受得有多麼辛苦，只有自己知道。

「我根本不在乎。」顧清婉倚靠在夏祁軒的肩膀上。「我想要一個我們的孩子，你就不會再胡思亂想。」說出這句話，顧清婉感覺到夏祁軒身軀微微一震。

「小婉，再忍忍好嗎？等我能健健康康站在妳面前那一天，可好？」夏祁軒撫摸著顧清婉的背。

天知道，他有多麼想和小婉在一起，做一對有名有實的夫妻，他便不用再擔心小婉被人搶走。

「如果你還要去楚京，你的腳至少還要一年才會好。」顧清婉低低說著話，說話的氣息噴灑在夏祁軒的脖頸上，令他緊了緊手臂，低頭在她臉頰落下一吻。

「等楚京的事情一了，我會全力配合治療，爭取早些站起來，給妳一個健康的男人。」既然夏祁軒都如此說了，顧清婉便再也說不出圓房的話，再說下去，她的臉都不知道要往哪兒擱。

她從夏祁軒懷裡退開身，為夏祁軒繼續繫帶子，束好腰帶。「那，你不要和我分房，我們睡在一起好嗎？」

「好。」夏祁軒抬手摸了摸顧清婉的小臉，眼裡滿是寵溺。既然話已經說開，就沒有必要再躲避，他才是最想每天擁著她入睡的人。

老太太見進門的小倆口，臉上都帶著笑意，懸著的心便放下來。知道小倆口昨兒夜裡分開睡，她還擔心小倆口是不是吵架，現在看來應該沒事了。

「祖母，粥喝了嗎？」顧清婉抱著夏祁軒坐好，為他準備好碗筷，問老太太。

「喝了，喝了。我寶貝孫媳婦辛辛苦苦做的，自然要一滴不剩地吃下。」老太太笑嘻嘻地說著。

顧清婉為老太太挾了一筷子菜，老太太接過，笑得開懷。「祖母現在最大的希望，就是可以逗弄曾孫。」

聽見這話，顧清婉偷看了一下夏祁軒，她是願意的，就是不知道夏祁軒為何要想那麼多。

夏祁軒收到愛妻丟過來的嗔怨眼神，笑了笑。「孫兒還不想那麼快有孩子，想等身體好了再說。到那時小婉有了身孕，我可以照顧她。若是我們現在有孩子，她又要照顧我，又懷著身孕，叫我心裡難安。」

老太太是個開明的，聽夏祁軒這麼一解釋，便釋然地笑了，她慈愛地點點頭。「那祖母也要照顧好自己，好好活著，看著我曾孫長大。」

顧清婉心裡甜如蜜，沒想到夏祁軒是如此替她著想，有這樣一個愛她的男人，她還有什麼不滿足的呢？其實她不知道的是，夏祁軒最大的顧慮不只如此，而是他知道女子若是年齡太小卻懷有身孕，對身體傷害極大，才不和顧清婉同房的。

飯後姊弟倆去找唐翠蘭，問她想不想去醫館幫忙，畢竟恩人的女兒在家裡做下人不合適。

「願意，願意，只要肯讓我留下來！」唐翠蘭喜不自勝地點頭。

「既然這樣，妳就搬到西北屋住下，趁醫館沒有開業，就多看看醫書，以後家裡的活兒交給張、王婆子就好。」顧清言笑著對唐翠蘭安排道。
「好。」唐翠蘭感激地應道。
「趁現在時辰還早，我去吩咐張、王婆子幫妳搬。」顧清言想著還要去地裡，事情談妥，便不再耽擱，直接站起身，拿過架子上的大氅繫上，朝外走去。唐翠蘭朝顧清婉點點頭，跟了出去。
顧清婉也收拾一下，披上大氅，找了一本醫學入門和草藥百科拿著，送到西北屋去給唐翠蘭，讓她有時間看看。
姊弟倆坐上馬車，朝東河村方向駛去。
左家建造的溫室比顧清言建造的明顯要壯觀一些，四周圍著高高的籬笆，還有高大的大門，門口有守門的。顧清婉來過一次，已經見怪不怪。
馬車進入大門，便見一間小屋門口外，站著一個女子，顧清婉朝女子揮手。「月兒。」
「小婉。」左月也朝她揮手，迎上來。
馬車停穩，顧清婉跳下車，握住左月的手。「妳這幾天怎麼不來找我？」
「聽言哥兒說夏祁軒回來了，我可不想去做大燈籠。你們這麼長時間不見，肯定要膩在一起。」左月笑得一臉曖昧，被顧清婉掐了一把小蠻腰，她才收斂笑容。「說笑的。是我爹請來一位女先生，教導我學習宮中禮儀。」
說到此，左月眉宇間流露出淡淡的惆悵。

顧清婉看著這樣的左月，很懷念當初那個無憂無慮的少女。這或許就是大家族女子的悲哀，命運始終不是掌握在自己手中。

「妳可得好好學，別到時不清楚宮中禮儀，得罪宮裡的大人物，怎麼死的都不知道。不過看妳死氣沈沈的樣子，怕是已經巴不得早死了。」顧清言見氣氛不太好，故意說話激怒左月，分散她的苦悶。

果然，顧清言話音一落，左月放開顧清婉，伸手就朝他打去。「你真是狗嘴裡吐不出象牙。」

「哈哈，妳吐一顆我看看！」顧清言跑得遠遠，朝左月喊道。

「顧清言，你氣死我了！」左月氣得跺腳，轉身回到顧清婉身邊。「小婉，妳弟弟欺負我。」

「妳是吃奶的娃兒嗎？還找人告狀。」顧清言哈哈笑起來。

顧清婉明白言哥兒的心思，看兩人吵架的樣子，也忍不住笑起來。

左月狠狠地瞪了顧清言一眼，隨後「噗哧」一聲笑出來。「我不和小孩子計較。」

顧清婉道：「好了，我先去調製藥水，一會兒再玩。」

顧清言趕忙去馬車裡搬下一個大箱子，顧清婉從弟弟手中接過箱子，率先走入中間溫室。

左月並沒有跟上去，當初顧清言的條件就是不能偷窺姊姊的藥方，也不能偷看姊姊怎麼調製藥水。

在生意上，左家還是很講信用的。

左家不愧是悵縣數一數二的大家，特地從河道那邊建造了一條水道，引水到溫室裡，溫室後方則有一處大水池，這水池建造得很深也很寬。

姊弟倆進了溫室，顧清婉便注入井水，同時打開水道的水閘，讓河裡的水也一起流入，這樣才不會讓人懷疑。雖然摻雜了河水，但效果卻沒有減少多少，這一點，讓顧清婉姊弟倆放心不少。

那個箱子裡確實有藥材，目的只是為了掩人耳目，對農作物有些輔助作用而已。

第七十四章

在顧清婉忙著給池子灌水的時候，夏祁軒在這邊也沒有歇著，他來到米鋪隔壁的店面，與店主相談一番後……

「夏東家放心，江某明兒保證給您把店鋪騰出來，收拾得乾乾淨淨的。」肥胖的江老闆對夏祁軒點頭哈腰道。

夏祁軒點點頭。「江老闆爽快人，那明兒我就派人過來接收此店。」

江老闆諂媚地笑著。「送夏東家。」

阿大和阿二抬著夏祁軒出了店門，直接進入隔壁的米鋪。

不用說，這間店鋪是夏祁軒買下來為顧清婉開醫館用的，得知心愛的女人要開業，卻不肯用他的銀子，身為男人自然不會樂意，便來個先斬後奏，為愛妻分憂解勞。先把店鋪買下來，裝修一番，最後再交給愛妻。

店鋪買下，安了夏祁軒一半的心，剩下的便是米鋪這邊——

清淺，一個敢對自己愛妻出言不遜的人，他如何容得下？

「公子，您找我？」清淺毫不掩飾眼底的愛意，深情地看著夏祁軒。她以前認為夏祁軒腿有殘疾，定是那方面不行，才不近女色，沒想到竟會成親，這說明夏祁軒是個正常的男人，那她便還有機會。

「妳把帳本和鑰匙都交給阿大他們，收拾一下就離開米鋪。」夏祁軒不帶感情地看著清淺。

「為什麼？」清淺一臉不可置信，不明白自己做錯了什麼。

「妳對我的妻子出言不遜，還對她出手，如果不是看在妳管理米鋪這些日子，盡職盡責，我不會讓妳這麼輕易離開。」夏祁軒冷冷地道。

對著顧清婉，他自然是溫柔的。但對不相干的人，卻是冷酷無情，這才是他的真面目。

「是她對您說了什麼？故意在您面前歪曲事實？公子，您千萬不要聽她的，她是嫉妒我，胡說的！」清淺到現在還不知死活，想要辯解。

「我的小婉從不說人閒話，妳還是去把帳算一算，鑰匙交出來。」夏祁軒冷聲說完，朝阿大使了個眼色。

阿大會意地點了點頭，走過去，單手拉著清淺一條胳膊往外拖。

「公子，聽我解釋，我知道錯了，我不該那樣對少夫人。說到底，是清淺太愛您，你看在清淺如此戀慕您的分上，原諒清淺好不好？從此以後我再也不敢了，求您讓我留下！」清淺掙扎著，去掐阿大，想讓阿大吃痛放開她。

可惜阿大像沒有知覺一般，任由她掐也不放開，拖著她就出了門。

「你立即前去船山鎮，看看醫館的裝修設計，把圖畫下來，讓海伯安排好船山鎮的事，就來打理縣城這邊的米鋪。」夏祁軒眼皮都不眨一下，看著阿大把清淺拖走，隨後對阿二吩咐道。

既然小婉決定在縣城發展，他也該把重心放在這邊。

「是。」阿二恭敬地應聲後離去。

「你去打聽一下，請手藝好的匠人前來，把這邊院子和隔壁打通，重新裝修一番。房間按照少夫人喜歡的樣子改建，隔壁的店鋪等阿二畫好圖以後再動工。」這話是對阿三說的，阿三點點頭，也離開了屋子。

屋子裡只剩下阿四和夏祁軒，阿四一臉愁苦，一個、兩個都派出去了，他留在這裡顯得沒有用，不過惆悵的心情沒有維持多久，夏祁軒便笑著看向阿四。

「你這幾天負責打理米鋪，直到海伯回來為止。」

阿四立即憨憨地笑著點頭，原來他是最有用的一個。

夏祁軒安排完，疲憊地按了一下眉心。昨夜和小婉分開睡，他一宿都未睡著，現在有些睏意襲來。

「公子可是乏了，要不小歇片刻再回去？」阿四恭敬地問道。

夏祁軒看了看外面的天色，見時辰尚早，點點頭。小婉說今兒她還得去溫室，想必此刻還沒回府。

這一邊，顧清婉忙完，天色已經漸漸暗下，便和左月告辭返家。

姊弟倆路過街道，順手買了不少藥，一些為老太太調理身體的，還有為唐翠蘭治療的。

馬車在顧府停下，姊弟倆拎著東西說說笑笑拾級而上，卻在這時，一道黑影突然從房頂躍下，手中揮動泛著寒光的匕首朝顧清婉刺去——

顧清婉注意力都在顧清言身上，又背對著黑影，只見弟弟猛然朝她推來。「姊姊，小心！」隨後她被推開，只聽見「噗」一聲，劃破血肉的聲音。

顧清婉回過頭去，只見一名黑衣人握著匕首刺進弟弟的胸口，她嚇得呆愣在原地。

黑衣人見沒有刺中顧清婉，隨手拔出刺進顧清言胸口的匕首，一掌推開他，再次朝顧清婉刺去。

「啊！」突然拔出的匕首，疼得顧清言慘叫一聲，鮮血頓時從傷口噴灑而出，他趕忙捂住傷口。「姊姊，快躲開！」顧清言見姊姊不動，便明白她一定是嚇壞了，忍著疼痛提醒。

顧清婉回過神來，胸口瞬間被憤怒填滿。她微微側身，躲開刺過來的匕首，同時伸手抓住黑衣人的手腕，用力一捏，頓時一聲慘叫響起。

「啊！」那人的手腕碎掉，無力再握匕首，手中匕首「哐噹」一聲掉下地。

這還沒完，顧清婉抓住黑衣人的手不放，抬腳踢向黑衣人一條大腿，「咔嚓」一聲腿骨斷裂，令人聽了牙酸。

黑衣人在一瞬間斷了手腕和一條大腿，軟軟倒在地上。

此刻的顧清婉根本不會手下留情，黑衣人像死豬一樣躺在地上。她蹲下身揭開黑衣人的面紗，看清楚來人，冷冷道：「是妳。」

「顧清婉，妳這個賤人！都是因為妳，公子才趕我走，我恨妳，我要殺了妳！」清淺狀若瘋狂，用完好的那隻手撐著身子，想要爬去撿起匕首。

顧清婉一腳踩在那隻手上，腳尖一用力，「唠嚓」聲再次響起。這一次，清淺再也忍受不住疼痛，慘叫一聲暈過去。

「姊……」顧清言無力地癱坐在地上，伸出一隻手想要抓住姊姊的手，他感覺自己快不行了，想要和姊姊說話。

「言哥兒，姊姊在，會沒事的。姊姊不會讓你有事，要挺住，你不能有事。」顧清婉聽到顧清言的聲音，疾步走到弟弟面前，握住他的手，握得很緊，她只想抓住弟弟，怕他離開。

「姊姊，我好冷。」顧清言失血過多，感覺眼前越來越黑。

顧清婉把弟弟抱進懷中，緊緊摟著。「沒事，姊姊會救你的。你要挺著，你等等，姊姊馬上救你。」

這所有的一切，發生不過須臾。

老太太和畫秋她們在休息，聽見慘叫聲，跑出來便看到這一幕。老太太在戰場上見過無數生死，多年後再次看到這樣的畫面，還是驚了一把，她走到顧清婉身前。「這是怎麼了？」

對門的陳詡主僕也走出來，看到如此慘狀，眉心緊蹙，一雙凌厲的眼神看向暈過去的清淺。

顧清婉一把抱起顧清言，看向陳詡。「幫我看著她，別讓她死了。」說完，見陳詡點頭，才抱著弟弟進入大門。

陳詡抬步走進自家大門，路才拎起清淺跟在身後。

出來的張、王婆子和唐翠蘭看到這一幕，都嚇傻了。顧清婉誰也沒有理，抱著顧清言逕自朝屋裡而去，將他放在床上，拿來藥箱，為弟弟處理傷口。

「言哥兒，和姊姊說說話，你別睡過去，好不好？」顧清婉第一次看到親人受這麼重的傷，淚水一直在眼睛裡打轉，但卻沒有時間哭，她在和閻羅王搶人。

顧清言感覺整個人似浮在空中一樣，眼皮好沈，好想睡覺。但聽著姊姊的聲音，他努力睜開眼睛，看著姊姊一邊擦眼淚，嘴巴不停一張一合，在為他處理傷口。

他努力想要聽清楚姊姊說了什麼。

「言哥兒，還記得我們第一次去打獵嗎？姊姊不會打獵，打一隻山雞都很費力，是不是很笨？

「我們運氣真好，第一次打獵，竟然遇到老虎……

「你也是因為那次，喝到螞蟥受了罪，有沒有怪姊姊？

「還有，我們第一次去賣老虎，得了銀子那時候的心情，你還記得嗎？回去娘罰我們跪，還記得不？」

這些話，似是從遙遠的地方傳進耳裡，顧清言覺得眼皮越來越沈，他好想回答，可是嘴巴張不開。

顧清婉一邊回憶以前，看著弟弟胸口可見白森森肋骨的傷口，一邊流眼淚，一邊針灸止血。

她雙手一直在抖，幾次險些扎錯位置，差之毫釐，失之千里，針錯一分，或者位置偏頗，效果都會大打折扣，殺人無形。

用了很長時間，汩汩溢出的血才止住，她身體如同掏空一樣，癱坐床前看向顧清言。卻見弟弟雙眸緊閉，呼吸異常微弱，一陣陣恐懼襲擊著她。

身體因害怕而顫抖，她告訴自己不能膽怯，弟弟一定不會有事。

忍著內心的驚慌，把傷口處理好，卻不敢為他號脈，不敢去探他的鼻息。

顧清婉突然想起她的血對別人有幫助，找來瓷碗和匕首，將手腕放在瓷碗上，匕首用力一劃，血水瞬間溢出，滴流進碗裡。她記得左明浩受傷時喝了她的血，傷勢果然很快恢復，希望弟弟也一樣。

放了半碗血，顧清婉臉色變得有些蒼白，鬢角髮絲因汗水而貼在臉上，有幾根黏在她乾澀的唇上，她卻沒有心思撥弄。

餵顧清言喝完血，她就那樣靜靜坐在床前守著，眼睛眨也不敢眨，怕弟弟有什麼不測，就連自己手腕上的傷，也沒想著要先包紮一下。

「言哥兒，你一定要好起來，你如果不活過來，姊姊不會原諒你的。」她緊緊握住弟弟的手，似是怕一鬆手，弟弟就會離開。

地爐裡的火越來越小，屋裡也徹底暗下來，溫度亦漸漸變冷。

「小婉。」夏祁軒的聲音在門外響起，隨之是敲門的聲音。

直叫了好幾遍，顧清婉才看向門口。「讓畫秋給你們做飯吃，別餓著了。我陪著言哥兒，沒事的。」

「妳開門可好？我很擔心妳，言哥兒他怎麼樣了？」夏祁軒已經從老太太那裡得知顧清言受傷嚴重的事，再看到屋裡沒有點蠟燭，連一點聲音都沒有，他極其擔心出事了。

「他太累，睡著了，等他醒了我會出去。你照顧好祖母，不用擔心我。」顧清婉到現在都不敢去探弟弟的鼻息，只有這樣，她才能抱著希望等待。

「小婉，求妳開門好嗎？我想看看妳好不好，我很擔心妳，祖母也很擔心，難道妳忍心祖母這麼大年紀了還擔心嗎？」夏祁軒知道顧清婉是個孝順的女子，尊重老人，一定不會讓老太太擔心受怕。

在夏祁軒話音落下後不久，屋裡響起腳步聲，隨後房門緩緩打開。顧清婉站在門口，看著門外站著的眾人，開口道：「我很好，不用擔心。」

聲音很沈，沈得所有人都能感覺到顧清婉的內心有多麼沈痛，老太太上前握住她的手，擔憂地問道：「妳這個樣子祖母怎會不擔心，言哥兒情況怎麼樣？」

老太太感覺到手上的觸感不對，藉著燈籠的光低頭看向握著的手，頓時震驚得說不出話來。「妳……妳……咳咳……」一陣劇烈的咳嗽聲響起，顧清婉伸出另一隻手為老太太拍背順氣。

老太太阻止了顧清婉的動作，強忍下咳意，執起她滿是血水的手。

只見那隻纖細修長的手，此刻竟布滿血水，本該是白皙細嫩的手腕，一條猙獰的口子，如同微微張開的唇，血水還在緩緩流淌。

看得張、王兩位婆子驚嚇得捂住嘴，唐翠蘭更是掩嘴低泣。

「小婉！」夏祁軒看到傷口，險些嚇得心臟驟停。他捂住胸口，努力壓下心痛，現在他說不出責備的話，看向老太太。「祖母，快給小婉處理傷口。」

「婉丫頭，妳這是何苦？」老太太心痛至極，扶住顧清婉進屋。

顧清婉本想解釋，說她的血有療傷功效，但人多嘴雜，她搖搖頭。「祖母不用擔心，小婉很好。」被老太太瞋了一眼，顧清婉低下頭去，像個做錯事的孩子。

畫秋連忙提著燈籠進門，先去點燃屋中的蠟燭，見地爐裡的火也快要熄滅，又加了木炭。

「少夫人這邊有我們，妳們下去吧。」夏祁軒看向唐翠蘭等人吩咐一聲，讓阿大推了輪椅跟著進門。

「是。」唐翠蘭擔憂地看了顧清婉一眼，隨後朝兩位婆子點頭，幾人一起離開。

老太太年輕時跟著夏家老太爺南征北戰，見慣了腥風血雨的場面，很快就冷靜下來，把顧清婉按坐在矮椅上，熟練地為她處理傷口。

夏祁軒走到顧清婉的另一邊，握住她的手，他心裡被疼痛脹滿，無數想要責備的話，卻說不出一個字，最終化為一聲無力深長的嘆息。

蘸著烈酒的棉花在傷口上擦過，辣得顧清婉很疼，但她沒有表現出來。感覺到夏祁軒心疼中帶著責備的目光，她不敢與他對視，遂一直垂著腦袋，任由老太太包紮傷口。

屋裡很安靜，氣氛很沈重，沒有一個人說話，只有老太太偶爾的咳嗽聲和吐痰聲。

把地爐裡的火加旺，畫秋看了看外面徹底暗下的天色，開口道：「老夫人，老奴去做些吃的，待會兒你們多多少少吃些。」

此時此刻，沒有一個人有胃口，但漫漫長夜，總得吃些東西才行。

老太太點點頭。「去吧，讓翠蘭幫妳。」

「是。」畫秋應聲，轉身準備出去，被顧清婉喚住。「等等。」

「少夫人可是有什麼想吃的，老奴給您做。」畫秋停下腳步，等著顧清婉發話。

顧清婉問道：「今兒我買回來的東西可都拾回來了？」

「都在您屋子裡呢。」畫秋回道。

「妳打開藍色的袋子，裡面有桔梗和甘草，藥包上都寫著名字，很好認，妳給祖母單獨煮點桔梗粥。」

畫秋一臉為難，開口道：「老奴不會做……」

「將桔梗、甘草放進鍋中，加上些清水浸泡一刻鐘，再加上適量的大米煮上即可。」顧清婉雖然心情沈重，但老太太的健康她還是得關心的，桔梗粥能化痰止咳。

「是。」很簡單的做法，一說畫秋便會，她恭敬地應了一聲，看向老太太。「少夫人孝順，心繫老夫人身體，讓老奴好生感動。」

老太太感動得眼睛都紅了，用手抹了一把通紅的雙眼。「我的婉丫頭是個好的。祁軒，以後你要是做對不起她的事，祖母定不饒你。」

「祖母，您可不能哭，小婉做這些是讓您高興，可不是為了讓您哭。」手腕的傷已經被老太太麻利地包紮好，顧清婉只能用受傷的手輕輕拍著老太太安慰道，她另一隻手被夏祁軒一直握在手心裡。

「今生今世定不會負小婉。」夏祁軒握住顧清婉的手，放在嘴邊輕輕吻了一下，這是回答老夫人，也是在向顧清婉許下承諾。

顧清婉卻有些不好意思，當著老太太的面，夏祁軒竟然做出如此令人臉紅的事。

「我去看看言哥兒。」顧清婉的傷口處理好，老太太還很擔心顧清言。

「我也去，妳坐在這裡。」放開顧清婉的手，夏祁軒對她說完，轉動輪椅行至床前。

老太太伸手探了探顧清言的鼻息，感覺到氣息微弱，又摸了摸他的脈象，微微凝起疏白的眉頭。夏祁軒見此，看向老太太，用眼神詢問情況。

「氣息很微弱，不過脈象平穩。他是受傷太重，失血過多導致昏睡，已經沒有什麼大礙。」

第七十五章

聽老太太這麼一說，夏祁軒便放下心來。老太太以前見過死傷無數，對受傷的人還是有些研究，既然老太太說沒事，那就應該沒什麼大礙。

顧清婉自從處理好顧清言的傷後，就沒敢給弟弟號脈，此刻聽老太太這麼說，心也跟著安定了。

「我沒事了，你和祖母去吃晚飯，我在這裡守著他。」顧清婉說著，看向床上躺著的顧清言。

「我陪著妳。」夏祁軒溫柔地為顧清婉理了理鬢角的碎髮，溫聲道。

老太太走回地爐旁坐下，看著小倆口，眼睛裡出現幾分追憶，臉上帶著笑容。

顧清婉見老太太坐過來，不再和夏祁軒爭執留下還是離去的話題，對老太太道：「祖母，您一定餓壞了，快去吃點東西後休息。」

正要說話，老太太又咳嗽兩聲，停止了咳嗽，她才搖頭道：「無礙，家裡出了這麼大的事，大夥兒心裡都不好過，你們不用擔心我。我這麼大的人了，知道照顧好自己。」

顧清婉輕輕頷首，屋裡又安靜下來。

老太太看了夏祁軒一眼，對顧清婉道：「婉丫頭，妳要怎麼處置那個女人？告訴祖母，祖母替妳出這口氣。」年輕時候的老太太，也是個心狠手辣的主兒，在說這句話時，想到刺殺顧清婉的清淺，眼裡閃過一絲陰狠。

「這件事還是讓小婉親自來。」夏祁軒並不贊同讓老太太出手，小婉親自動手才能解心頭之恨。他現在才是最想讓清淺死的人，但為了小婉，只能忍著不出手。

此時敲門聲響起，畫秋聲音隨之傳進屋裡。「老夫人，飯菜好了，您看是端到這邊來，還是去飯廳吃？」

「端過來吧。」老太太看了顧清婉一眼，知道她不會離開這間屋子，飯菜端到這邊，能讓顧清婉也吃上一些。

不多時，畫秋端著飯菜進來，擺上碗筷，給老太太盛了一碗桔梗粥，為顧清婉和夏祁軒盛少許飯。

顧清婉不想拂了老太太和夏祁軒的好意，就算吃不下也跟著坐下，動起了筷子。

夏祁軒知道顧清婉心情不好，胃口不佳，沒有強挾菜給她，都是見她吃完，才會給她挾上一筷子。「妳不吃飯，沒有力氣照顧言哥兒，多吃一些。」

顧清婉吃下夏祁軒挾來的菜，沈默不語。

大家心情都不好，每個人都只吃了幾口便放下筷子。老太太就算身體再好，上了年紀，也禁不起這麼折騰，吃完飯，便哈欠連連。

「畫秋，伺候老夫人去休息。」夏祁軒對收拾碗筷的畫秋說著，將倒好的茶遞給顧清婉。

「人老了，就是不中用，沒做什麼，總是累得不行。」老太太從矮椅上起身邊說道。

老太太一走，屋裡安靜下來，顧清婉看向夏祁軒。「讓阿大伺候你去睡吧，你不用陪我，我一個人就可以了。」

他搖搖頭，伸手牽過她的手，溫聲道：「我們是夫妻，夫妻一體，我不要和妳分開。妳守著言哥兒，我守著妳。」

夏祁軒執拗起來，誰也沒轍，顧清婉在心裡嘆了口氣，起身朝外走去。「那你等等。」說著人已經開門出去。

一會兒後，阿大先抱著草蓆和兩床被褥進來，隨之是顧清婉，她手中也抱著枕頭和被子。

阿大將東西放下，顧清婉看向夏祁軒。「我鋪床，讓阿大伺候你去茅房。」

「好。」夏祁軒也不願意讓現在的顧清婉抱他上茅房，她的手還有傷。

一晚上，顧清婉幾乎都沒合眼，一會兒要去看看弟弟的情況，一會兒要照看好睡在地爐旁的夏祁軒，怕他一個轉身，把被褥弄進地爐燒著，傷到他。

第二天一早，顧清婉本以為手腕上的傷會好，但傷口沒有癒合多少，這讓她很不解，難道她的血已經沒有快速癒合的能力？這讓她不由擔心起顧清言的情況。只是奇怪的是，顧清言的傷口已經全部結痂，這讓她更不解。不過她的傷沒好沒關係，弟弟的傷好了才是最重要的事。

夏祁軒醒來後，摸了摸早已冰冷的被窩，睜開眼找尋顧清婉的蹤影。看到她坐在床前為顧清言換藥，頓感安心，開口問道：「言哥兒怎麼樣了？」

「情況很好，沒什麼大礙了。」顧清婉回了一句。

夏祁軒坐起身，拿過一旁的外衫穿上，他一邊繫扣襻兒，問道：「那他怎麼還沒有醒？」

「失血過多所致，沒什麼問題。」顧清婉走過去為夏祁軒穿衣。

有顧清婉幫忙，夏祁軒很坦然地坐著，嘴角帶著淺淺的笑，眼神溫柔似水地看著顧清婉的小臉。能擁有這麼好的女人，是他幾輩子修來的福氣。

顧清婉感覺到溫柔的注視，抬眸看向他，他下巴上有少許鬍碴，給他增添了男人的野性。

顧清婉莞爾一笑。「我臉上可是有花？」

「小婉沒有聽過一句話嗎？人比花嬌。」夏祁軒握住顧清婉扣完扣襻兒準備收回去的手，放在嘴前輕吻一下。

顧清婉瞋了他一眼。「沒個正經。」

「我們是夫妻，那麼正經做什麼？」夏祁軒笑起來，露出潔白的牙齒。

「上床夫妻，下床君子。」顧清婉無奈地瞪了他一眼，抽回手，拿過腰帶為夏祁軒束上。

「小婉說得對，上床夫妻，下床君子，為夫現在不就在床上？」夏祁軒指著被褥，厚顏無恥地笑道。

顧清婉不再搭理他，每次和他鬥嘴，都是她輸。

抱他坐進輪椅中，拿上篦子推他出去外面梳頭。

長長的一頭青絲披散開來，又滑又順，比女子的髮質都好，顧清婉有幾分羨慕。

「小婉，待會兒吃完飯我得出去，有什麼需要的東西可跟我說。」夏祁軒閉著眼睛。

「沒有。」顧清婉為夏祁軒簪上玉簪，走到他前方觀看，問道：「可是要把重心移到這邊？」

「嗯，別人夫唱婦隨，我要婦唱夫隨，誰叫為夫在乎小婉呢？」夏祁軒笑道，在顧清婉小巧的鼻上輕輕一刮，帶著幾分寵溺。

這樣的夏祁軒，顧清婉心裡是喜歡的，沒有一個女人會喜歡那種霸道無理的男人。夏祁軒為了她，在不知不覺中改變許多，她比別的女人要幸運，遇到肯為她改變的男人，寵她、愛她，這就足夠了。

吃了早飯，夏祁軒和阿大出門。

顧清婉想著還在咳嗽的老太太，翻找出昨兒買回來的藥材，泡了一壺冬花紫菀茶。有祛痰止咳、平喘的功效。

「經過婉丫頭的食療，這咳嗽已經緩了不少。今兒早上起來就咳嗽了三、四次，沒有昨兒那麼頻繁，還是我的婉丫頭有本事。」老太太笑容滿面地喝著冬花紫菀茶。

「這哪裡是我有本事，明明就是祖母身體好，抵抗力強，只需一點食療就能康復。」顧清婉說這話，令老太太笑得見眉不見眼，又說起她當年的事蹟。

之後清婉去顧清言的房間，看看弟弟醒了沒有。見還沒醒來，她便出門，準備去陳詡的院子找清淺算帳。

想著她一個人去不妥當，又折回屋去找畫秋，主要是她還擔心夏祁軒吃醋。

老太太得知顧清婉是去找清淺算帳，也要跟著一起去。

顧清婉一進大門，便見到陳詡赤著膀子在練武。老太太見此，趕忙拉過顧清婉站在她身後。「陳小子，把衣裳穿上。」

陳詡肩寬腰窄，身強體健，老太太生怕陳詡把顧清婉勾引住，眼裡滿滿的防備之色。

陳詡淡淡地看了老太太一眼，接過路才遞來的中衣穿上，指了指北牆角的小屋子。「她在柴房。」

「你把她關在柴房？天哪，千萬別把她凍死，那樣太便宜她了。」老太太說著，著急地朝柴房跑去，顧清婉和畫秋緊隨在後。

幾人本以為會看到清淺死在地上的慘狀，打開門那一刻，屋裡一股暖意襲來，便見清淺躺在鋪得厚厚的床褥中，身上還蓋了兩床棉被。

顧清婉看向穿戴好衣裳的陳詡，不等她開口，陳詡道：「妳說不能讓她死。」

顧清婉翻了一個白眼，腹誹了一句，那你也不能對她這麼好啊。不過顧清婉清楚，陳詡把她的話聽進心裡，才會這樣對清淺。她知道陳詡的心思，卻不能回應，希望陳詡不要執著太久，等過些日子就把她淡忘，找個相愛的女人。

老太太在院子裡說話的時候，清淺就已經聽到了。門一開，看著進門的顧清婉，她眼裡滿是怨毒之色。「顧清婉，妳個賤人！妳根本配不上公子，沒有資格霸占公子，憑什麼得到公子的愛？」

「婉丫頭是我孫兒的媳婦，妳說憑什麼？婉丫頭不配，難道妳這個下賤的東西配？婉丫頭，今兒妳就讓她罵不出來。」老太太一臉陰鷙，冷冷地看著清淺。她這一生，最討厭的就是那些沒有自知之明、覬覦別人男人的女人。

顧清婉看向躺著動彈不得、嘴巴還如此讓人生厭的清淺，嘴角勾起一抹淺笑。「祖母放心，孫媳一定會好好照顧這位清淺姑娘。」

清淺看著顧清婉一臉冷意，嚇得瑟縮了一下，眼裡帶著幾分憤怒、幾分怨毒。「顧清婉，殺人償命，妳不要亂來，要是殺了我，妳也逃不了。」

「妳知道這個理，卻還要對我下手，妳都不怕了，我還怕什麼？」顧清婉冷冷問道，眼裡是說不出的嘲諷和冷意。

老太太居高臨下地看了清淺一眼。「祖母在外等妳，怎麼解氣怎麼來。」說著，和畫秋一起朝外走，走到門口時又停下來，對顧清婉道：「婉丫頭，有時候活著，比死更折磨人。」

「小婉記下了。」顧清婉點頭，目送老太太和畫秋走出柴房。

她不主動招惹人，不是怕誰，而是給家人一分安寧。

別人主動來惹她，那就另當別論。她骨子裡在經過浴血重生之後，已經變成一個陰狠毒辣的人。

將房門關上，顧清婉臉上帶著溫溫淺淺的笑容，如同一朵盛開的罌粟花，美麗中帶著致命的毒性。

「顧清婉，妳……妳不要過來，妳要幹什麼？」清淺被顧清婉嚇得眼裡只剩下恐懼和慌亂，那些怨毒的情緒消散殆盡。

「以牙還牙。」顧清婉冷冷說完，蹲下身。

「不要！妳走開！」清淺一條腿和一隻胳膊昨日被廢掉了，掙扎得再狠也沒用。清淺掙扎的時候，碰觸了顧清婉的傷口，血水滲出，把白布浸染成豔紅的花兒。

顧清婉毫不在意，將清淺的嘴封住，她眼神平靜地看著清淺。「在決定對我出手，傷害我家人之時，就該有現在的覺悟。」聲音很平靜，就如同與人閒聊一般。

「我最恨的就是有人傷害到我的家人！」顧清婉突然拔高音量，抓著清淺的胳膊，用力一捏，「咔嚓！」骨頭斷裂的聲音在小小的柴房裡響起，那般清脆，那般刺耳。

「啊……啊……啊……嗚嗚……」此時此刻，清淺痛得快要暈厥過去，汗水將凌亂的髮絲打濕，貼在臉頰。她趴在被褥上，一雙眼裡滿是仇恨的怒火瞪著顧清婉。

看著這樣的眼神，顧清婉沒有絲毫懼意，她冷冷一笑。「怎麼？很疼嗎？我就是要讓妳知道什麼叫疼。」她緩緩站起身，居高臨下地看著清淺。「妳以為這就完了嗎？」說著，抬腳踩上清淺完好的那條腿上，卻沒有用力，她也要清淺飽受心靈的折磨。

「唔……唔唔……」清淺怕了，嘴裡不停發出嗚嗚聲，身體挪動著，因為雙手都斷了的關係，整個人趴在地上，如同一條蛆蟲一般蠕動，朝門口的方向挪。她到底遇到了什麼樣的惡魔？死不過是伸頭一刀，為什麼要這樣折磨她？

顧清婉冷冷看著清淺掙扎，看著她一點點挪動。當斷掉的手臂碰到地面時，她痛苦的模樣，令顧清婉心裡十分解氣，若是弟弟看到這一幕，一定會很開心。

她覺得折磨得差不多了，便道：「妳說的不錯，殺人償命，就算不是因為這一點，我也不會殺妳。祖母說得對，有時候人活著比死更痛苦，我就要讓妳嘗試一下這種滋味。」

清淺看著顧清婉森冷的笑容，如同看到從地獄裡爬出來的惡鬼，她驚恐地朝門口挪動身子，想要逃出這地獄的深淵。

在顧清言被傷到的時候，顧清婉就想過要怎麼折磨清淺。

她走到清淺身後，抬腳踩上清淺完好的腿，一使勁，「咔嚓——」腿骨斷裂的聲音伴隨著清淺的慘叫響起。

不過這一次，清淺才叫了一聲，便痛暈過去。

顧清婉看著暈厥過去的清淺，冷笑一聲，去打開門。老太太和陳詡他們在院子裡等著，見門打開，都看向顧清婉。

「祖母，可有什麼辦法能令一個人發不出聲音？」

「點她啞穴。」陳詡搶在老太太前面開口道。

老太太瞪了陳詡一眼，點點頭。「確實只有這個辦法，不過我不會點穴功夫。」說著，老太太轉動著雙眼想辦法。

「我會。」陳詡說著，朝柴房走去。老太太趕忙跟上，看緊陳詡，不讓他有單獨見顧清婉的機會。

「既然如此，那她的舌頭就交給你了。」顧清婉側開身子，讓陳詡進屋，以輕描淡寫的語氣說著殘忍的話，如同在議論天氣如何。

聽到這樣的話語，陳詡和老太太連眉毛都沒皺一下。

陳詡點點頭，走到清淺旁邊，快速地在清淺身上點了幾下。

老太太進門，看著清淺身上並沒有傷口，凝眉道：「這麼半天，妳都沒有折磨她嗎？」

「我廢了她的四肢。」顧清婉淡淡道。

只見陳詡在清淺下顎處點了一下，清淺的舌頭突然伸出來，冷不防把顧清婉嚇一跳。她還在拍著胸脯安撫自己的時候，陳詡已經拔出匕首。

一道銀光劃過，清淺的舌頭已經被割掉，落在地上，看得顧清婉頓時一陣反胃。

暈厥中的清淺被疼痛刺激醒來，她想要大叫，卻發不出聲，整個人痛得在地上打滾。

顧清婉立馬上前，取出來時準備好的銀針，為清淺止痛療傷。她來的時候將幾根銀針插在髮髻中，就是準備此時使用。

「婉丫頭，妳這是？」老太太不明白顧清婉為什麼要救清淺？

陳詡也很不理解，這樣的人活該死千次、萬次，還救來做什麼？

見幾人都不明白，顧清婉開口道：「祖母您不是說過，有時候活著比死更要折磨人？我不會讓她輕易死去，我要把她治好，然後送進地獄裡去。」

敢讓顧清言受到這麼重的傷，讓她險些再次失去弟弟，這就是代價。

第七十六章

顧清婉所說的地獄，是關押死刑犯的牢房，那些憋了許久的男人們，一定會很歡喜。

老太太點點頭，很贊同顧清婉的想法。

「妳做得對。」陳詡看著為清淺療傷的顧清婉，開口道。

顧清婉笑了笑。

清淺聽著幾人輕描淡寫的對話，她現在只求一死，但她已經一個字也說不出來了。

「路才一會兒過來取藥方。我把她交給你們了，可不能讓她死了。」顧清婉為清淺療完傷，臨出門時對陳詡主僕道。

「好。」陳詡點點頭。

隨後讓路才準備了補品，一起去探望顧清言。

顧清婉剛把藥方寫好，就聽小五說陳詡主僕過來看弟弟，作為主家，不能怠慢客人。但家中男子一人外出，一人受傷，只能請老太太陪同一起去招待陳詡。

陳詡並不當自己是客人，來到顧家院子便朝顧清言的房裡而去。

顧清婉端茶送去，見陳詡坐在床前看著顧清言，她將茶杯放下。「陳公子，過來這邊喝杯茶吧。」

老太太看著陳詡，道：「言哥兒沒什麼大礙，你是不是該回去了？家裡可沒人招待你。」

陳詡走回地爐旁坐下，端起茶喝。「不需要人招待，妳們去忙。」

「請自便。」老太太說著，拉著顧清婉要走。

顧清婉歉意地朝陳詡點頭，拿出剛寫好的藥方放在桌上。「麻煩陳公子了。」說罷，跟著老太太走出門。

「少夫人，左老爺子和左月小姐來了。」剛出門，畫秋便來稟報。

老太太一聽有左家老爺子，挑眉道：「那妳去準備茶水、點心，不能怠慢了人家。」這個家裡，只有畫秋能上得了檯面。唐翠蘭現在成了客人，不能使喚，張、王兩個粗使婆子粗手粗腳，不能出去丟人。

畫秋應了一聲，準備茶點去了。

三人說的話，屋裡的陳詡主僕都聽在耳裡，路才不滿地嘟囔一句。「同樣是客人，差別怎麼這麼大？」

「不缺那口點心。」陳詡淡淡道，隨後把藥方推到路才面前。「去抓藥。」

路才拿著藥方掃一眼，反正也看不懂，便摺好放進懷中。「那小的去了。」

等路才離開，陳詡走回床前坐下，看著床上的顧清言，眼裡是滿滿的疑惑。揭開被子，去解他的衣裳，不明白顧清言傷勢怎會好得這麼快？若別人傷得如此嚴重，此時此刻一定很虛弱，或許仍有性命之憂。

可剛才為顧清言號脈，發現其心跳有力，身體竟然恢復得七七八八，這讓他很好奇。

當看到顧清言已經結痂的傷口，陳詡伸手去觸碰。如果是正常人，此刻別說結痂，興許還會滲出血水……

爺爺說過，天下之大，無奇不有。

這顧家姊弟恐怕就是爺爺說的奇人異士，顧清婉力大無窮，顧清言不但能看穿人的肌膚，身體還有如此恢復能力，真神奇。如果顧清言能去楚京，爺爺的病是否就能痊癒？

陳詡沈默地看著顧清言，半晌後轉身離去。

前廳中，顧清婉、老太太和左家爺孫倆見了面，彼此寒暄著。

「竟然有如此膽大包天之人，不能輕易饒了她！」左老爺子一臉憤懣。

老太太連連點頭稱是。

左月看了左老爺子一眼，低聲問顧清婉。「小婉，那人妳怎麼處置？」

「她受了傷，等傷好些，我會送她去縣衙，讓縣太爺定奪。」顧清婉回著話，感覺到老太太的目光。她看向老太太，老太太給她一個讚許的眼神。

「小婉，妳真是氣死我了。人家刺殺妳，竟然還要等她傷好才送縣衙，哪裡有妳這麼善良的人？」左月恨鐵不成鋼地埋怨起來。

「我的婉丫頭就是太善良了。」老太太接過話去，搖頭表示無奈。

左老爺子笑看著顧清婉。「如今世道，還能有婉丫頭和言哥兒這樣好的孩子，真難得，我們應該感到欣慰。」

「是這個理。」老太太笑看了一眼顧清婉，回左老爺子的話。

顧清婉坐在那裡，聽著左月指責她太善良，應該把人五馬分屍、剮刑。能說得出來的刑罰，左月都說了一遍，聽得顧清婉都覺得自己有些善良。

「小婉，我能去看看言哥兒嗎？」左月問。

「好，我帶妳去。」陳詡離開的時候，來前聽跟她說了一聲，現在帶左月去，沒有什麼不妥。

兩人來到顧清言的屋子，顧清婉往地爐裡加了木炭，左月逕自走到床邊。

「這傢伙命大，看來還死不了。」左月看到顧清言呼吸平穩有力，臉色也沒有想像中那麼差，便放下心來，但嘴巴還是不饒人。

在她心裡，顧清婉醫術了得，能讓人一宿之間傷口結痂，上次左明浩受傷的事她知道，她已經認定是顧清婉的醫術好，沒有懷疑別的。

顧清婉笑著看了左月一眼。「過來坐吧。」

「有時候我還挺羨慕妳，能嫁給一個普通人，生活就簡單一些，沒那麼多煩擾。」左月內心苦澀惆悵。

「家家有本難念的經，或許妳進了宮，沒有想像的那麼差呢。」顧清婉只能這樣寬慰。

「一入宮門深似海，有多少女子，在那深宮中蹉跎歲月，慢慢老死？我姿色只能算中上，到了那吃人不吐骨頭的皇宮，加上沒有強大的家世背景，或許根本就沒有好下場。」

「左家這麼大的家族還不算有家世背景？」顧清婉沒見過世面，以為左家就是很大的大家族。

左月「噗哧」一聲笑起來，笑顧清婉懵懂得可愛。「左家在這帳縣是數一數二，可是到了楚京恐怕是最低等的家族。妳家那位是楚京人士，想必最瞭解這些，難道他都沒有與妳說過？」

顧清婉搖搖頭。「沒有。他說知道了也沒意思，接觸不到，無須去想那些。若是以後有機會去楚京，會把那邊的複雜情況都跟我說。」

「看來你們現在的感情很好？」左月看著顧清婉說起夏祁軒的時候多了幾分笑意。「我還真希望妳能去楚京，到時我又有了伴。」左月是打心眼裡交了顧清婉這個朋友。

「或許以後會有機會。」顧清婉不用想也知道，以後就算和夏祁軒安家在這邊，也會一、兩年去一趟楚京的。

「若是妳到楚京的時候我還在，妳一定要去看我。」左月這話聽起來似是開玩笑，但其中的悲涼和認命顧清婉卻聽了出來。

「妳就不能往好的方面想，戲文裡不是有那種從妃子坐上皇后之位的女人嗎？人家都能，妳為什麼不能？」顧清婉不明白左月怎麼想不開。

左月心思靈透，本來進宮她就抱著認命的心態，有心事在左家又找不到人傾訴，慢慢地鑽了牛角尖。此刻聽顧清婉一句話，頓感豁然開朗，似是看到一絲曙光。

「命運三分是天注定，七分要靠人為，不要輕易認命。預知將來境況不好，就要想辦法改變，怎樣改變就得靠自己。」顧清婉就深深體會這一點。

顧清婉話音落下後，左月的眼裡燃起希望之火。她激動地坐到顧清婉旁邊，握住她的手。「小婉，謝謝妳，與君一席話，勝讀十年書，我知道該怎麼做了。」

顧清婉手上的傷還沒好，左月太激動，沒有注意，扯到傷口，頓時溢出點點血紅，痛得她微微蹙起眉。

「怎麼了？」左月見顧清婉神情突然變得痛苦，雖然只有一瞬間，但還是被她捕捉到。

手腕的傷藏於袖中，左月並沒有注意到。

「沒什麼。」顧清婉不想讓左月知道。

「妳是不是太累了？」左月能想像得到，顧清言出事，顧清婉定是最擔心，休息不好是肯定的。

地爐上的水燒開，顧清婉抽回手，拎起茶壺倒水，笑道：「還好。」

「那妳休息，我改天再來看你們。」左月說著已經站起身，整理襖裙。

顧清婉點頭說好。送走了左家人，收拾一下茶具，帶著醫書去守著弟弟。

這一坐，將近申時，顧清婉實在太累，趴在矮桌上迷迷糊糊睡過去。剛一睡著，顧清言的聲音便響起。

「姊姊。」聲音很低，顧清婉以為在夢中，直到叫了好幾次，她才醒過來。

她回過神，看向床那邊，見顧清言笑看著她，她才徹底清醒，連忙走到床前握住他的手。「你醒了，感覺怎麼樣？還有哪裡不舒服？」

「腦袋還有一些昏沈。」

「餓嗎？我去給你煮點粥。」顧清婉滿眼都是心疼之意。

「好，不過，妳先給我一杯水，渴。」每每感覺到姊姊的寵溺，顧清言便忍不住變成一個真正的十三歲孩子。

「那你等一下。」顧清婉寵溺一笑，去拿杯子，直接用井水給弟弟喝。

等他喝完水，她撫摸著他腦袋。「乖乖躺著別動，姊姊去給你煮粥，還想吃點別的嗎？」

「只要是姊姊做的，我都喜歡。」顧清言感覺好幸福，有姊姊疼真好。

顧清婉瞋了他一眼。「油嘴滑舌。」說著，放下杯子，為弟弟掖了被角。「很快就好。」說著，人朝外面走去。

看著房門關上，顧清言動了動僵硬的身軀。這一動，本以為傷口會很痛，卻沒有想像中的疼痛傳來，只有輕微疼痛。他摸向傷口，沒有那種鑽心的疼痛感，隨後，稍微用力按壓，疼痛很小，還伴隨著癢感，那是傷口癒合後的搔癢。

微微凝眉，難道他睡了很久，久到傷口都已經好了？

他現在只能這麼想，姊姊的恢復能力他知道，但他沒有那種能力。

不到小半個時辰，顧清婉端著煮好的豬血粥進門，看見弟弟坐在地爐旁，頓時沈下臉來。「不好好躺著，怎麼下床了？」

「躺了這麼些天，骨頭都硬了，下床坐坐。」因顧清婉進門，帶來一股寒意，顧清言緊了緊披著的外襖，笑著看向她端著的托盤。

聽見這話，顧清婉還沒反應過來，放下托盤，道：「你昨日才受的傷，哪來的幾天？」

「昨日？」顧清言一臉詫異，滿眼不信。

「嗯。」顧清婉不明白弟弟這麼一驚一乍的幹麼，她將豬血粥端到他面前。「快吃，你先吃點填肚子。快到飯點了，待會兒我做些你愛吃的。」

「好。」顧清言拿起勺子，舀了一點粥進嘴，另一隻手摸向傷口，不明白傷口怎麼在一夜之間好這麼快。突然，腦中靈光閃現，那就是一個可能，姊姊做了什麼。

顧清婉正往地爐裡加炭，感覺到弟弟的目光，看向他。見顧清言凝視著她，她寵溺地笑道：「怎麼了？粥不好吃？」

「姊姊，妳是不是對我做了什麼？」顧清言一臉肅穆，放下匙子。

「怎麼這樣問？」顧清婉茫然不解，蹙起好看的眉。

「我的傷已經結痂，若昨日才受傷，不可能好這麼快，妳是不是做了什麼？」顧清言很認真地看著姊姊，不希望她說謊騙他。

顧清婉沈默一會兒，不想看到弟弟失望的眼神，點點頭。「嗯，我把我的血給你喝，不過不多，只有一點點。」她怕弟弟傷心，趕忙解釋道。

顧清言的頭垂了下去，一語不發，拿起匙子喝粥，淚水在眼裡打轉，隨後溢出眼眶，滴落進粥裡。這個世上，對他最好的女人，只有姊姊，這輩子，誰也不能欺負姊姊。

「你這麼大男孩子還哭，讓人看到笑話了去。」顧清婉心疼地摸摸弟弟的頭。

「這裡只有姊姊，在姊姊面前，我還是孩子。」顧清言重重抹了一把眼淚，帶著濃濃的鼻音說道。

顧清婉無奈地搖頭輕笑，滿眼的寵溺之色。「快吃吧，一會兒涼了就不好吃了。吃完你再躺會兒，我去做飯。」

「好。」顧清言應一聲。有這樣的姊姊，是他這輩子最幸運、最幸福的事。

地爐裡的火很旺，烤得顧清婉身上都暖暖的。她放上爐蓋，遮擋住火光，邊道：「左老爺子和月兒今兒過來看你，等你好了，就去他們家回個禮。」

「好。」顧清言將空碗放進托盤，看著這麼旺的火，不想浪費，開口道：「給我烤幾顆馬鈴薯。」

「好，我待會兒拿幾顆放在邊上，等你睡醒就烤好了。」顧清婉真拿弟弟沒辦法，一個男孩子，怎麼總是喜歡吃。

「姊夫呢？」醒了這麼一會兒，卻不見夏祁軒，顧清言隨口問道。

「他去鋪子了。你快睡吧，我去做飯。」顧清婉說著，端起托盤起身，朝外走去。

顧清言聽著姊姊的腳步聲遠去，很感動。姊姊太寵他了，寵得以後他都不想找媳婦了。

顧清婉揀了幾顆馬鈴薯去弟弟的房間烤上，才又回到廚房做飯。

夏祁軒剛從外面回來，聞到飯菜的香味，便知道是愛妻在廚房裡忙活，哪兒都沒去，先往廚房報到。

「米鋪情況怎麼樣？」顧清婉炒著菜，頭也不回地問夏祁軒。清淺離開後，現在沒有合適的人手，米鋪裡的情況她還是有些擔心。

「還好。」夏祁軒點點頭，沒有把買下隔壁店鋪的事告訴顧清婉，想等裝修完，採購好藥材後再說。

「言哥兒醒了，現在沒有事，明兒我和你一起去鋪子，有什麼需要幫忙的儘管說。」顧清婉想著現在醫館的銀子都還沒著落，先幫忙打理米鋪，給夏祁軒分擔一點事。

「不用，店裡有阿二他們幾個人，妳在家歇著就好。」夏祁軒可不願意讓顧清婉在外拋頭露面，主要還是米鋪裡三教九流都有，他把顧清婉護在羽翼下就好。

顧清婉見夏祁軒不願意，便沒再多說，她又何嘗不明白他的心思。

「在屋裡就能聞到香味，饞蟲都被勾引出來了，能擺飯了嗎？」老太太笑嘻嘻地挑簾進來，開口說道。看到夏祁軒也在廚房裡，頓時故作生氣，沈下臉道：「娶了媳婦忘了娘，回來也不先去看看祖母。」

跟著進來的畫秋也掩嘴輕笑。

顧清婉和夏祁軒都能聽得出，老太太只是開玩笑，但夏祁軒還是有些不好意思。「孫兒有話與小婉商量，便先來了廚房。」

「臭小子，你真話假話祖母聽得出來。都說兒大不由娘，古人誠不欺我。」老太太搖頭感慨一番，嘴角卻帶著掩飾不住的笑意。

顧清婉和夏祁軒都笑起來，實在是老太太的樣子太滑稽，都說老小老小，越老越小，果不其然。

第七十七章

「祖母，您和畫秋、祁軒先去飯廳，讓小五他們來上菜就能吃了。」顧清婉嘴上說著話，已經又炒出了一道菜。

「祖母先去飯廳，孫兒稍後便去。」夏祁軒輕輕搖頭，對老太太說道。他一天都在外面忙，在家裡就想黏著顧清婉，一步也不想離開。

老太太見小倆口感情和諧，她自然是最開心的，笑嘻嘻地和畫秋出了廚房。

「祖母人真好。」顧清婉收回視線，笑看著夏祁軒，一雙眸子裡全是笑意，看得出她心情好。

夏祁軒也笑著點頭。

吃完飯，夫妻倆回到屋裡。顧清婉想給夏祁軒針灸，夏祁軒覺得過些時候仍須去楚京，中斷一段時間達不到效果。

顧清婉笑道：「雖然你還要去楚京，會使之前的努力變得徒勞，但如果現在開始針灸，會讓你的腿好受些。」

「那就改天，等妳休息好再說。」夏祁軒握住顧清婉的手，看著她手腕上的白紗布，上面還有點點血紅，心疼道：「為何這次癒合得如此慢？」

「我想到一點，就是不知道推敲得對不對。」顧清婉看著手腕。

夏祁軒挑眉。「說來聽聽。」

「傷口癒合得快，應該是在我睡得深沈的情況下，從昨兒到現在，我就沒有睡沈過。」聽了顧清婉的分析，夏祁軒將她手腕放在臉頰上輕輕蹭著。「是不是如此，明兒就知道了，今晚我們早些睡。」

燭光下，他眉目如畫，俊美不凡，眼神溫柔。顧清婉看著這樣的夏祁軒，心裡一陣心猿意馬，這個俊美的男人就是她顧清婉的夫君，雖然腿有殘疾，但他身殘志不殘，比一些外表正常的人強得多。

脫了衣裙，顧清婉回身躺下，仍見夏祁軒側身躺臥，笑看著自己，她不由蹙起眉。「看什麼？」

「能這樣看著小婉，為夫很滿足。」夏祁軒此刻腦海裡，想起離開船山鎮回楚京那段日子，對顧清婉的思念之情。

顧清婉笑了笑，拉上被子蓋好兩人。「我們成親之後，聚少離多，也不知道你對我的情從何而來。」

夏祁軒躺平身軀，伸手與顧清婉十指緊扣，目光停留在床帳頂上，溫聲道：「只要一旦確定是我的人，我就會義無反顧，全心全意放在心裡去愛。每時每刻都在想，久而久之，感情就會深入骨髓，那麼小婉對為夫的心呢？」

「你自己感覺不到嗎？」顧清婉側目白了夏祁軒一眼，她可不是把情愛掛在嘴邊的人。

夏祁軒轉頭看向顧清婉，笑了起來。「感覺到了，小婉沒有以前那麼疏離為夫，小婉心裡已經有為夫一席之地。」對他來說，小婉能這麼快接受自己，已經很滿足。顧清婉看起來有情，實則是個無情的人，真正能走進她心裡的沒有幾個，但能在她心底有一席之地的人，她都會傾心相待，這才是夏祁軒覺得滿足的地方。

如今兩情相悅，他也真的很想要小婉。但人的一生本就太多不如意，他不想給小婉留下一點點遺憾，只想把最好的給她。

這還不是主要，前些天回船山鎮，遇到吳秀兒，才是讓他決定不這麼早要小婉的原因。聽吳鎮長說，吳秀兒就是因為年紀太小懷有身孕，弄得身體虧損。

夏祁軒很享受這樣擁著嬌妻閒聊的時光，不想這麼快入睡，故意找話題。「小婉，那封信可還在？」

「什麼信？」顧清婉一時沒反應過來。

「就是我在客棧裡，聽到那種聲音時給妳寫的信。」

聽見這話，顧清婉抬起頭看向夏祁軒，只能看到他完美的下巴。她稍微坐直身子，看著他的俊顏，笑意深深地道：「還在，怎麼？你要看？」

被顧清婉揶揄的眼神看著，夏祁軒俊臉在燭火的映照下，泛起可疑的紅暈。他輕咳一聲，淡定道：「不看，只是想知道小婉看到那封信的時候有什麼想法？有沒有覺得我很壞？」

「嗯，不是很壞……」顧清婉說到此，頓了一下，隨後見夏祁軒眼睛亮起來，逗弄他道：「是非常壞。」

果然，在這句話之後，夏祁軒明亮的眼神黯淡下去，旋即臉上出現一抹憂色。「那麼，小婉可是不喜歡我這樣？」

他話語裡帶著幾分小心翼翼，生怕在顧清婉心裡留下不可磨滅的壞印象。

「我要睡覺，睏了。」顧清婉說著，躺回夏祁軒懷裡，在他寬闊健碩的胸口找了個舒適的位置，安心地閉上眼睛。她不想答覆這個問題，怎麼回應都不合適，夏祁軒這樣真實的一面，恐怕只有她才能看見。她心裡還是喜歡這樣的夏祁軒吧，夫妻之間，不就該有自己的小情趣嘛。

夏祁軒擁著顧清婉，臉上帶著笑意，雖然小婉沒有回答，他已經猜到她的心思，真希望小婉有一天能變成只屬於他的妖精。

次日，顧清婉做好飯後給顧清言送去。夏祁軒跟著想在這邊陪她弟弟吃，省得過去大廳還要分桌。

趁顧清婉還在忙活，顧清言和夏祁軒邊吃邊聊，夏祁軒把已經買好醫館的事告訴顧清言，想讓他幫著說服他姊姊。顧清言覺得這是好事啊，姊姊雖然不想花夫君的錢，但畢竟已經買了，等她考慮好，便會接受的。

這時，顧清婉笑著走進來。「吃飽了嗎？今兒飯菜可合胃口？」

顧清言笑道：「要是姊姊做的飯菜都不合胃口，就再也沒有合胃口的飯菜了。」夏祁軒也跟著點頭稱是。

想吃什麼？」

「傻瓜。」顧清婉寵溺一笑，走到矮几旁，半蹲下收拾。一邊收拾，一邊問道：「下午還得收拾呢。」

「這才剛吃飽，就問下午，現在什麼都不想吃。」顧清言拿過杯子，為姊姊倒上茶。對於弟弟的回答，顧清婉搖頭輕笑表示無奈，男人和女人就是不同，女人總要為一日三餐發愁。她將手搭在夏祁軒伸過來的手上，隨著他的動作起身，坐在他旁邊的矮椅上。「我還得收拾呢。」

「休息一會兒再收拾也不遲。」夏祁軒端過顧清言倒好的茶，細心吹了吹，用唇試了試溫度，才遞給顧清婉。

顧清婉接過茶，很自然地喝了一口，放下杯子。「你們可是有話與我說？」她不笨，弟弟和夏祁軒看起來都像有事。

夏祁軒看著顧清婉喝著他唇瓣碰過的茶，心裡甜滋滋的，臉上洋溢著幸福的笑容。「小婉不是要開醫館嗎？我已經把鋪子買下來，也請了匠人來修葺，我想問小婉對屋裡的裝潢有什麼要求？」

顧清婉看向弟弟，顧清言連忙攤開手。「這事我也剛知道。姊夫，姊姊不想用你的銀子，是想要經濟獨立，那樣至少在你面前能昂首挺胸，不會抬不起頭。」

夏祁軒凝眉道：「小婉在我心裡的高度無人能比，言哥兒說這話是何意思？」

「沒什麼意思，我只想你們夏家所有人都尊重姊姊，而不是看在你的面子上。」

「是有誰對小婉做了什麼？」

「沒有誰做了什麼，你別聽言哥兒的，他就是胡說八道。」顧清婉看到兩個男人你一言，我一語，氣氛變得不太友好，趕忙插話進來。

顧清言瞥了夏祁軒一眼，懶得再說，而是看向姊姊。「姊姊，姊夫已經把店鋪買好，找了匠人改建，妳就收下吧。就當他是贊助商，到時候有了銀子再還他也一樣，如果不用，就浪費了。」

夏祁軒臉上帶著意味深長的笑意，目光凝視著顧清言，能看到一簇簇火星在燃燒。

顧清婉也知道，在這個時候拒絕，顯得太矯情，不要的話確實會浪費掉，遂點點頭。「好吧，我答應。店鋪在哪裡？」

「就我們米鋪隔壁，待會兒我們一起去看看。」夏祁軒見顧清婉答應，從顧清言身上收回目光，溫柔地看著她。

「想吃什麼？姊姊給你買回來。」顧清婉一邊為夏祁軒繫上大氅，一邊問弟弟。

「想吃麻辣燙，不如晚上姊姊來做，不用買。」顧清言想起那味道，肚子雖然脹，還是忍不住吞了吞口水。

顧清婉想了想，點點頭。「那今晚我們做麻辣燙吃，再買些豆腐和小魚。」

「多買點肉，切成片炸了。青椒那些左家不是才送來，到時候也炸個虎皮青椒。」顧清言對於吃的，來者不拒，純粹吃貨一枚。

「好，你就是隻饞貓。」顧清婉寵溺一笑，點了點頭。

夏祁軒安靜地看著姊弟倆說話，看到顧清婉臉上的笑容，心裡莫名難受，真希望小婉有一天也對他露出這樣的笑容。

馬車上，夏祁軒閉目假寐，顧清婉沒有吵他，靜靜地坐在軟墊上。等馬車開始走動，準備拿起書看時，手臂突然被人一拉，她整個人撲過去。

突然這麼一下，令顧清婉防不勝防，頓時讓裝睡的某人得逞。她想要從他懷中掙脫，卻被死死抱著，她凝眉嗔怒。「你就不能正經一些？現在在車上。」

「我們是夫妻，要那麼正經做甚？」夏祁軒邪肆一笑，緊了緊手臂。

「懶得理你。」顧清婉想要掙脫夏祁軒的懷抱，輕而易舉。她坐直身子，整理一下微微凌亂的衣裳。

夏祁軒覺得這樣的顧清婉有時候很可愛，有時候又不可愛，他握住她的手，溫聲道：「小婉，妳何時才不會這麼彆扭呢？」

「我彆扭嗎？」顧清婉很不贊同地挑眉問道。

夏祁軒重重地點點頭。「很彆扭。」說完，見顧清婉輕哼一聲，他輕笑道：「妳我夫妻，妳不會打算就這麼與我過一輩子吧？」

「那要怎麼做？」顧清婉前世和陸仁很少相處，陸仁平時都在看書，她也不會去打擾，就算陸仁不看書的時候，也是經常外出不歸家，她還真沒有相處經驗。

「隨心意。我們兩個單獨在一起的時候，不管做什麼都不要拘束，自然一些，想做什麼做什麼。比如妳想坐在我懷裡倚靠著我，就依照自己的心，不要抗拒。」夏祁軒像一頭大灰狼，在勾引小白兔。

顧清婉腦子裡不由浮現出自己坐在夏祁軒懷裡，倚靠在他的肩膀上，他單手抱她，單手拿書閱讀的畫面，頓時臉上出現一抹不自然的紅暈，她可做不來這種事。

見顧清婉沈默，夏祁軒又道：「小婉可是不願意和我親近？」

「沒有。」顧清婉想都沒想，便搖頭說道。

「那為何抗拒我？」夏祁軒眨動無辜的雙眼，如同受傷的小白兔那般楚楚可憐。

「我沒有抗拒你，只是覺得在外面，若是被人看到，會被笑話了去。」顧清婉實在不想承認，她是不好意思，被夏祁軒抱著總是心如小鹿亂撞。

聽到這個答案，夏祁軒心裡一陣歡喜，臉上卻很平靜。「妳是我的女人，妳認為我會做那種讓人笑話妳的事？」

顧清婉沈默。

「雖然我現在還不能跟妳洞房，但我們是夫妻，有些樂趣還是該有的，妳說是不是？」夏祁軒說著，手微微用力，將顧清婉帶進他的懷裡，很自然地抱著她。

顧清婉沒再拒絕，順從地坐在他懷中，近距離地聞著他身上特有的男子氣息，令她有些手足無措。

「小婉。」實在是兩人的距離太近，夏祁軒身為一個正常男人，嬌妻在懷，聞到誘人的體香，令他有些心猿意馬。

不自覺地，夏祁軒的眼睛帶著惑人的迷離，唇湊近顧清婉，在她綿軟的唇瓣落下一吻。

本想淺嘗即止，誰知，如同被施了法術一般，想要得到更多。

他放在她脖頸上的手用了巧勁，使兩人的唇密不可分。他靈巧地伸出舌尖，探進她的唇瓣，撬開貝齒，攻城掠地。

顧清婉的身體如同被電擊一般，一陣陣酥軟，身軀被夏祁軒有力的大手撐著，不由自主迎合地伸出舌尖。

舌尖相纏相繞，吸吮著彼此甜蜜的蜜汁，馬車內，氣氛旖旎，兩人的呼吸不自覺粗了幾分，明知道不可，卻仍然難捨難分。

「祁軒，不要。」顧清婉心裡還有幾分理智，軟弱無力的雙手勉強推開夏祁軒，阻止他的親吻。她知道，此刻他們在馬車裡，絕對不能再有下一步。

「小婉，我……」夏祁軒閉目深呼吸，強壓下心裡的情慾，頭靠在她軟軟的胸前，令他更難受。

顧清婉看出夏祁軒壓抑得極痛苦，連忙從他懷裡出來，卻被緊緊抱住，聽他聲音裡帶著隱忍的沙啞。「小婉，再等會兒就好，我想抱著妳，不要離開我。」

感覺到夏祁軒此刻竭力壓抑自己，顧清婉不敢再動，雙手僵硬，不知道該怎麼放。

馬車裡旖旎的氛圍漸漸冷寂，夏祁軒冷靜下來。收斂起眼底深處最後一絲情慾，抬手撫上顧清婉姣好的面容，眼神溫柔繾綣，手指上的力度很輕，帶著呵護疼惜之情。

顧清婉一動不動，怕她有什麼動作，又點了夏祁軒的慾火，只得由著他溫柔地撫摸，不是她不想避開，而是夏祁軒眼裡的溫柔軟化了她的心，令她留戀。

就在氣氛再次旖旎時，馬車緩緩停下，阿大的聲音也傳進馬車裡。「公子，少夫人，店鋪到了。」

旖旎的氛圍被打破，顧清婉頓時一陣面紅耳赤，內心暗怪自己不矜持，趁此快速從夏祁軒懷中離開，坐在一旁整理凌亂的衣裳，來掩飾自己的窘迫。

夏祁軒看到顧清婉如此緊張的嬌俏模樣，不禁露出一抹笑意。

整理好衣裳，顧清婉已經徹底冷靜下來，她起身為夏祁軒也整理一番，才拿起輪椅，撩開車簾遞給車外的阿大，隨後回身抱起夏祁軒踩著車凳下車。

此刻還不到未時，街道上人來人往，顧清婉抱著夏祁軒的一幕，引來很多看稀奇的目光。

夏祁軒不但不覺得尷尬，反而坦然自若，一臉幸福的微笑，眼神溫柔地停在顧清婉的臉上。

顧清婉也早就習慣這種眼神，一臉淡然，將夏祁軒放進輪椅中。看鋪子的阿四走出來，朝夏祁軒招呼一聲。「公子。」隨後又朝顧清婉鞠躬行禮，態度恭敬。「少夫人。」顧清婉點點頭。

街道上看熱鬧的人都議論紛紛地散去，大多都是在談論一個女人抱著男人，怎麼看都很奇怪，有的還在猜測兩人的背景身分。

顧清婉看向阿四。「這兩天都是你在打理米鋪？」

「是的。」阿四恭謹回道。

「問題可都解決了？」顧清婉這樣問是有原因的，畢竟這裡一直是清淺在打理，如今突然間換了一個人，麻煩事是避不了的。

「少夫人放心，事情都解決了。」阿四說道。

夏祁軒伸手握住顧清婉的手，溫聲道：「小婉不用操心這些，他們會處理好。我們去看看店鋪改建得如何。」

第七十八章

顧清婉推著夏祁軒朝後院走去，後院裡，到處亂七八糟，堆放著石頭和石灰，一些匠人不停的忙碌著。

兩間店鋪後院已經打通，她推著夏祁軒去了隔壁鋪子。

醫館改建得和船山鎮的醫館一樣。不過有一點，就是顧清婉以後看病的位置和隔壁米鋪間多了一扇窗戶，中間用簾子擋著。不用說她也知道，一定是夏祁軒特意安排的。

見顧清婉凝眉，夏祁軒趕忙討好道：「這樣，就能時時刻刻見到小婉了。」

聽到這樣的答案，顧清婉不知道該用什麼表情，有種哭笑不得的心情。

「還有沒有地方需要改善？」夏祁軒看了一圈忙碌的匠人，隨後問顧清婉。

顧清婉想說把中間那道窗口堵上，但她知道，就算說出來，夏祁軒也不會做，還是不要浪費口水，只好搖頭道：「沒有，依你安排的就好。」

夏祁軒哪裡看不出嬌妻的想法，心裡忍不住得意，但面上卻裝得十分平靜，先斬後奏很管用，不過只限於此，以後萬萬不能再去觸碰小婉的底線。

看情形，醫館恐怕還得十來天才能改建好，待在此處沒什麼可做，顧清婉對夏祁軒道：「祁軒，我們去藥行走走。」

「好。」顧清婉說什麼，夏祁軒都不會拒絕。

出了店鋪，顧清婉推著夏祁軒在街上慢慢走著，一點也不在意周圍異樣的目光。

「小婉，可有要添置的？」夏祁軒看到旁邊的雜貨鋪子，開口道。

顧清婉想了想，搖頭道：「暫時沒有。你可是有要添置的？」。

「沒有。」夏祁軒搖頭，隨後看到前方冒著熱氣的小攤，指著小攤。「買些碗兒糕，言哥兒愛吃。」

聰明的男人，知道怎麼做，能讓嬌妻開心。

果然，見夏祁軒想到給顧清言買吃的，顧清婉心裡一陣甜蜜，笑著道聲好，推著他走過去。

不等顧清婉說話，賣碗兒糕的婆婆便熱情開口。「小娘子，可是要來幾塊？」

「這怎麼賣？」顧清婉習慣先問價。

「一個銅板兩個。」老婆婆笑道。

「那就來十個，祖母和言哥兒一人五個，妳說可好？」夏祁軒先開口。

「好。」顧清婉點頭，隨後對老婆婆道：「來十個吧。」

「好嘞。」老婆婆拿過油紙，包了十個遞給顧清婉，隨後又拿兩個遞給她。「送你們兩個吃。」

「這？」顧清婉付完銅板，看著遞過來的碗兒糕，見夏祁軒點頭，她才接過，準備掏銅板時，老婆婆擺手道：「送你們吃的，就拿著。」

「謝謝。」小倆口異口同聲道謝，各自拿一個咬一口，都忍不住點頭。「很香甜。」

「喜歡就好。」老婆婆笑著點頭，一雙眼睛裡帶著幾分追憶和幸福。

在攤位前吃完碗兒糕，小倆口再次道謝，才離開。

「那老婆婆是個有故事的人。」離開小攤，小倆口走遠以後，顧清婉開口說。

「嗯。」夏祁軒點點頭。

「小婉，我們要彼此珍惜，我不要像那個老婆婆一樣，在回憶裡找幸福。」夏祁軒說著，反手伸向顧清婉。

顧清婉明白夏祁軒的意思，伸出自己的手與之緊握。「好。」

兩人沒多會兒便到了南北藥行，這間藥行的規模很大。

藥行裡的人都在忙碌著，小倆口逕自轉悠。

轉悠了一圈，看出藥材幾乎都有，顧清婉心裡有了想法，低頭問夏祁軒。「祁軒，你說我們的藥材以後在這家購置可好？」

「也好。」夏祁軒點頭贊同。這縣城裡雖然不止一家藥行，但這家離醫館近，拿藥材的時候方便一些。

「不過就是不知道價錢怎樣？」顧清婉目光在一些藥材上梭巡，看藥材成色，都是不錯的。

「找這藥行的夥計問問便知。」夏祁軒寵溺地看著顧清婉，伸手握住她的手，一刻也不想放開。

藥行夥計正好忙完，走過來問道：「請問兩位可是要抓藥？」

「是的。」夏祁軒點頭，談生意，還是男人出面好一些。

「請問您們需要什麼藥材，可有清單？」能來藥行抓藥的，要的量都不會太少，夥計很自然地問道。

「我們要的不是一星半點，如果可以，請你東家出來，我與其商談。」夏祁軒道。

「這……」夥計有些猶豫，他們東家脾氣不好，若這兩位不是誠心購買，或者要的量不是很多，他又要挨罵了。

「不用擔心，我準備開醫館，要的量不會少。」有一雙慧眼的夏祁軒，看出夥計的猶豫出自何處，一語打消他的顧慮。

夥計先是一愣，隨後一臉喜色，連聲開口。「請稍等片刻。」說著，人一轉身跑進內室裡去。

「祁軒，你在這裡等著，我去抓點藥。」顧清婉見夥計進去，怕是有一會兒人才來，不想耽擱時間。

「好。」夏祁軒不捨地放開她的手。

藥行很大，夥計不止一個。顧清婉走到櫃檯前，一名夥計在記著東西，抬頭瞥了顧清婉一眼，又埋頭寫著，嘴裡問道：「請問需要點什麼？」

顧清婉也不在意夥計態度好不好，一口氣將需要的藥材道出。「我需要一些決明子、金銀花、夏枯草、黃蘗、紫菀、桔梗、丁香、豆蔻、白朮……」

一連串的藥材，令夥計瞠目結舌，連忙拿過一張紙，語氣恭敬道：「小娘子還請再說一遍。」

顧清婉也沒生氣，耐心地把藥材道出，並說了每樣的分量。

夥計記完，恭聲道：「小娘子請稍等片刻。」說著，拿起清單開始抓藥。

顧清婉站在櫃檯前，看向夏祁軒那邊，正好看到他與一個胖子在說話，只見那胖子滿臉堆笑，她開口問抓藥的夥計。「那是你們的東家？」

夥計看了一眼，一邊抓藥一邊回道：「是的。」

顧清婉點點頭，以夏祁軒的性格，絕對不會讓他們吃虧。

等藥材抓好，剛巧那邊也洽談完畢，夏祁軒轉動輪椅行向顧清婉，藥行東家緊隨其後，一臉奉承的笑容。

夏祁軒笑著看向顧清婉，溫聲道：「藥都抓好了嗎？」

「嗯。」顧清婉點點頭，將藥包拎起，遞給夏祁軒。

「這位是？」藥行東家看向顧清婉問道。

「我夫人。」夏祁軒接過藥包，一臉幸福地說著。

顧清婉朝藥行東家點點頭，算是打過招呼。

藥行東家閱人無數，一看就明白顧清婉並不喜歡與他多談，便也笑著點頭，算是打了招呼。

藥行東家本想讓人抬著夏祁軒走出門檻，沒想到，話還沒出口，便見顧清婉抬著夏祁軒出了藥行，他還來不及震驚，連忙跟出去。「兩位慢走。」

夏祁軒點點頭，顧清婉轉動輪椅，準備推他離開時，身後又響起藥行東家的聲音。

「夏老闆，等店鋪裝修好，儘管過來拿藥便是，給您的絕對是上等藥材。」

夏祁軒回頭道：「沒問題。」

離開藥行，顧清婉回頭看了一眼，藥行東家已經進去店裡，她才問道：「藥材價錢如何？有沒有問題？」

「為夫辦事妳還不放心？」夏祁軒一臉自信地笑著。

顧清婉知道夏祁軒精明是一回事，但每次看到他如此臭美，總忍不住想給他兩個白眼。

稍後，他們回到顧家，見顧家門口停著一輛馬車。顧清婉微微蹙眉，正猜測是誰家的馬車時，便見一名天藍色襖裙的女子在門口東張西望，看清女子面容，她便笑起來。

「怎麼？」夏祁軒聽到嬌妻笑聲，微微皺起眉，是誰讓小婉笑得這麼開心？

「吳仙兒來了。」顧清婉回了一句，便朝門口喊。「妳怎麼不進屋？」

吳仙兒看到馬車，不敢亂認，聽到聲音，才看見顧清婉在馬車上挑簾笑看著她。她有些不好意思地撓了撓臉頰，道：「不知道是不是你們家，怕認錯門丟臉。」

顧清婉莞爾一笑。下來馬車，推著夏祁軒，對吳仙兒道：「走吧，我們進去。」

「好。」吳仙兒看到輪椅中的夏祁軒，有些不好意思，朝後躲了躲。

顧清婉見此，一邊抬夏祁軒進門，一邊笑道：「妳不會是專程來縣裡看我……的吧？」

她本想說的是「我弟弟」，但想到一個姑娘家，此話不妥，忙改口。

「啊……等一下。」吳仙兒聽見這話，才想起自己的目的，連忙折回馬車，讓車夫把她的包袱拿下來。

顧清婉看吳仙兒拎的東西分量不輕，疑惑地問道：「妳這是？」

「我送我二姊回來，爹讓我把這個捎給你們。」說著，吳仙兒掂了掂包袱，頓時響起銀兩碰撞的聲音。

「先進屋再說。」顧清婉明白過來，這怕是賣地的銀子。不過，那麼多土地，不可能這麼快賣掉啊？

顧清婉推著夏祁軒，引著吳仙兒進了正廳，夏祁軒便對顧清婉道：「小婉，我和祖母還有事要談，就不在此了。」

「好。」顧清婉點點頭。「那我送你過去。」夏祁軒在此，確實不太妥。

夏祁軒本來不用顧清婉送的，但是捨不得嬌妻，就答應下來。

「仙兒，妳先坐會兒，我送當家的過去就來。」顧清婉說道。

吳仙兒點頭。「好。」

顧清婉推著夏祁軒出了正廳，朝老太太房間走去，夏祁軒開口道：「這吳小姐可是對言哥兒有意？」

「嗯，只是言哥兒並沒那意思。」顧清婉知道弟弟現在根本沒有考慮這些。

「這吳小姐品行、相貌都不錯，大言哥兒一歲多。只要言哥兒同意，兩人倒也合適。」夏祁軒笑道。

他是有私心的，一旦顧清言有了娘子，就不會再黏著他的小婉，小婉也不必再費心顧清言的事，心思就會放在他身上。

「還是順其自然吧。」顧清婉不想勉強弟弟，只要他開心就好。

夏祁軒突然有種「路漫漫其修遠兮」的感覺，想要有一天徹底得到小婉的愛，有些遙不可及。

顧清婉送完夏祁軒，回到正廳。吳仙兒無聊地坐在那裡東張西望，見她進門，臉上綻開一抹笑容。

「等急了吧？」顧清婉走過去，拎起滾開的茶壺開始泡茶。

「小婉姊姊，怎麼不見言哥兒？他不在家嗎？」吳仙兒不好意思地問道。

「他這兩天染了風寒，在屋裡躺著呢。」顧清婉為吳仙兒倒滿茶，遞到她面前。弟弟受傷的事，沒必要讓吳仙兒知道。

「啊，嚴重嗎？他現在怎麼樣了？」吳仙兒一臉緊張，眼裡滿滿的擔憂。

「好了很多，休養幾日就好。」顧清婉說著，又道：「喝杯熱茶暖身。」

「那就好。」吳仙兒心不在焉地端起杯子，也不管茶水滾燙就往嘴裡送，頓時燙得「啊」一聲，趕忙放下杯子，用手搧著，嘴裡直嚷著。「好燙，好痛！」

「這丫頭，喝茶也被燙著，怎麼如此不小心？」顧清婉將吳仙兒的表現都收進眼裡，走到她跟前，責備道。

吳仙兒低垂著頭，像犯錯的孩子一般，顧清婉見此，無奈地搖搖頭。「等等我。」說著，人已經起身走出門外。

不多時，便拿著幾片葉子進門來，遞給吳仙兒。「把這薄荷葉含著。」

雖然是冬天，但顧清婉在她窗臺養了幾盆盆栽，這薄荷就是其中之一。薄荷不管什麼季節，對人都有用，做飯的時候有的菜也放上一些，味道會更好。

加上顧清婉有萬能井，養活這些盆栽對她來說不是什麼難事。

吳仙兒含著嫩綠的薄荷葉，嘴裡舒服不少，她口齒不清地道謝。「謝謝，小婉姊姊。」

顧清婉搖頭。「不用道謝，都怪我粗心了。」

一陣風颳進屋中，吳仙兒緊了緊衣裳，顧清婉見此，起身去關門，折回身又往地爐加了木炭，一邊問道：「我和言哥兒的地可都賣了？」

嘴裡火辣辣的感覺減輕不少，為了說話清楚，吳仙兒將薄荷葉吐出來，搖頭道：「沒有。」

「那妳爹怎麼讓妳把銀子送來？」顧清婉加了木炭，煙霧較大，只能將爐蓋蓋上。

「我爹說你們急著賣地，一定是急用銀子，怕耽擱你們的事，讓我先送些銀子過來。等地都賣了，缺多少再補給你們。」

說著話，吳仙兒把包袱打開，當著顧清婉的面，數了足足五百兩銀子。

姊弟倆一共賣三十畝地，都是田地，可種玉米、小麥，亦可種植水稻，一畝地一般都是二十到三十兩之間。

「幫我謝謝吳鎮長。」顧清婉沒想到吳鎮長會考慮到這些，先送來銀子給他們，如果沒有夏祁軒，這筆銀子就得買店鋪，再改建。如今這些銀子若是還夏祁軒，他一定不會要，那麼就可以用來購進藥材，確實幫了顧清婉很大的忙，不用總是伸手向夏祁軒要。

「小婉姊姊，妳還跟我客氣？」吳仙兒嘟著小嘴道。

顧清婉此刻看吳仙兒挺順眼，不由得話就多了。「對了，妳說送妳二姊過來，妳二姊就嫁到這縣裡？」

「對啊，就是姜家。」吳仙兒說起這個，小女兒家心思盡顯，有些小得意。

一見吳仙兒這表情，顧清婉都不用猜了。姜家和左家可都是這悵縣數一數二的大戶，沒想到那吳秀兒如此好福氣。

然而吳仙兒想到今兒送她二姊回去，姜家人的嘴臉很難看，頓時神色萎靡，替二姊感到難過。「只可惜，我二姊嫁人兩年，到現在還沒有一男半女。」

「不要傷心，既然妳二姊在這縣城裡就好辦。我那日答應過妳二姊，會讓她生下健康的孩子。」顧清婉自信一笑。

「小婉姊姊，妳說的是真的嗎？」吳仙兒一臉激動，抓住顧清婉的手，有些不敢相信。

「嗯，妳二姊的問題不大。妳要是有時間，就帶妳二姊過來，有的事我得當面與她說。」顧清婉給了吳仙兒一抹安慰的笑容，拍拍她的手。

吳仙兒一聽這話，都想馬上把她二姊帶過來了，但二姊剛回到姜家，還得整束一番，只得明日再說。

吳仙兒看了看外面的天色，站起身，善解人意道：「小婉姊姊該是要準備晚飯了，我就不打擾，改明兒再來找妳玩。」

「嗯。」顧清婉也不多挽留，起身相送。

出了房門，吳仙兒挽著顧清婉的手臂。「小婉姊姊，妳有沒有想吃的東西？我下次來時給妳帶過來。」

「妳要是有心，就帶些碗兒糕，遇到麻辣燙就買些，不過味道要好，夠麻、夠辣的最好。」顧清婉笑道。

吳仙兒不知道這些是顧清言喜歡的。「好，那我下次給妳帶來。」

在門口送走吳仙兒時，剛好碰到陳詡出來。他看顧清婉的眼神還是那麼灼熱，此刻又多了幾分不捨。

顧清婉低垂著頭，避開身。「陳公子請。」

陳詡看著顧清婉，嘆了口氣。「我明日就回楚京。」

「一路順風。」顧清婉說這話，只是出於禮貌，並沒有別的心思。

「勿忘我。」陳詡說完這句，便從顧清婉身邊走過，帶起一陣風，將顧清婉的衣襬吹動。

顧清婉一直沒有望陳詡一眼，聽到對門的關門聲，才邁開步子進入大門。她對陳詡沒有絲毫心思，自然不會把他的話放在心裡，從決定接受夏祁軒那一刻，她的眼裡只有夏祁軒這個男人。

第七十九章

晚飯時，顧清婉在廚房忙，夏祁軒照常陪著。看到油鍋裡煙霧裊裊，顧清婉凝眉看向夏祁軒。「你去找言哥兒或祖母聊聊天，待在這裡不太好，很快就做好了。」

「好。」夏祁軒清楚，一旦他身上染上味道，麻煩的還是顧清婉。

沒有夏祁軒在身旁礙手礙腳，做起來便順手多了，不一會兒幾道菜就都出鍋了。

唐翠蘭和張、王婆子在飯廳擺了兩桌，傳了菜。顧清婉讓老太太她們先吃，老太太知道意思，讓顧清婉去就是。

顧清婉這才端菜去顧清言的屋子，夏祁軒和弟弟在屋裡吃。就著地爐，她又為弟弟烤馬鈴薯。

桌上鐵鍋裡沸騰著，顧清婉不時翻動著馬鈴薯。

「姊姊，這麻辣魚夠勁。」顧清言一邊吃著，又挾一塊去了魚刺的餵顧清婉。

顧清婉很自然地把魚肉吃下，隨後道：「沒有烤的香。」

「我覺得味道很棒。」顧清言說著魚肉，一點也沒注意到屋裡濃濃的醋味。

顧清婉這一舉動，惹得夏祁軒又打翻了醋罈子，他放下筷子，坐在那裡一言不發。

「你怎麼不吃，是味道不好？」顧清婉知道，夏祁軒以前很少吃辣，吃辣也是認識她以後開始的，今日的菜確實辣了一些。

顧清言挑眉看了夏祁軒一眼，看出他的心思，挑釁地白了這小心眼的男人一眼。

在看到顧清言的眼神後，夏祁軒很快平靜下來。他一直都知道在小婉心裡，他不如顧清言，有什麼好生氣的？他現在要做的就是一點一點占據小婉的心，而不是惹她生氣，想清楚這些，他笑著對顧清婉道：「我想等著小婉一起吃。」

話音一落，顧清言動了兩下嘴唇，口形是——卑鄙。

顧清婉卻不疑有他，笑道：「你們先吃，一會兒就好了。」

「那我餵妳。」夏祁軒說著，拿起筷子，挾了一塊魚肉，把魚皮挾掉，拔了魚刺，餵到顧清婉面前。

顧清婉怕小心眼的夏祁軒晚上給她耍脾氣，只得把魚肉吃下。

看到顧清婉吃下魚肉，夏祁軒幸福地笑了，隨後丟給顧清言一個挑釁的眼神。

顧清言無聲地動了動嘴唇——幼稚。

夏祁軒假裝看不懂，又挾了一小塊瘦肉，用唇試了試溫度，餵給顧清婉。

顧清婉專心看著爐子上的馬鈴薯，沒有注意到兩人之間的暗潮洶湧，吃下夏祁軒餵的食物，拿過盤子，將馬鈴薯挾到裡面。「這麼多東西，你們慢慢吃。」

隨後將鐵鍋端起，放得遠遠的。「你們注意些，別碰到鐵鍋了。」

「小婉，妳不和我們一起吃？」夏祁軒一聽這語氣，就知道顧清婉要走。

「嗯，你們慢慢吃，我去陪祖母她們。」顧清婉說著，解下圍裙，抓在手中。

「小婉，妳和我們一起吃。再說妳過去，那邊的菜恐怕都涼了。」夏祁軒皺起劍眉，眼裡滿是心疼，不想他的小婉吃那些涼颼颼的菜，怕吃壞肚子。

顧清言也附和地點頭。「姊姊，老太太不會介意的，我們一起吃，我還有話想和姊姊說呢。」

顧清婉想了想，道：「那我去和祖母說一聲。」說著，人已經開門出去。

雖然老太太不會介懷，但出於家教禮儀，顧清婉都覺得該跟老太太說一聲。

見顧清婉進門，老太太看了看桌上的菜，隨後訕訕地道：「婉丫頭，祖母以為妳會和祁軒他們一起吃。」

顧清婉看向桌上的菜，頓時明白過來，原來老太太和畫秋把她那份都吃了，她莞爾一笑。「沒有，我是過來看妳們夠不夠，要不要再加一些。」

「不用加，夠了，祖母都飽了。」老太太一聽這話，放下心來，還拍了拍她渾圓的肚子。

「祖母，那您慢慢用，還要吃什麼再跟我說。」顧清婉說道。

「妳快去吃吧，這邊不用加菜。」老太太擺擺手，趕著顧清婉離開。

見此，顧清婉無奈地笑了笑，退出飯廳，回到弟弟的房間。

到了房間，屋裡瀰漫著麻辣魚的香味，原來是兩個男人怕菜涼了，放在地爐上熱著。二人都沒有動筷子，在等著她。

「你們兩個怎麼不吃？」顧清婉坐到夏祁軒旁邊，看著桌上的菜，根本沒動幾筷子。

「姊夫說一定要等妳來。」顧清言說著這話，臉上帶著笑容，潔白的牙齒異常晃眼。

顧清婉感動地看了夏祁軒一眼，開口道：「以後不用等我。」

顧清言瞥了一眼打情罵俏的兩人，也忍不住笑起來，能看到姊姊幸福，他就幸福了。

翌日，顧清婉吃了早飯後回屋準備休息，卻見弟弟臉色陰沈地坐在那裡。

「你不是去地裡了嗎？怎麼在這裡？」顧清婉走到地爐旁坐下，直接用杯子舀了兩杯井水，遞給弟弟一杯。

顧清言接過水，沈聲道：「剛才左家送銀子來。」

「這不是好事嗎？怎麼反而不高興？」顧清婉不明所以。

顧清言看了姊姊一眼，不想說這些煩心事給她添堵，搖頭道：「沒什麼。」

顧清婉哪裡看不出弟弟心事重重。「和姊姊還遮遮掩掩不願說？」

「左家送來的銀子數量不對。」顧清言知道，就算他不說，姊姊也會再三逼問，最終還是得說出來。

「怎麼回事？」顧清婉凝眉。

「這次的蔬菜收入我早就算好，就算零頭不要，我也能分到八十兩銀子。但左家只送來二十兩，還說行情不好，菜都是便宜處理，我怎麼也無法相信，出入實在太大。」顧清言實在吞不下這口氣。

顧清婉想到彬彬有禮的左明浩，那樣的人應該做不來坑人的事，開口道：「或許真的是行情不好，左二公子應該不會是那種人吧？」

「但願吧。」顧清言不想說太多，左家地裡的蔬菜再幾天就會出來，過了這一次再看。

送走了弟弟，顧清婉回屋做針線，準備給夏祁軒做一件褙子。上次做的衣袍都沒給他看過，自從夏祁軒回來，家裡事情多，加上那件衣袍是春秋兩季所穿，便沒拿出來。

一下午的時間過得很快，感覺沒動幾針，便又到做飯的時候。

晚上做飯就隨意很多，主食吃的是中午她打的酥油餅，又煲了一鍋雞湯，在冬天裡，每人喝上一碗，暖身。

等大家吃過飯，顧清婉收拾好回到屋裡，見兩個男人都看著她笑。

感覺有些怪怪的，她蹙眉問道：「笑什麼？」

「沒有，姊夫說怕姊姊待在家裡悶，要不要我們一家也出去散散心？」顧清言道。

「去哪裡？」顧清婉挑眉問。

「就去這縣城邊的山上打獵，玩上一天放鬆心情，小婉覺得可好？」夏祁軒握住顧清婉的手，讓她挨著他坐一旁。

「怎麼突然想到這個？」顧清婉完全不理解這男人要發什麼瘋。

「我就擔心妳會悶。」夏祁軒心疼道，顧清婉整天在家裡忙活，操持家務，令他著實心疼。

顧清婉倒是想去，但想到家裡得有人照看，有些猶豫。

「姊姊，我們就去吧，好好玩上一天，家裡無須擔心。妳若不放心家裡，明兒讓海伯過來這邊就好。」顧清言也想讓姊姊出去走走，悶在家裡總是不好。

顧清婉捱不過兩個男人的勸說，最終點頭答應。

既然決定出遊，顧清婉就要先準備，去廚房弄了一些吃食。

回到屋裡時，夏祁軒在床上看書，弟弟已經回屋休息去了。

「少看點書，這麼晚了，仔細眼睛。」顧清婉說著。

「無礙。」夏祁軒回頭看了顧清婉一眼，笑道。

「海伯怎麼會突然來這邊？」顧清婉找好兩人的衣裳，開始裝進包袱裡。

「小婉真健忘，前些天我不是說要把米鋪重心轉到這邊？」夏祁軒寵溺一笑。

「以後海伯都會在這邊的米鋪了嗎？」顧清婉頭也不回地裝著衣裳。

夏祁軒輕「嗯」一聲。「小婉在哪裡，我就會把家安在哪裡。」

任何女人都抵抗不了如此深情的話語，顧清婉也不例外，她回頭看了夏祁軒一眼，一臉幸福地笑了。收拾好，才道：「你先睡，我去給言哥兒收拾、收拾。」

「不准。」夏祁軒面色很嚴肅，語氣沈重，看來很不高興。

「怎麼了？」顧清婉不明白夏祁軒怎麼翻臉比翻書還快。

感覺到自己語氣有些重，夏祁軒嘆了口氣，朝顧清婉伸出手，拍了拍床邊。

顧清婉坐下，微微蹙眉，聽著夏祁軒說：「小婉，言哥兒現在是十三歲的少年。這個時辰他已經歇下，妳和他雖是姊弟，但也要注意分寸。這麼晚過去有些不妥，妳說是不是？」

顧清婉沈默不語，她確實太寵愛弟弟，總把他當成孩子，但在別人眼裡卻不是這樣，她點點頭。「我以後會注意。」

「對不起，剛才語氣不好。」夏祁軒握住顧清婉的手，放在嘴邊吻了一下。

她搖搖頭。「是我思慮不周。」

「那明兒一早再去給他收拾，我們睡覺。」夏祁軒抬手為顧清婉整理一下鬢角的亂髮，別在耳後，眼神溫柔如春風。

第二天一早，顧清婉起得比往常還早。吃完早飯，才到卯時，便跟著夏祁軒他們幾人出門。

兩輛馬車緩緩出了城門，朝悵縣邊上的孤峰山駛去。

孤峰山不在官道，走起來有些顛簸，但不影響顧清婉的興致。她從車窗挑簾張望外面，看到一片片嫩綠的小麥，心情沒來由一陣清爽。

夏祁軒一邊看書，偶爾看向一臉笑意的顧清婉，笑道：「若是喜歡，以後多多出來遊玩。」

「也不能說喜歡，算起來這還是我第一次抱著遊玩的心情出門，心裡莫名覺得開心而已，或許次數多了就不會了。」顧清婉放下窗簾，回身坐好。

「若是將來有機會，我們攜手踏遍千山萬水，一起賞日出日落，看雲卷雲舒。」夏祁軒放下書，很認真地道。

美好的畫面人人都嚮往，顧清婉點點頭。「好。」

孤峰山離縣城不遠，還不到午時，便到了山上。來這座山打獵的人很多，還有幾個礦洞。

馬車在一處平地停下，阿大和小五去砍柴，準備生火。

顧清婉讓夏祁軒在馬車裡等著，她去找適合生火的地方，還沒邁步，就見顧清言朝她揮手。「姊姊，這兒。」

在弟弟身後，有處深凹進去的小空地，地上有燒過的痕跡。

「這地方好，我們就選這裡吧。」顧清婉道。

「好。」選定了地方，顧清言便迫不及待地跑回自己的馬車去拿小鋤頭，來之前，他就打算好的。

顧清婉回到馬車，挑開簾子看向車裡的夏祁軒。「你是這會兒下車，還是等起了火再下車？」

「現在吧。」夏祁軒說著，手撐著身軀坐直。

顧清婉踩著車凳上了馬車，把輪椅先放下車，這才抱著夏祁軒下來，將他放進輪椅中。

「小婉，妳看，從這裡看悵縣，是不是好小？」夏祁軒坐穩後，便看到遠處的悵縣。

顧清婉隨著夏祁軒的目光看去，在那一片天地裡找尋他們的住處，只是太遠，根本找不到。

「姊姊，過來幫忙。」顧清言本不想打擾他倆，但這土地太硬，他挖起來有些費力。

顧清婉應了一聲，推著夏祁軒走過去。看到弟弟一臉垂頭喪氣，頓覺好笑。把輪椅放好，接過弟弟手中的小鋤頭，找準了地方開始挖，沒幾下便掘出一個坑。

顧清言見此，連聲說夠了，隨後將準備好的馬鈴薯倒進坑裡，用土蓋上。「這下好了，等下生了火，一會兒就能吃了。」隨後又一臉惋惜地道：「要是有隻雞就好了，也可以埋進去，做一隻叫化子雞。」

「這不難，只要山上有這些東西，待會兒阿大回來，讓他去打便是。」夏祁軒笑著接過話，雖然有時候他會嫉妒顧清言占據了顧清婉的心，但多數時候，他還是個好姊夫。

顧清婉見夏祁軒這麼寵弟弟，心裡很開心。

不多時，阿大和小五抱著柴回來，夏祁軒便吩咐阿大去打野味。

「要不我也去？」顧清婉還有些懷念以前打獵的日子。

「不准去，這荒山野嶺的，危險重重，我不放心。」夏祁軒是絕對不會同意顧清婉去打獵的，以前她去打獵是逼不得已，但如今有他，再也不用她吃苦了。

顧清婉和顧清言相視一眼，弟弟聳了聳肩，表示支持夏祁軒的話。顧清婉動了動嘴，無聲地說他胳膊肘兒往外撇，弟弟假裝看不見，帶著小五離去。

今兒陽光耀眼，把寒意驅散了不少，人沐浴在陽光下，沒有那麼冷，反而覺得肌膚都在呼吸著自然之氣。

抬頭望向日正當中的天空，已經午時正三刻。早上吃得早，顧清婉收回目光，看向夏祁軒，溫聲道：「餓嗎？」

夏祁軒笑著搖頭。「不餓，就是有些渴了。」

「來的時候那邊有條水溝，我去打點水來燒上，待會兒他們回來也有喝的。」顧清婉準備朝馬車那邊走去，走了幾步腳一頓，回身看向夏祁軒。「你一個人可以嗎？」

「可以的，去吧。」夏祁軒給了她一抹安心的笑容。

顧清婉翻找出茶壺，拎著便往水溝走去。當然，她不是真的去水溝裡打水，只是掩人耳目，到了水溝邊，直接打萬能井的井水。

回到火堆旁，顧清言和小五也已經回來了，他們找來三塊石頭做爐樁，接過顧清婉手中的茶壺。「我來，妳去拿東西。」

顧清婉笑著點頭，去馬車取來鍋子和食物，弟弟和小五已經又重新燒了一堆火。

「現在感覺就像野炊。」顧清言看到鍋碗瓢盆都有，想到前世上學時候的郊遊，旋即又感慨道：「若是在春天就更好了，萬物復甦，到處生機盎然。」

「這有什麼，等春暖花開我們再來不就是了。」顧清婉熱著食物，笑道，隨即想起身在船山鎮的爹娘。「如果爹娘也能來，那就太好了。」

「等將來有時間，我們大家一起去上庸城遊覽一番，那兒風景不錯。我曾經路過那裡，只顧著趕路，都沒有去看看。」夏祁軒說著這話，眼神很溫柔地看著顧清婉。

第八十章

顧清婉感覺到夏祁軒的目光，回他一抹溫柔的笑。
食物都是熟的，熱一熱便能吃。食物熱好，阿大都沒有回來，夏祁軒說不用等。
快到未時，人都已經餓了，每人吃上一些，給阿大留了一點。
顧清言也從火堆下刨出他烤的馬鈴薯，找出麻辣醬蘸著吃。
大家吃飽喝足，阿大才提著兩隻野雞、一隻野兔回來。
「公子，那邊沒有想要打的獵物。」阿大將野雞、野兔放下，抱拳對夏祁軒道。
「山這麼大，總會有的，吃完東西你再去別的地方看看。」夏祁軒輕描淡寫地道。
顧清婉總覺得他們的對話有些奇怪，但又說不出所以然。
「姊姊，要不我們去看看？有棵老松聽說三百年了。」顧清言沒注意到顧清婉的思索，開口道。
「可以嗎？」顧清婉看向夏祁軒，夏祁軒笑道：「去吧，別往深山裡走就行。」
「好。」顧清婉答應。
顧清言走到哪裡，小五都會跟上，這樣一來，三人一走，只剩下夏祁軒和阿大。
「阿大是不是還要去打獵？你一個人可以嗎？」顧清婉有些不放心，畢竟在這山上，如果不注意，危險總是會有。

「不礙事，去吧。」夏祁軒見嬌妻興致勃勃，不想掃她的興，出來玩，就要開心一些。

「那我快去快回。」顧清婉說完，跟在弟弟身後，幾人一起離開。

除了一些冬季不會枯萎的青松，整座山頭，很少找到綠色，到處都是枯枝、乾草。

他們繞過一道彎，走了不多時，便見顧清言停下腳步，指著前方不遠處。「姊姊，妳看，是不是很大？我還是第一次看到這麼大的樹。」

「我和言少爺兩人合抱都抱不完。」小五接過話，他也覺得很稀奇。

顧清婉跟著兩人，走到樹下一看，頓覺自己好渺小。「真高！」

「哈哈，要是能把這樹移回去栽在院子裡，再從這樹上搭間小木屋，一定很跩。」顧清言一臉嚮往。

顧清婉瞋了他一眼。「異想天開。」話音一落，臉色驟變，拉過弟弟。「走開。」

「怎麼了？」顧清言不明白姊姊怎麼臉色這麼不好，小五也覺得莫名其妙。

顧清婉沒有說話，而是將弟弟拉到身後，走到他剛站著的土堆旁邊，撿起地上的石頭堆放在土堆上，隨後雙手合十。「小孩子不懂事，請勿見怪。」

「姊姊，這只是個小土堆而已，怎麼可能是墳？」顧清言認為這個世界的人死了以後，儘管再窮，都會修建一座墳墓，不可能如此草率。

「別瞎說。」顧清婉瞋了他一眼，撥開土堆旁的草叢，撿起一塊長方形的石頭。上面依稀寫著字，但經過風吹雨打，字跡已經看不清楚，她將石頭放在土堆前，用土圍了一圈，使石頭不會倒。

顧清言這下不敢再說話，心裡感覺毛毛的。

顧清婉站起身拉著他。「我們還是去別處。」

小五一臉害怕地看著土堆。「那塊石頭是我踢掉的，我會不會有事？」他們來的時候，那塊石頭還立著的，但他怕絆倒少爺，便一腳把石頭踢到一邊。

「不會，不知者不罪。」顧清婉說著，看了土堆一眼，拉著弟弟離開。

顧清婉以為顧清言今日都會沈默不語呢，沒想到才一會兒工夫便嘻嘻哈哈起來，男孩子，忘性比較大。

不過這得感謝小五手中的小灰兔，幾人離開青松不遠，便發現這隻灰兔子。顧清婉為了讓弟弟高興，沒用石頭丟灰兔子，而是三人一起追，追了好幾塊地才將兔子逮到。

打一隻也是打，三人便開始追蹤兔子的蹤跡，一時間，耳邊響起弟弟的笑聲和吶喊聲。

打了三隻野兔，便沒遇到別的，顧清婉怕夏祁軒等久掛心，三人便一起回去。

本以為夏祁軒會等得焦急，卻見他在陽光下看書，阿大不用問也知道，一定出去打獵了。

聽到響動，夏祁軒抬頭，問道：「玩得可還開心？」他在這裡都能聽到顧清言的吶喊。

顧清婉只是微微點頭，顧清言卻笑道：「感覺很棒！」很久沒像今日一樣放肆地狂奔、吶喊了。

「經常出來，會令心情開朗。」夏祁軒說著，朝顧清婉伸出手。

顧清婉伸手與他緊握在一起，凍僵的小手頓時傳來一陣陣暖意。

「姊姊，妳和姊夫在這裡，我和小五去把野味清洗乾淨，拿回來妳醃製，晚上我們再烤。」顧清言遞給小五幾隻野兔，自己拎著兩隻野雞和餘下的兔子，說著便往水溝那邊走。

顧清婉本想自己去清洗，卻被夏祁軒拉著。「妳不可能一直把他當孩子，讓他學著弄，不是還有小五嗎？」

「那我去把醃製的醬料配好。」顧清婉覺得夏祁軒的話有理，笑著點頭。

「我和妳一起。」夏祁軒總想時時刻刻在顧清婉旁邊。

「好。」顧清婉說著，推著夏祁軒走到馬車旁，才去翻找材料。

看到一堆堆食材，樣式齊全，夏祁軒忍不住笑出聲。

「笑什麼？」顧清婉聽見笑聲，回頭看了夏祁軒一眼，不明所以。

「小婉出來，準備得很充足。」夏祁軒滿眼溫柔，注視著顧清婉的背影。

「難得出來一趟，不能委屈肚子。」顧清婉將醬料都調製好，只等弟弟和小五回來。

「確實。」夏祁軒點點頭。

推著夏祁軒走回火堆旁，心裡嘆了聲，夏祁軒若是雙腿沒有問題，他們此番出來遊玩，心情或許會比現在更好。

「小婉，在想什麼？」夏祁軒心思都在顧清婉身上，顧清婉一個眼神，他便明白她是開心還是不開心。

「沒什麼。」顧清婉搖搖頭。

見顧清婉不想說，夏祁軒也沒勉強。

「祁軒，要不你回楚京的時候讓言哥兒跟著一起去吧。」顧清婉想要早點為夏祁軒針灸，若是這樣的話，他就能快點站起來。弟弟因為有透視眼，針灸術也學習得差不多，現在就差練習對象。

正好此番回家後，弟弟來施針，她在一旁指揮看著，如此夏祁軒回楚京一路上，弟弟就能獨當一面。

「怎麼突然說起這個？」夏祁軒不解地問道。

顧清婉走到夏祁軒旁邊，半蹲在他面前，手靠在他的膝蓋上望著他。「我不想再等那麼久，想要你快點站起來。我會在你離開前這段時間，好好指導言哥兒，等你們離開後，他能為你施針，讓他和你一起去。」

「小婉。」夏祁軒感動得把顧清婉抱在懷中。

顧清婉靠在他胸膛，聽著強而有力的心跳聲，伸手環住他的腰，心裡說不出的安定。

「小婉，我知道妳的意思。但是，我不能答應。」夏祁軒想到京城的暗潮洶湧，萬一顧清言有什麼三長兩短，他怎麼面對小婉？

顧清婉本以為夏祁軒會同意，不解地看著他。「為什麼不答應？」

「楚京那邊還有很多未知的危險，我不能讓言哥兒涉險。」夏祁軒嘆氣道。

顧清婉自從知道夏祁軒的身分，也知道對付他們家的人就在楚京那邊，聽見解釋，她自然不會覺得奇怪。

「你是言哥兒的姊夫，是我的夫君，我相信你能保護好言哥兒，難道你會讓他涉險嗎？」

夏祁軒搖頭。「我當然不會讓他遇到危險。」

「那不就是了。莫非你不想早點站起來，兌現你的承諾，做我真正的男人？」顧清婉倚靠在夏祁軒的胸膛，最後一句話令她雙頰緋紅，眼裡閃過一抹羞澀。

「我同意沒用，先問過言哥兒再說可好？」顧清言比他還黏顧清婉，應該不會答應去楚京。

顧清婉也知道，她不能替弟弟作主，還是得先問問他的意思。如果顧清言不願意，她不會勉強。其實讓弟弟去楚京，一是為了夏祁軒的腿，二是為了另外一件事，這件事一直在她心裡纏繞，已經形成一個結，不解開，她始終牽掛著……

等到顧清言回來，顧清婉便拉著弟弟一起去幫忙醃製兔肉和雞肉。

夏祁軒見此，便知道姊弟倆有話要說，沒有跟著去。小五也乘機去撿柴，希望天黑之前能多弄一些回來。

寒風颼颼，顧清言拎著洗淨的兔肉和雞肉站著。

顧清婉一邊往兔肉上抹醬料，抬頭看到弟弟小臉冷得發青，心疼道：「要不你去烤火，我自己來就好。」

「不用，並不冷，只是剛才手在水裡泡得有點久，臉色看起來才不太好。」顧清言笑道，露出潔白的牙齒，讓姊姊安心。

儘管弟弟說不冷，顧清婉還是不放心。「這會兒開始颳風了，你去把大氅披上。」

「真的不用。」

顧清婉拿他沒法，只得作罷。把一隻兔子翻來覆去，從內到外仔仔細細抹上醬料，一邊道：「若是讓你跟著祁軒一起去楚京，你可願意？」

「去楚京？」顧清言還真嚇到了，目前為止，他想都沒想過這個問題。

「嗯，你也知道祁軒的腳一旦開始治療，針灸就不能斷，隔兩天就得灸一次。我想回家以後就開始為他治療，等他從楚京回來，或許就能用接脈之法。但在他去楚京期間，你得在他左右。」

「姊姊是想讓姊夫早點站起來？」顧清言明白姊姊的意思。

顧清婉點點頭。「你願意嗎？」

「嗯，我也希望姊夫能早點站起來，給姊姊依靠。」顧清言說道。如果說這個世界上，誰最希望顧清婉得到幸福，那麼，一定是顧清言。

顧清婉既感動又難過，這還沒有分開呢，只要想到讓弟弟出行千里之外，心裡就打起退堂鼓。

「姊姊，別傷心，我這不是還沒走嗎？」顧清言看到姊姊眼裡打轉的淚水，便明白她的心思。

「我可不是為了你傷心。」顧清婉瞋了他一眼，抬起手臂擦了把眼睛。

顧清言哪裡不知道，姊姊嘴硬。

醃製好最後一隻雞，顧清婉將蓋子蓋上，找來一塊乾淨的石頭把鍋蓋壓住，一邊朝水溝走，一邊道：「我還有事情要交給你。」

「什麼？」顧清言看了一眼夏祁軒那邊的方向，跟上姊姊。

「我要你到了楚京以後，順便打探一下娘的身世。自從知道娘的背景不簡單，我就總想知道娘的家人是什麼樣的人，為何娘會跟著爹離開楚京？」

說著話，姊弟倆走到水溝邊，顧清婉用泥巴搓了幾下手，才在水溝裡洗手。

「我也是一樣，只是沒想過要去打聽，因為就算打聽清楚了，也不關我們的事，我們又不靠那家人吃飯。」顧清言不像姊姊那麼執著。

顧清婉洗完手，掏出手絹擦手。「說是這樣說，但人都有好奇心，何況我們好奇的人是我們的娘。」

又道：「只是打聽一下，沒有讓你去相認。」

顧清言沈默半晌，才點頭。「好。」

稍後姊弟倆回到火堆旁，夏祁軒看向兩人。「快烤烤火。」

「姊夫，楚京有什麼好玩的地方嗎？」顧清言坐在石頭上，伸出手烘著，指了指他旁邊的石頭，讓姊姊坐下。

一聽這話，夏祁軒便明白姊弟倆已經談妥，笑道：「好玩的地方很多，幾天你也逛不完。」

「這敢情好，到時候姊夫帶我去見見世面。」顧清言笑道。

到了酉時，天色越來越暗，火堆燒得很旺，顧清婉聽從弟弟的指揮，搭起架子準備烤肉。

本來這活兒可以讓阿大來，但是阿大一直沒有回來，小五一個人不行，得有一個人綑綁，一個人固定。顧清婉不想弟弟累著，所以親自上陣。

搭好了架子，把肉串好，放在火堆邊烤著，大家坐在一起聊著各種奇聞異事。

夏祁軒見識多，自然是負責講故事的人。

等到肉都翻了兩轉，阿大才踩著月色回來。他這次帶來的獵物不少，竟然有一頭一百多斤的野豬，兔子和野雞則有十來隻。

「滿山都翻遍了，只有這些。」阿大將打來的獵物扔在一旁，這話是對夏祁軒說的。

顧清言笑道：「夠了，肯定吃不完，光是原先打的野兔、野雞就夠了。阿大帶回來的我們弄回去，野豬正好做臘肉，今年過年不用買豬。」

顧清婉和小五都贊同地點點頭。

夏祁軒看了阿大一眼。「去洗洗吧，快能吃了。」

「是。」阿大恭敬地應一聲，轉身離去。

煙火裊裊，肉香撲鼻，月華萬千，酒足飯飽，坐在火堆旁看著繁星點點，別有一番滋味。

夜色如水，氣溫越來越低，風也越來越大。外面坐不住，顧清言先回了自己的馬車，顧清婉抱著夏祁軒上了另一輛，馬車裡有棉被，比起外面要強很多。

出門在外，安全第一，自然會留下守夜的人，上半夜是小五，下半夜是阿大。

馬車裡，夏祁軒擁抱著顧清婉入眠，熟睡中的他，臉上帶著笑容。

第二天一早就駕車回家。顧清婉感覺昨晚車上沒睡好，到家後又睡了一覺，迷迷糊糊醒來，飯已經做好。走到飯廳都沒見到夏祁軒，自然關心他去哪兒了。

「公子去米鋪處理一些事，傍晚便回來。」海伯恭敬地道。

「嗯。」顧清婉點點頭，朝飯桌走去，男人總有自己要做的事。

「清淺怎麼樣了？」顧清婉吃著飯，問一旁站著的海伯。

「再兩天就能送走。」海伯知道顧清婉的想法。

顧清婉道：「那就要麻煩海伯去安排了。」

「是，老奴這就去辦。」海伯恭謹地說一聲，邁了兩步又停下腳步，稟報道：「姜家少夫人和吳小姐此刻在前廳候著呢。」

「怎麼不早說呢？」顧清婉說著放下碗筷，被弟弟拉著，海伯才開口。「吳小姐知道少夫人的情況，想等少夫人吃飽再說。」

「她又不是什麼官小姐，憑什麼要妳餓著肚子過去？吃飽再去。」顧清言起身，按著姊姊重新坐下，隨後看向海伯。「海伯，你去忙吧。」

「是。」海伯應聲離開。

顧清婉沒法，只得拿起筷子吃。

見姊姊吃飯，顧清言才笑起來。

顧清婉瞋他一眼，吃飯速度也快了些。來者是客，總不能讓人家等太久。

吃完飯，顧清言為了避開吳仙兒，從後門出去。

這讓顧清婉覺得好笑又無奈，沒事招惹人家做什麼？

到了前廳，顧清婉以為姊妹倆會等得不耐煩，沒想到她倆一邊說一邊笑著。見她進門，姊妹倆都齊齊望向她，隨即三人一番寒暄問候。

第八十一章

「小婉姊姊，昨兒我和我二姊都來過，聽管家說你們出去玩了。」吳仙兒挽著她坐下，為顧清婉倒了一杯茶，動作嫻熟自然，好似她已經把這兒當成自家一般。

顧清婉笑著點頭。「嗯，言哥兒窩在屋裡好幾天，好了以後就待不住，非得要出去散心。」

「他呢？」吳仙兒見顧清婉提起顧清言，開口問道。

「他好像去左家找左二公子談事了。」顧清婉道。

一聽這話，吳仙兒頓時提不起勁，一臉萎靡，輕「喔」一聲。

在顧清婉面前，吳仙兒從來不掩飾對顧清言的心。

吳秀兒怕顧清婉會不喜這樣的吳仙兒，趕忙接過話。「男人都有自己的事要做，忙些好。」

顧清婉笑著點頭稱是，隨後看向吳秀兒，見她氣色好很多，只是眉宇間藏著憂色，便開口道：「我給妳號號脈。」

吳仙兒帶著她二姊來，就是為了讓顧清婉看病。顧清婉和吳秀兒不熟，沒有什麼好聊的，還是單刀直入好些。

「嗯。」吳秀兒點點頭，把袖子往上挽，伸出皓腕。

半晌後，顧清婉放開吳秀兒的手腕，看向吳仙兒。「仙兒，妳去西房那邊先坐坐。」

吳仙兒知道這是要把她支開，但嘟著嘴道：「我不去，我也是女子，有什麼不能聽的？」

顧清婉想說什麼，卻聽吳秀兒笑道：「就讓她在此吧。」

「好吧。」顧清婉無語，既然吳秀兒讓妹妹留下，她也沒有什麼說不出口的。「吳二小姐，以前可是生產後患有血崩之症？」

「是。」吳秀兒經顧清婉這麼一說，想起她不到三月便早夭的孩兒，頓時悲從中來。

顧清婉又問：「之後再胎亦墮？」

「嗯，之後有三次，都是懷上幾月後出現問題。」她自己都加倍小心了，到最後卻還是出問題。

顧清婉突然沈下臉來。「吳二小姐，作為醫者，我希望妳以後行房節制，月事來的時候萬萬不能行房。妳在血崩之症未痊癒時行房，把身體耗損得很糟糕，之後年復一年，日復一日，行房也不節制，就算懷有身孕亦是如此，才會導致胎兒易墮。」

吳秀兒被這麼一說，面紅耳赤，不好意思地低垂著頭。

「二姊，妳不會真如小婉姊姊說的那樣吧。」吳仙兒雖然不滿十五歲，但吳夫人早早就教導她男女之事。

吳秀兒瞋了妹妹一眼。「多事。」

「我會給妳開藥，切記一個月之內不能行房，否則前功盡棄。」顧清婉淡淡說完，起身。「我去開藥方，妳們稍等。」說罷，邁出步子朝外走去。

「二姊，我記得以前那些大夫也這樣說過，妳難道一直都沒聽？」

吳秀兒眼底劃過一抹痛苦，她是有苦說不出啊。

見吳秀兒不肯說，吳仙兒也懶得再說什麼，明明心疼姊姊，但還是說道：「管妳死不死。」

顧清婉開了藥方回來，手中還拿著一只酒壺，裡面是她裝的井水，她放在桌上。「藥妳可以拿，也可以不拿，但拿走後妳必須要答應我說的條件。」

「妳說。」吳秀兒看了藥方一眼。

「就我剛才所說，月事來不能行房，還有服藥期間這個月也不能行房，妳可做得到？」

顧清婉臉色很嚴肅，她現在對吳秀兒一點好感都沒有，一個為了身體慾望，不顧孩子生死的人，她實在沒什麼好感。

吳秀兒沒有答應，而是轉頭對吳仙兒道：「仙兒，妳先去馬車裡等我。」

吳仙兒知道姊姊有難言之隱，點點頭。「小婉姊姊，我改天來看妳。」說著，她起身朝外走去。

「小婉，我能這樣叫妳嗎？」等吳仙兒一走，吳秀兒看向顧清婉。

「可以。」顧清婉點頭，等著吳秀兒接下去的話。

「小婉，不是我不節制，而是我夫君每日必行房兩、三次，只要我拒絕，他就威脅我要納妾。妳不知道我有多麼痛苦，明明不願意，但怕夫君納妾，只得順從他。」吳秀兒說著，眼淚便如斷線珍珠一般止不住。

「他只是這麼一說，妳就妥協了嗎？妳可見過拒絕後，他有什麼異常？」顧清婉凝眉問道。原來如此，她還以為是吳秀兒的問題。

「有，他會變得很暴躁，晚上根本睡不著，有時候還會拿府裡的下人出氣。」吳秀兒說到這裡，眼裡卻盛著幸福，儘管夫君變成那樣，也從來不捨得打她一下。

聽吳秀兒這麼一說，顧清婉想起曾經看過一本野史，一男子就如姜家公子一樣，眾人原本都以為男子是被色鬼附身，請了不少法師作法，仍然徒勞。後來一名遊醫經過，為其診治，斷出此男子心火過盛，最後用瀉火之藥加上驚魂之法，才使男子變得正常。不知道這姜家公子是否也是如此？

思忖半晌，顧清婉道：「既是如此，妳帶姜家公子前往船山鎮見我爹，讓我爹為其診治。」

「妳說我夫君的情況是病？」吳秀兒不由擔憂道。

顧清婉搖頭。「現在我也不敢斷定，這只是個人的猜測。妳先帶他去船山鎮找我爹，若不是病最好；如果是病，我們才好對症下藥。難道妳想天妒紅顏？」

按照她的診斷，吳秀兒再過兩年還這樣下去，身體肯定虧空，不早死都難。

「好，我試試。」吳秀兒點頭道。

見吳秀兒答應，顧清婉將藥方推到她面前。「妳身體氣血虧損，當以補氣為主，輔佐補血，我開了固氣湯。這藥方一劑可止血，連服用十劑痊癒，固氣兼補血，已去之血，可速生，將脫之血，可以盡攝。」顧清婉說著，將酒壺推到吳秀兒面前。「這藥水是我自己調製的，服藥的時候取小杯服用，有事半功倍之效。」

「好。」吳秀兒將酒壺拿在手中。

「這些藥先別急著用，妳用最快的法子帶姜公子去我爹那邊診治，看我爹怎麼說。如果不便，可捎信告知我。」醫者醫病，自然都要找到根源，如果姜家公子那邊情況不看好，吳秀兒服用再多藥亦是無用。

雖然現在還沒有治療，吳秀兒已經相信顧清婉真能治好自己，心裡沒來由就是相信她。

「那我先回去。」吳秀兒知道顧清婉很忙，不再耽擱，起身告辭。

顧清婉送吳秀兒出了大門，吳仙兒聽到說話聲，挑開車簾看向外面。

「小婉姊姊，我走了，有空來看妳。」吳仙兒一臉笑意，揮揮手。

目送姊妹倆離開，顧清婉正要抬腳回屋，忽聽見陳詡的院子裡傳來響動，心想是誰在院子裡？她記得海伯不是早就過去了嗎？算算時辰應該已經出發了，好奇地邁開步子朝對門走去。

剛到門口，便聽見海伯陰狠的聲音。「如此地步妳還不老實，要不是看在妳曾救過公子的分上，在妳第一次對少夫人無禮之時，我就廢了妳。」

「嗚嗚嗚……」清淺的舌頭被陳詡割掉，現在只能發出嗚咽聲。

顧清婉跨進門檻，腳步並沒有刻意放輕，院子裡的人都看向她。她目光掃過海伯幾人，隨後看向地上趴著的人。此人披頭散髮，四肢無力地癱著，咬牙切齒，一雙眼裡滿是惡毒之色。顧清婉將目光從清淺身上收回，問海伯。「怎麼回事？」

「老奴準備出門時，吳家小姐剛好出來，只得暫且等等。」說到此，海伯冷睨了清淺一眼。「她竟然故意弄出響動，想引起人注意來救她。」

「哦——」顧清婉拖著長長的尾音，冷笑道：「原來如此。」旋即走到清淺前方，居高臨下地看著她。「現在我就送妳走。」

說罷，她看向海伯。「海伯，安排一下，就憑她對祁軒的心意，我就該好好送她一程。」

「是。」海伯點頭道，心裡對顧清婉的表現刮目相看。看來，如今的少夫人，已經漸漸轉變，就算以後到了楚京，沒有公子，也不會吃太多虧。

顧清婉的意思很明顯，她要親自送清淺去縣衙。

到了縣衙，出面的還是海伯。她在馬車裡等海伯進去打點好，才披上斗篷跟著幾人把清淺送進地牢中。

從頭到尾，清淺怨毒的目光都沒有從顧清婉身上移開過。

牢房裡陰氣很重，顧清婉緊了緊斗篷，走在後面。

牢頭領著幾人，走到最後一間房，指了指裡面。「這間。」

顧清婉看向牢頭指的牢房。地方不寬敞，裡面關押著幾名凶神惡煞的男人，幾人盤膝而坐，見有人來，只是淡淡地睜開眼睛，看一眼就閉上。其中一人開口道：「此房已滿。」

「林老大，這可是給你們送好處來。」牢頭一臉討好地道。

清淺見狀，想要逃走，但她逃不掉，只能睜著一雙恐懼的眼，隨後看向顧清婉，嘴裡發出嗚嗚聲，聽起來似是哀求。

聽見牢頭的話，牢房裡的幾人方睜開眼睛，看向清淺。那名壯漢才點頭。「放進來吧。」

「嗚嗚……」清淺嘴裡一直喊叫著，可惜沒人能聽懂。

顧清婉聽懂了，但她可不會心慈手軟，冷冷地看著清淺被關進牢房，房門上鎖。

剛把清淺丟進牢房，幾名男子就餓狼撲食一般地撲向她。

顧清婉趕忙和海伯幾人出去，身後傳來衣衫碎裂的聲音、清淺的嗚嗚聲，還有隔壁牢房起鬨的笑聲、口哨聲，各種聲音交會在一起，如同地獄。

出了縣衙，踩著車凳上車，顧清婉看向海伯。「去米鋪，接祁軒一起回家。」

「是。」海伯應了一聲，駕著馬車朝米鋪駛去。

這邊，夏祁軒監督匠人們做事，只要是關於顧清婉的，他都想做到最好。

「公子，天色不早了，是否收拾一下回去？」阿大走進醫館後門，來到夏祁軒身旁，問道。

「也好。」夏祁軒探頭看向外面，天色漸暗，怕顧清婉在家等急了。

阿大應了一聲，剛走出一會兒，又折回來。「公子，阿三回來了。」

「嗯，過去吧。」夏祁軒說著，轉動輪椅朝米鋪後他的專用房間走去。

到了門口，阿三上前幫著推夏祁軒進屋，一邊將打探的消息稟報。

聽完彙報，夏祁軒陷入沈思，半晌後才嘆氣道：「張雲山的妻女無依無靠，能走到何處？」

「屬下總有一種感覺，她們母女並沒有離開孤峰山。」阿大說出心裡的想法。

「為何這麼說？」夏祁軒挑眉。

「雖然那日屬下打探到她們母女一年多前離開孤峰山，但是並沒有別的去處。再者，她們兩個口音與這裡的人不同，走到哪裡，必然有人注意到才是，但周圍或是縣城裡的人都說沒有見過母女倆。」

夏祁軒輕輕點頭。「如果她們還在孤峰山，總會有結果。」

陛下讓他來找張雲山妻女，太為難他了。他又沒有見過張雲山的妻子白秀雲，雖說有畫像，但十三年過去，人早就變了模樣。

夏祁軒如今知道，當年岳父手裡拿著那份證據，為了避開白三元的追捕，一直東躲西藏。

張雲山與岳父走得近，當年岳父逃離京城，張雲山也是幫過忙的。岳父感念他的仗義，每到一處，就用特殊的方法告訴他。

因此白三元為了逼問顧愷之的下落，就對張雲山下手。

張雲山只能赴死，讓妻子抱著襁褓中的女兒逃到悵縣。

事實如陛下推測，張白氏確實逃到悵縣，還到了孤峰山，只是不知道什麼原因，沒有找到小婉一家。

此時敲門聲響，打破了夏祁軒的沈思，他嘴角微微勾起，小婉是來接他了嗎？

阿大開門，看到門口的顧清婉。「少夫人。」

顧清婉「嗯」了一聲，問道：「祁軒呢？」

「公子在裡面。」阿大側開身，讓顧清婉進門。

顧清婉點點頭，邁步跨過門檻，走進屋子。瞧見夏祁軒轉動輪椅朝她行來，她笑道：「我們回家吧。」

簡簡單單幾個字，暖了夏祁軒的心，他笑著頷首。「好。」眸子裡的溫柔似水瀲灩奪目，這個世上，能讓他眼神如此溫柔的，只有眼前的女子。

她走到夏祁軒身後，推著他朝外面走。「我把清淺送走了，順便來接你。」她告訴夏祁軒，其實是想看他的反應。

夏祁軒並沒有什麼表情變化，只是點點頭。

來到門檻處，顧清婉連人帶椅，抬著夏祁軒出門，開口問道：「你就沒有什麼想說的？」

他搖搖頭。「沒有，小婉怎麼做我都支持。」

「可是，海伯說清淺救過你，難道你就這麼狠心？」一邊推著夏祁軒出門，顧清婉試探地問道。那時海伯對清淺說的話，她聽進心裡。

「如果我告訴妳，那是清淺演的戲呢？」夏祁軒說起這個，嘴角微勾，一抹嘲諷的笑意掛在嘴邊。

「演戲？」顧清婉不明白。

夏祁軒點頭。「我來船山鎮時經過白雲鎮，在那裡遇到清淺。她是一家青樓的姑娘，青樓裡來了比她年輕貌美的，令她的生意一落千丈，便想到用車輦一法來拉生意。」

「車輦？」顧清婉單純，不懂車轎之法為何物，忍不住問道。

「嗯。」夏祁軒點點頭，兩人一邊說，已經到了門口。

「給我說說。」

「妳真要聽？」夏祁軒一臉壞笑，看著嬌妻，大手一伸，將顧清婉攬進懷中，不過動作很輕柔。

對於未知的東西，顧清婉都很好奇。「嗯，我想聽。」

夫妻之間，有的話不用避諱，夏祁軒笑著開口道：「用車輦載著她遊走在大街小巷，只要願意上車的男人，都可以在車上和她行那事。這樣一來，便引起鎮上一些婦女不滿，婦女們單個兒是很弱，但全部擰成一股繩，那力量很可怕，也是在那時，清淺被我們救下。」

「這麼一聽，是你救她的，怎麼是她救了你？」顧清婉想不明白。

「還沒完呢。」想到清淺做的事，夏祁軒冷笑一聲，繼續道：「她為了感激我，特意請我去青樓吃飯。」

聽到這裡，顧清婉白了夏祁軒一眼，卻被他抱緊兩分。「妳還不瞭解為夫脾性？我定是三番五次拒絕。」一見顧清婉明顯不信，他苦笑道：「最終她說如果我不去，就跳井溺死，我心想，她死不死與我何干？但旋即又一想，這個女人真是無所不用其極，看她想耍什麼花樣，便前去赴約。」

「嗯？」顧清婉知道，戲來了。

「到了那裡，沒想到她親自下廚為我做飯。我一直都沒見到她的面，桌上倒是上了兩樣小菜、一壺酒，就在我要喝下酒時，她突然衝進屋來，慌張地打掉我的酒杯，告訴我不能喝，說酒被老鴇下了迷魂藥，目的是要勒索我的銀兩，她不能有恩不報。一齣戲就這麼上演了，最後不用說，她求著我，說青樓已經沒有容身之地，求我贖了她，就這麼簡單。」

第八十二章

夏祁軒說著，一臉鄙夷，看在清淺勤奮好學，有點小聰明，才把她留下。沒想到留下個禍害，險些傷了他的小婉。

「這麼說，你留清淺在身邊，是不是就喜歡她那股子騷勁？」顧清婉說著，掙脫夏祁軒的懷抱，想著清淺從夏祁軒來到悵縣，就留在他身邊，不吃醋才怪。雖然知道沒有什麼，但心裡就是有股氣膈應著。

「哈哈。」夏祁軒開懷一笑，再次將顧清婉抱著。「小婉在吃醋？」他下巴在她瘦削的肩膀上輕輕摩挲，聲音裡是說不出的愉悅。

「我會吃你醋？」顧清婉嘴硬，不願意承認，怕某人太驕傲。

「小婉。」夏祁軒將顧清婉扳過身面向自己，深情地看著她。

顧清婉抬眸迎視，挑眉道：「怎麼？」

「我喜歡妳吃我的醋，說明妳在乎我。」夏祁軒湊近顧清婉，吻向她的唇瓣，隨後伸出舌尖探進她的嘴裡。

「祁軒，快到家了，別亂來。」顧清婉推著夏祁軒。一身力氣的她，竟然在夏祁軒的挑逗下，全身都軟了。

到家後，顧清婉去了廚房，廚房裡飄著飯菜的香味，海伯和廚子大鬍子說著話。

「看樣子我以後不用做飯了。」顧清婉看著桌上炒好的菜，笑道。

「少夫人這些日子辛苦了。」海伯知道這些日子的飯菜都是顧清婉在做，一日三餐，說不累是假的。但他一直沒收到公子的信，以為公子和少夫人很快會回船山鎮，便沒把廚子大鬍子叫來。

「對了，再加上胡蘿蔔炒肉，多放兩根蒜苗和紅辣椒。」弟弟和夏祁軒都喜歡這道菜，顧清婉說完，便朝飯廳走去。

飯廳裡，唐翠蘭和張、王兩位婆子已經擦完飯桌，見到顧清婉，三人問了好。

顧清婉走到唐翠蘭身邊，笑道：「明兒和我一起去成衣店，幫我把把關。」不到一個月便過年，顧清婉想給家人買兩身衣裳。

「好。」唐翠蘭點頭。

大鬍子廚藝不錯，一頓飯大家都吃得很滿足。

晚飯後，顧清言沒事做，跑到姊姊的屋子裡，三人一起聊天。

顧清婉就著燭光做衣裳，為夏祁軒做的褙子還差一些，聽著弟弟和夏祁軒兩人東拉西扯，時間過得倒也快。本想今晚就給夏祁軒針灸，他卻不答應，讓明兒白天有空了再說。

「我那邊溫室再五、六天就能建成，過年前還能種植出一些作物，賣掉後正好過年。」顧清言說著看向顧清婉。「姊姊，再二十多天就過年，我看藥鋪就等過完年後再開業吧。」

顧清婉想了想，點點頭。「也好，不然開業沒幾天就得關門。不過等裝修好晾上幾天，就要把藥材給進了。」

「這是必須的。」顧清言點頭道。

「小婉，我想到一點。」聽完姊弟倆的話，一直沈默不語的夏祁軒開口。

姊弟倆都挑眉看向夏祁軒，等著他說。

「過完年後最多待到十五，我就得回楚京了。言哥兒也要同去，到時小婉又得看藥鋪，這邊溫室誰來管理？」夏祁軒可不想顧清婉太勞累。

「這還不容易，讓海伯幫忙。」顧清言當先開口，在姊姊提出讓他去楚京時，他就想到這一點。

夏祁軒想了想，道：「我來想辦法。」

幾人聊了一會兒，夏祁軒一直打哈欠，顧清言見此，回自己屋子去睡了。

顧清婉心疼夏祁軒，打了水給他洗腳，便抱他上床睡覺。

等顧清婉打理好地爐，回到床上時，夏祁軒已經睡著，看來真是太累了。

第二天一早，顧清婉剛起來梳洗、穿戴好，吳仙兒便來了。

「小婉姊姊，我二姊要帶我姊夫去船山鎮，我也要回去了。」吳仙兒想著還是來給顧清婉說上一聲比較好。

「好，路上小心些。」

「小婉姊姊，妳過年要回船山鎮嗎？」吳仙兒拉著顧清婉的手問道。

「自然要回去。」顧清婉覺得好笑，吳仙兒的樣子看起來很著急，還這麼多問題。

一聽這話，吳仙兒頓時笑靨如花。「那我在船山鎮等你們。」說著，放開顧清婉。「小婉姊姊，我回去了，怕我二姊等得著急。」趁著二姊準備禮物時，她跑過來。

「好。」顧清婉把吳仙兒送出大門，目送她的馬車離開才折回屋。

她走到夏祁軒身後，推動輪椅。「明日是臘八，現在時辰還早，我們去買點食材，明兒做好吃的給祖母吃。」

夏祁軒自然答應陪同。辰時正二刻，菜市場裡人頭攢動，吆喝聲不斷。

在菜市場裡逛了一圈，顧清婉買了很多菜，還有些過年要用的東西也一併買了，到時就不用再買。

走到菜市場出口，又買了幾隻雞。

出了菜市場，阿大去把東西裝上車，顧清婉和夏祁軒在後面緩步徐行。

正走著，對面來了一個打扮貴氣的女人，一身綢緞衣裳，頭上簪著幾根銀釵，一張臉鋪了一層厚厚的粉，唇鮮紅，在她身後跟著兩名五大三粗的男人。女人看到顧清婉和夏祁軒時，眼裡頓時充滿怨恨。「還以為是什麼了不起的人物，原來就這麼一隻上不得檯面的土雞。」

顧清婉看到眼前的女人，冷笑道：「今日出門忘記燒香，出門遇到狗亂吠。」

夏祁軒並不認識杜心秀，他問顧清婉。「小婉，她是？」

顧清婉在夏祁軒耳邊低語一陣，把和唐翠蘭出來買菜遇到杜心秀的事情告訴他。

本來杜心秀見到顧清婉就氣，再聽到她那句話，又見她恍若無人地和一個瘸子說自己，那語氣怎麼聽都令她不舒服，便諷刺道：「嫁一個死瘸子跩什麼跩？土雞配瘸子倒也絕配。」說完，準備吩咐身後的兩名大漢廢了顧清婉和夏祁軒，還未來得及開口，她已經飛出去。

正好砸到小攤販的一籃雞蛋，頓時全身裹了一層蛋清、蛋黃，怎麼看都噁心。這一幕引得眾人哈哈大笑，只有小攤販心疼地嚎叫起來。「我的雞蛋！」

這一次，踹飛杜心秀的不是顧清婉，而是放好東西回來的阿大。

杜心秀帶來的兩名漢子見此，知道阿大是個真正的練家子，但為了保住飯碗，兩人只能硬著頭皮上。

可惜，被阿大幾下打得趴在地上動彈不得。

杜心秀看到這一幕，再也不敢說話，朝人群後悄悄爬走。這兩個男人可是上次被顧清婉打了之後，她向周源要的人，沒想到這麼不禁打，真是沒用的飯桶。

「就這麼走了，會不會太便宜妳了？」顧清婉擠開人群，擋住杜心秀的去路。

「妳……妳想怎麼樣？」杜心秀也不知道是害怕，還是身上被雞蛋打濕冷得發抖，一雙眼睛不敢再看顧清婉。

顧清婉半蹲下，用兩人才聽得到的聲音道：「我可不想以後再來買菜時聽到狗亂叫，所以麼，只有讓妳閉嘴嘍。」

「不要，不要啊，你們大家救救我！」杜心秀以為顧清婉要把她殺了，因為只有死人才會閉嘴啊。

顧清婉並沒理會杜心秀，而是看向阿大。「這位娘子身上髒了，我們宅子離這兒近，讓她去換身衣裳再送回去。」

周圍的人聞言，都誇這位小娘子是心善的。

「是。」阿大知道顧清婉不是這個意思，來到杜心秀身旁，暗中點了她的穴道，扶著朝馬車走去。

顧清婉走到賣雞蛋的小販面前，拿出一兩銀子給他，這些銀子足夠買他更多雞蛋，雖說雞蛋不是她打爛的，但事情起因也有她一份。

小販拿著銀子，千恩萬謝。

顧清婉這才推著夏祁軒走向馬車。

「小婉準備怎麼對付她？」夏祁軒看著阿大挑開車簾，把杜心秀丟進馬車，蹙起墨黑的劍眉。

「聽說阿大縫嘴的功夫一流。」顧清婉說著，兩人已經走到馬車前。

「確實不錯。」夏祁軒笑著點頭，隨後看向阿大。「把她嘴縫上扔了就可，把馬車裡的東西都放回去，再到前面福滿樓接我們。」

「是。」阿大面無表情地應一聲，駕著馬車離開。

小倆口在眾人視線中遠去，兩名趴在地上的大漢才掙扎著站起身來，趕忙回去報信。

顧清婉回到家後，弟弟已經和小五去溫室地裡，聽說再兩天就可以種植，所以這兩天比較忙一些。

顧清婉把今日遇到杜心秀的事情告訴唐翠蘭，只是沒把杜心秀的嘴被縫上之事說出來，只說又教訓了一頓杜心秀。

「少夫人，謝謝您。」唐翠蘭開口道謝。

「我可不是為了妳，只是不想再遇到，她又來罵我。」顧清婉笑道。

兩人在廚房裡忙活著，顧清婉滷完肉，又燉了一大鍋兔肉，這才開始做晚飯。

把所有食材備好，打算炒菜時，外面響起急切的腳步聲，隨後畫秋挑簾進來，一臉喜色道：「少夫人，親家老爺他們來了，在前廳呢。」

「妳是說我爹、娘？」顧清婉不敢相信，開心地道。

見畫秋點頭，顧清婉撒腿就往外跑，還不到前廳，便聽見老太太爽朗的笑聲，還有她爹、娘的聲音。

「爹，娘。」腳步一跨進門檻，便喊道。

所有人的目光都看向顧清婉，顧父牽著強子點點頭，一雙眼睛泛紅。

顧母上前去拉著顧清婉，心裡雖然想念，但見女兒毫無形象地大喊，她又想說上兩句。「都做媳婦的人了，還這麼大剌剌，也不注意。」

「婉丫頭的真性情老身才喜歡，孩子是見到你們高興，這妳也說。」老太太滿面笑容地道。

顧母連連點頭稱是。

可香對顧清婉喊了一聲。「姊姊。」

「可香，這些天不見，妳好像長高一些，也漂亮了。還有強子，」說著，顧清婉半蹲下身看著強子。「有沒有想姊姊？」

強子重重地點點頭，主動摟著顧清婉的脖子。

顧清婉抱起強子，看向顧父、顧母。「爹，娘，您們來了，孫爺爺他們呢？」就是考慮到這一點，顧清婉才沒有去接爹娘來縣城。

「祁軒都安排好了。」顧母看向一旁笑而不語的夏祁軒。

顧清婉這才感激地看向夏祁軒，他朝她露出一抹溫柔的笑意。這個男人不管她做什麼，都一直默默支持，她只是在孤峰山提了一下，他便去把她爹娘接來，她如何不感動？

「言哥兒還沒回來？」顧父沒看到兒子，開口問道。

「這兩天溫室就要啟用，他到處去收購果樹苗，想必快回來了。」顧清婉答道，放下強子。「大家都餓了，大鬍子不在，我去炒菜。」

「要不要幫忙？」可香問道。

「不用，你們先坐會兒，菜我已經備好，直接下鍋炒一炒就行。」顧清婉做飯，菜量都多，就算不夠，還有滷肉和兔肉。

剛出前廳，便見弟弟和小五從外面進門，她笑道：「爹剛才還問你呢，你就回來了。」

「爹？」顧清言一時間也沒反應過來。

顧清婉點點頭。「祁軒把爹娘他們接來了，你進去吧，我去炒菜。」

「好。」顧清言臉上的笑容斂了幾分，點點頭，朝前廳走去。

顧清婉一看弟弟的表情，便知道他還在生氣娘借銀子、送房子給別人，都說母子間沒有隔夜仇，也不知道弟弟怎能記這麼久？

不多會兒，顧清婉便把所有的菜炒好。

吃罷飯，大家移到前廳閒聊，顧清婉帶著唐翠蘭一起去把客房整理一下，燒上地爐，鋪上被褥，才回到前廳與大家聚在一起。

一大家子圍著地爐，邊說邊聊，好不熱鬧。

顧清婉坐在顧父旁邊，想起姜家公子的事，低聲問她爹。「爹，吳秀兒帶姜家公子去找過您了嗎？」

聲音不大，但父女倆的交談還是引來幾人的目光。

「找了。」顧父也低聲回一句。

見父女倆低聲交談，沒有打算讓眾人知道的意思，老太太又和顧母說著她這次去踩橋發生的趣事，顧母時不時點點頭。

「那姜家公子可有問題？」

「心火過盛所致，這些年姜家一直給這姜公子補陽，日復一日，年復一年，陽氣太重轉換成心火。再這樣下去，恐怕再兩年這姜公子就會轉換成瘋魔症。」顧父聲音也壓得極低，儘量不打擾老太太的談話。

「還真是如此，爹可給開了藥？」顧清婉問。

「自然是開了。」顧父點頭。

「爹，您可知道這姜公子有暴虐傾向？」顧清婉問道，見她爹搖頭，便知道吳秀兒和姜公子都沒給她爹說這點。

她又繼續道：「爹可記得《九遊錄野史》這本書？」

「妳是說姜公子的病？」顧父明白過來。

顧清婉點頭。「對，裡面就有個病例與姜公子相同。如果真是如此，單單瀉火之方恐怕不會見效。」

顧父思忖半晌，才點點頭。

「爹儘管交給我好了。」好人做到底，顧清婉還是希望能博得醫名。

「但切記不可操之過急，須得再把那姜公子身體裡的火瀉上一部分，施針之後再用那驚魂之法。我已經交代他萬萬不能再使用補身湯，只要他聽勸，想必不出幾日即可。」顧父對顧清婉現在的醫術，還是挺放心。

顧清婉把父親的話記在心裡，點點頭。「女兒記下了。」說著，正好看向夏祁軒，只見他捂住嘴，強行忍下哈欠，她頓生心疼，夏祁軒最近都沒怎麼好好休息。

她走到夏祁軒身旁，彎下身在他耳邊低語。「我先送你回去休息。」

「不用，等等吧。」夏祁軒知道媳婦心疼自己，開心極了，緊緊地握住她的手。

顧清言本來對大人們的談話就感到無聊透頂，正愁找不到藉口離開，他耳力比常人強，聽到姊姊和夏祁軒的談話，開口道：「姊夫這幾天都沒怎麼休息，累了就回去睡吧。」

「祁軒累了就去睡，昨晚到現在你都沒怎麼睡。」老太太一聽顧清言的話，心疼地看著孫兒。

「是啊，累了就回屋睡覺，不用陪我們。」顧父也開口，隨後看向顧清婉。「小婉，伺候祁軒回屋睡覺。祁軒你這孩子也是，累了就回屋睡，還在這兒陪我們。」

顧清婉朝夏祁軒俏皮地吐了吐舌頭，旋即正色道：「祖母、爹、娘，那我先帶祁軒去休息，一會兒再來。」

「行了，妳也別來了，這兒有畫秋呢。」老太太樂呵呵地道。

老太太話音一落，畫秋接過話，道：「少夫人，交給老奴便可。」

顧清婉看向她爹娘，見兩人都點頭，遂開口道：「那我去了。」說完，推著夏祁軒朝外走去。

出了門，身後響起顧清言的聲音。「我也累了，要去睡覺了。」

顧清婉回過頭，看到弟弟跟出來，暗自瞋了他一眼。顧清言朝她聳聳肩，她無奈地搖搖頭，真拿他沒辦法。

第八十三章

這時屋裡傳來她娘的聲音。「孩子都被我給慣壞了。」

「言哥兒是個好孩子，這幾天也怪累的，不能怪他。」這話是老太太說的。

姊弟倆聽到這話，顧清婉開口道：「早點睡覺，明兒臘八，起來吃好吃的。」

「好。」顧清言應著，朝他屋子方向走去。

「言哥兒是不是越來越叛逆了？」顧清婉看著弟弟背影，嘆了口氣。

「男孩子總有那麼一段時期。」夏祁軒笑道。

「那麼你也有過嘍？」顧清婉打趣道。

「自然。」夏祁軒一點也不掩飾。

顧清婉見夏祁軒如此坦誠，忍不住笑起來。

「祁軒，謝謝你。」

夏祁軒知道顧清婉謝什麼，十指緊扣。「妳我夫妻，何必言謝？」

第二日是臘八，顧清婉早早便起身梳洗穿戴好，也給夏祁軒收拾妥當，推著他去前廳與顧父說話。接著便去廚房煮臘八粥，她娘也跟著一起幫忙。

廚房裡，母女二人一邊說話，一邊忙著。顧清婉問她娘。「娘，您可知道曹心娥來縣城的事？」

「李大蠻子一死，她在村子裡被人看不起，不來縣城能去哪兒？」顧母說道。

顧清婉便明白過來，曹心娥再怎麼樣，和羅雪容也是母女，打斷骨頭連著筋，不可能不管她。

吃了飯，顧清婉帶大家一塊兒逛逛縣城，順便再去買些東西，讓她爹娘帶回去。

今日是臘八，街道上很熱鬧，到處都賣零嘴、小吃。

剛在家裡吃飽，大家就算看到吃的也吃不下，只有顧清言和強子嘴巴沒閒著，可香沒事總和顧清言抬槓，說他是大飯桶。

「顧可香，好男不和女鬥，我懶得理妳。」顧清言一邊吃著，一邊回了一句。

「說不過我了吧？」可香俏皮地朝顧清言扮了個鬼臉。

「妳不愛吃，有本事別吃那天我們去孤峰山打回來的野豬肉。還有早上的兔肉，妳是吃得最歡的一個，別以為我沒看見，說我飯桶，妳也不差。」顧清言被可香逗得孩子心性一起，和她鬥嘴。

「孤峰山？」可香聽到這三個字，頓時臉色驟變，淚水在眼眶裡打轉。

可香的轉變，讓眾人不明所以，只有夏祁軒微微皺起劍眉，心裡有了個想法，但有些不敢確定。此刻也不是說這個問題的時候，只能回去再談。

因為可香的情緒不高，大夥兒只逛了一會兒便打道回府。

回到家裡，夏祁軒趁顧清婉整理東西，便去找顧父、顧母二人，想要確定可香是不是如他猜測那般，是張雲山之女？

「祁軒，你找我們有事？」在夏祁軒支走所有人時，顧父便明白女婿找他有事。

「不瞞爹、娘，此次前來，陛下交給小婿一個任務，便是找尋張雲山妻女。」夏祁軒抱拳道。

顧父、顧母相視一眼，並未接話。

「當年爹、娘離開楚京幾年之後，張雲山被害，陛下前些日子得知真相，想要彌補他的妻女，特讓小婿前來尋找她們的下落。小婿搜尋多日，線索斷在孤峰山。也就在今日，見到可香的反應，小婿便有了想法，可香就是張雲山之女，不知是否如小婿推斷？還望爹、娘告知。」夏祁軒懇求道。

「當年雲山兄弟受我牽連被害，讓她們母女逃到這邊來找我們。當時我帶著月娘確實藏身在孤峰山上，後來才轉到船山鎮，這才是她們母女一直沒有找到我們的原因。也許是上天開眼，最終讓我們相遇。」顧父說起這件事，滿心自責，是他害死了他最好的兄弟。

顧母擦了一把眼淚，問道：「陛下真的會彌補可香？」

「小婿句句真言。」夏祁軒鄭重地道。顧父、顧母的話，已經給了他答案。

「祁軒，皇上怎麼和你說的？」顧母才是最關心可香將來的人。

「陛下讓小婿暗中查訪她們母女下落，之後帶回楚京，卻沒告訴小婿別的安排。」夏祁軒如實相告，以他的推測，至少要等除掉那隻老狐狸後才會有安排。

顧母嘆了口氣。「那這麼說，等你回楚京時，可香也要一起回去？」

「是的。」夏祁軒點點頭。

得到答案，顧母看向顧父，道：「愷之，可香說過，她將秀雲葬在孤峰山上。我們要不要找個日子把秀雲帶下山，以後和可香一起回京？畢竟楚京才是秀雲的家，該讓她落葉歸根。」

夏祁軒聞言，便明白過來，原來白秀雲已死，是他們找錯了方向，一直查訪的線索都是母女，並沒想過白秀雲早逝的可能。

顧父看了夏祁軒一眼。「我們既然來到這邊，便得去祭拜一下秀雲，但有的事再也隱瞞不下去。」他說的是指隱瞞顧清婉姊弟倆。

「無礙，小婿的身分並沒有什麼特別。雖然曾是狀元，但因為殘疾，並不能在朝中有一官半職，小婿只是個閒散人罷了。」夏祁軒明白顧父是擔心他身分曝光，這並沒有什麼大不了的，以後就算言哥兒去了楚京，也會告訴小婉。

「既然如此，晚上吃完飯，我們一起把事情說開。」顧母開口道。夏祁軒和顧父都沒有意見。

吃過晚飯，顧母把顧清婉姊弟，還有可香、夏祁軒幾人叫在一起。

屋裡的氛圍讓人緊張，顧清婉不明所以地看向弟弟和夏祁軒，弟弟也一臉茫然，只有夏祁軒面含微笑。可香表現得很安靜，從街市回來，就像變了個人。

「小婉，言哥兒，爹叫你們來，有件事要告訴你們，是關於可香的身世。」顧父看著姊弟倆。

可香一聽是關於自己的身世，眼淚立馬如斷線珍珠一般，她真沒想到自己的身世可以公諸於世。從小跟著娘受盡欺凌，娘死後，她賣身為奴，想起各種不好的遭遇，全部化成委屈的淚水，趴在顧母懷中慟哭起來。

顧清婉和顧清言見此，相視一眼，朝父親點頭。

顧父整理了一番思緒，漸漸陷入回憶中，把事情始末說出來。

當年，顧父和張雲山是結拜兄弟。張雲山考上御廚，顧父本來也能考上御醫，但在應試當日，路遇一對母女，且那位老母還身染重病。

作為一名醫者，顧愷之只能救人，因而錯失考取御醫的機會。這對母女，就是月娘和她母親錢氏。

也許是上天注定的緣分，顧愷之幾次巧遇月娘，出手救了身染重病的錢氏，因為錢氏的病需要大筆銀子醫治，愛上月娘的顧愷之只得把自己的積蓄都拿出來給錢氏買藥治病。

因此他的積蓄很快花光，只能向張雲山借銀子。張雲山二話不說，出手幫忙。

而月娘同樣有個姊妹，經常幫助他們，這個人就是白秀雲。因為幾人常見面，白秀雲和張雲山之間有了感情，但張雲山只是個小小的御廚，而白秀雲卻是高門嫡女，結果可想而知，白家自然不會答應這樁婚事。最後顧愷之求他師父出面，又找了不少人保媒，兩人最終才能在一起，但白家也和白秀雲斷絕關係。

因為此事，張雲山和顧愷之的關係益發要好，兩家走得更近。

後來，顧愷之與月娘帶著證據逃走，逃到每個地方都會把位置通知他們。最後一次告訴他們的地點就是孤峰山，這也是後來白秀雲帶著可香逃到孤峰山的原因。

聽完爹的敘述，顧清婉看向娘。難道一直是她多想，娘就是個普通人身分，要不怎麼會和外婆流落街頭，外婆還身染重病？

這不對，若是如此，娘又怎麼會是夏家內定的媳婦？

顧清婉能想到這一點，顧清言也能想到，姊弟倆都被繞暈，想要開口問娘和外婆怎麼回事，又覺得現在不是問這個的時候，只能揀重點問道：「爹，為什麼那人要對付張叔？」

「我娘說過，是有人為了陷害我爹，告訴壞人我們兩家來往的消息，就有壞人去殺我爹。」可香停止哭泣，抹了一把哭腫的雙眼，帶著厚重的鼻音道。

顧母也哭得停不下來，她抱著可香。「苦了妳了，孩子。」

先前她就覺得這孩子有故人的影子，後來才發現她竟然真的是秀雲的孩子！當時她是多麼愧疚又心疼！

「娘！」可香撲進顧母懷中，兩人抱在一起哭。

可香的遭遇，顧清婉心裡也很難受。這麼說來，是他們家欠可香一家，難怪當初娘才見到可香，就那麼喜歡，就算要收可香做女兒，也沒有一丁點猶豫。原來其中有這麼多因果，不知道的只有她和弟弟。

只是，為什麼她爹突然會告訴他們這些？「爹，為什麼要告訴我們？」

其實可香的事，就算爹不說，也不會影響到什麼。

顧清婉這樣問，在顧父意料之中。他看向夏祁軒，見夏祁軒點頭，才道：「皇上下旨要祁軒暗中查訪可香和她娘的消息，找到她們母女，帶她們回楚京。」

聽到回答，顧清婉睨了夏祁軒一眼，他不是個普通糧商嗎？就算曾中過狀元，但怎麼還和高高在上的皇上有關？

接收到顧清婉懷疑的眼神，夏祁軒苦笑道：「小婉，先別生氣，這件事待會兒我與妳說。」他就知道會這樣。

顧清婉是個理智的人，還是想聽夏祁軒解釋後再說。

顧清言則想得不一樣，這麼說，這一趟楚京之行，可香也會與他們同路？

事情弄清楚後，顧父看向姊弟倆。「既然你們也知道了，我明日要去孤峰山拜祭一下你們的孃子，你們也一起去吧。」

「好。」這件事情姊弟倆都沒有意見。

回到屋子，洗漱一番，伺候夏祁軒躺下，顧清婉坐在床邊。「說吧。」

夏祁軒長嘆口氣，拉過顧清婉。「妳這樣居高臨下的眼神讓我害怕，妳躺下，我給妳說。」

顧清婉白了夏祁軒一眼，最終選擇妥協，和衣躺在外側。

「小婉，不管家裡那些人是什麼身分地位，但我是我，他們的榮耀、地位與我無關，妳明白嗎？」

顧清婉點點頭，她明白這個道理，別人的永遠是別人的，就算是一家人也一樣。

「我曾是狀元出身，但朝廷規定身有殘疾者不能為官，所以我只是一介布衣。」夏祁軒握住顧清婉的手，黑亮的眼神裡帶著幾分小心，怕她會嫌棄。

顧清婉根本沒想過這一點，她現在想的是另外一個問題。「那皇上怎麼會下旨給你？」

「因為家裡的原因，我自小與皇上關係要好。」夏祁軒道。

除了地位很高的人，是不可能與一國之君有這種關係的。顧清婉不用問也知道夏祁軒家人的地位一定不會太低。突然間，她不想再知道夏祁軒家裡的背景了，她怕知道後自己和夏祁軒之間會有距離。

因為身分的懸殊，她怕配不上他。

「小婉，在想什麼？」夏祁軒見顧清婉沈默不語，便知道她有心事。

顧清婉搖頭。「沒事，睡吧，明日還得去孤峰山呢。」

「我還沒把家裡的情況告訴妳。」話已經到了這分兒上，夏祁軒想把一切都告訴顧清婉。

「我有些頭暈，改天再說吧。」顧清婉抬手按著太陽穴，故作難受地揉了揉。

夏祁軒聞言，哪裡會想到其他原因，心疼道：「要不要緊？我去給妳煎藥。」

「不，不用，睡一覺就好。」顧清婉拉過被子，把兩人蓋好，閉上眼不再說話。

夏祁軒很擔心顧清婉，眼睛一眨不眨地盯著她，直到聽見均勻的呼吸聲響起，才安下心來。半夜還醒了幾次，都是查看顧清婉有沒有事。

隔天，顧清婉很早便起床，昨晚夏祁軒所做的一切她都知道，這個男人總是關心著她，默默為她付出。人心都是肉長的，她在不知不覺間，已經愛上了這個男人。

一家子早早吃了飯，顧清婉準備了香帛，和顧父、顧母等人朝孤峰山出發，就連老太太和畫秋也跟著一起。

顧清婉這才知道，夏家和白家關係也不錯，從他們的隻言片語中，顧清婉都能想到楚京人際關係有多複雜。單是她知道的就好幾家，夏家、白家、慕容家，還有那個害得她爹娘躲難多年的人。

甚至她娘的身分也是個謎，她現在都後悔作了那個決定，不該讓弟弟跟著夏祁軒去楚京。那個地方太過複雜，一不小心就會命喪楚京。

但她既然作了決定，就該相信夏祁軒能保護好弟弟。

趕路將近兩個時辰，終於到了孤峰山。

馬車仍然停在那日的位置。所有人下了馬車，可香指著遠處。「我娘就葬在那棵青松樹下。」

眾人目光隨著可香指的方向望去，當顧清婉看清後，眼裡閃過訝異。那棵青松樹，不就是弟弟和小五那天帶著她去看的那棵嗎？難道樹下小土堆裡埋著的就是可香的娘？

顧母聞言，眼圈又是一紅，淚水嘩嘩地流，讓可香快帶路。

眾人跟著可香來到青松樹前，果然是那天他們來過的那棵大樹。

當看到那土堆孤零零地在樹下，一種淒涼在眾人心中瀰漫開來，顧母再也忍不住，「哇」一聲，撲在土堆上哭起來。

眾人都知道顧母傷心，現在說什麼都聽不進去，也沒人去勸她，讓她哭一下會好些。

可香亦是如此，趴在土堆上哭得上氣不接下氣，聲聲喊娘，聽得眾人一陣心酸，跟著流眼淚。

顧父擺上祭品，點了香燭，對著土堆說道：「秀雲，這些年苦了妳們母女，都是因為我，害了你們一家，對不起……」

說著、說著，顧父的情緒激動起來，跪在地上，聲音哽咽。

半晌後，他才稍微穩定情緒。「老天已經把可香送到我們身邊，妳安心吧。」

顧母也穩定了一點失控的情緒，抹了把鼻涕和淚，泣不成聲道：「秀雲，我現在收可香做女兒，將來還要做我的兒媳婦。我跟妳說啊，言哥兒和可香一樣大，妳看看言哥兒，長得俊不俊？」顧母說著，拉過已經呆若木雞的顧清言，跪在她旁邊，繼續說著。「這孩子有時皮了一些，但他是個有責任心的孩子，一定會照顧好可香一輩子。我也答應妳，到死我也要照顧好可香，等到了黃泉和妳相遇時，才有臉見妳和雲山。妳要保佑孩子，健健康康的。」

老太太也哭紅了眼，她嘆了口氣。「秀雲啊，當初妳和月娘情同姊妹，是老身最喜歡的兩個孩子，沒想到妳流落至此。孩子啊，在來的路上我們已經商量過，等找個好日子，來接妳走。等我們回楚京時，妳也跟著我們一起回去，妳在這裡再待上幾天，以後就不會孤零零的了。」

顧清婉哭得淚流滿面，扶著可香跪在一旁，開口道：「嬸子，您受苦了，在九泉之下請安歇吧，可香我們會照顧好她。」

夏祁軒本來可以不用跪，但白秀雲值得他這一跪，阿大攙扶著他磕了三個頭。

每個人心裡都很難過，只有顧清言心裡是憤怒的，他娘憑什麼替他的人生擅自作主，要他娶可香?!

就算顧家欠了張家，也已經認了可香做義女，為什麼還要用他一生的幸福來彌補？

第八十四章

當著這麼多人，顧清言就算有一肚子氣，也不能說什麼。

顧清婉看出顧清言的想法，走到他身邊低語。「如果娘不這樣做，就不是娘了。待會兒回去再找娘談談，改變娘的想法。」一看就知道言哥兒沒有娶可香的心思，感情的事不能勉強，弟弟的親事，她還是希望他自己作主。

「嗯。」顧清言點點頭，瞥了一眼哭花臉的可香，頓時蹙起眉，說什麼他都不會娶這個女人。

祭拜完後，顧母止了眼淚，對著土堆道：「秀雲，妳在這裡再等上幾天，等找到掌壇師傅算好日子，再來接妳。可香的事妳就放心吧，我和愷之會照顧好她。」

可香還趴在土堆上哭泣，顧母過去扶她起來。「我們回家，等過幾天再來把妳娘接回去。」可香抹了一把紅腫的眼睛，點點頭。

回到家裡，安頓好，顧清言便叫上顧清婉去找顧母。

「娘，您不覺得您的決定太草率？我的終身大事至少要與我商量，您怎能不問我的意見就擅自作主？」一進門，顧清言強忍著心頭怒火，問顧母。

顧母也知道孩子倆會因為這件事找她，她走到地爐邊坐下，不疾不徐道：「父母之命，媒妁之言，子女的親事我這個做娘的怎麼不能作主？你是翅膀硬了，我管不了你了是不是？」

「娘，言哥兒的意思是您作決定的時候，至少要問問他的想法，這消息對他來說太突然了。」顧清婉把爐蓋打開，挾了幾塊木炭進去。

顧母看了顧清婉一眼，又看了顧清言一眼。「我不管你願不願意，總之可香就是你未過門的媳婦。我們顧家欠張家，父債子還，你也半大不小的人，應該懂這個理。」

「還債有很多方法，為什麼要用我的一生來還？總之我不會娶她！」顧清言氣得想要大吼，但理智壓抑著他不能對顧母大吼大叫，再生氣，也要考慮到姊姊的感受。

一聽這話，顧母氣不打一處來。「先不論我們家是否欠他們張家，可香這樣好的女子哪裡找得到第二個？我也醜話說前頭，將來你娶的媳婦，除了可香我一個都不會認。」

「既然您這樣說，我就一輩子不娶。」顧清言說完，打開門準備甩門而去，看到門口站著的可香，頓了一下，一句話沒說便繞過她離去。

顧清婉想叫住他，嘴巴張了張沒有喊出口，看到門口的可香，開口道：「先進來吧。」可香目送顧清言的背影消失，聽到顧清婉的話，收回失落的目光，邁開步子，跨進門檻。

顧母拉過她坐在身邊，溫聲道：「他就這性子，一時間還想不通，等他想通就好了。放心，一切交給娘。」顧母安慰地拍著可香的手背。

顧清婉看到娘的樣子，便知道娘對這件事的執著，想要改變她的想法恐怕不容易，在心裡嘆了口氣，開口道：「言哥兒和可香都還小，以後的事，誰也說不準。」

顧母點點頭，她也明白女兒的意思，不能把兒子逼得太急。反正他們還小，兩年的時間能改變很多人和事情，心裡開始盤算起來……

「我去看看言哥兒。」顧清婉說著，起身離開，弟弟現在心情一定很糟糕。

本以為顧清言會把自己關在屋裡生悶氣，沒料想，敲了好一會兒門，也不見人出來開。顧清婉推門而入，屋裡安安靜靜，地爐蓋都沒打開，看來弟弟沒回屋。

關了房門，顧清婉又去了前廳，只有夏祁軒和顧父說著話。「言哥兒可來過？」

「他說有事出去一趟。」聽顧清婉這樣問，夏祁軒便感覺到有事發生，用眼神詢問顧清婉，是不是發生了什麼？

「我出去看看。」顧清言現在心情不好，顧清婉不放心他一個人。剛邁開步子，夏祁軒的聲音響起。「小婉，等等。」

她停下腳步，轉頭看向他。

「我與妳一道去。」夏祁軒說著，轉動輪椅行至門口。

顧清婉同意了夏祁軒的決定，對顧父道：「爹，言哥兒要是回來，您讓他別亂跑，我有話對他說。」

顧父知道兒子和女兒找他們的娘談過話，不用想也知道兒子不樂意娶可香。其實他還是支持兒子的選擇，欠雲山的一切，可以用別的方法補償可香。他點點頭。「行，告訴妳弟弟，如果不願意，爹不會怪他。妳娘那邊，我會想辦法。」

「我知道。」顧清婉笑著應一句，推著夏祁軒離開。

出了大門，趁阿大去駕馬車，顧清婉再回屋找了一遍，仍然沒有見到顧清言的身影，對面的院子大門也緊閉著。

馬車行過青石板，馬蹄聲和車輪轆轆的聲音交織在一起，形成一段旋律。

顧清婉挑著車簾往外張望，擔憂的眼神在街道上梭巡，掃過每個人，始終不見弟弟的身影。

夏祁軒對顧清婉的背影道：「小婉，先放下簾子，暖和一下身子再找，有阿大看著呢。」

「我不冷。」顧清婉頭也不回地繼續往外張望。此時此刻，她總有種不好的預感，心裡無比焦慮，想要快點找到弟弟。

悵縣的街道幾乎都已經找遍，還沒看到顧清言，顧清婉自然擔心。

「少夫人，可要去左家看看？」阿大看到左家的大紅門牆，開口問道。

「好。」顧清婉知道夏祁軒不太喜歡她和左家來往，但此時她顧不得這些。

馬車還未停穩，顧清婉迫不及待地跳下車，走到左家門房處，準備問小廝有沒有看見弟弟來過，恰巧一輛馬車從大門出來。

她轉頭看去，正好對上馬車裡主人的雙眼。「左二公子。」

「小婉，妳來了。」左明浩臉上帶著親切的笑容，如同三月春風那般和煦，一點也不介意顧清婉稱呼中的疏離。

「左二公子這是要出去？」顧清婉看了一眼馬車裡，並沒有別人。既然左明浩要出去，弟弟就不可能在左家，頓時心涼了一截。如果弟弟沒來左家，又會去哪裡？

左明浩以為顧清婉是來找左月，並沒想到別的，輕輕頷首，溫聲道：「出去有點事情要談，月兒在家，讓人領妳去便是。」

「左二公子有事先去忙吧。」顧清婉帶著禮貌的笑容，客氣疏離地道。

「月兒這幾天悶得慌，妳來了可要多陪陪她，那我先走了。」左明浩說完，讓車夫駕車離開，他今日可是有很重要的事要談。

放下的車簾，掩蓋掉左明浩嘴角的冷笑和算計。

顧清婉目送馬車離開，對守門小廝道：「我就不進去了，給你家小姐說我改天再來看她。」說完，便邁開步子回到自家馬車。

「他會去哪裡呢？」上了馬車，顧清婉焦慮地道。

夏祁軒最清楚顧清言不會來左家，但為了讓顧清婉死心，他才沒有阻止，沒想到在門口待這麼一會兒都能見到左明浩。心裡氣悶，但聽到顧清婉話語中的焦慮和擔心，還是拋棄心裡的不快，安慰嬌妻。「別擔心，言哥兒是個懂事的孩子，不會做令妳擔心的事，說不定這會兒已經回家了。」

顧清婉點點頭，確實，他們出來都好一會兒了，弟弟若想通，是會回去。「那我們先回去看一下。」

阿大不等吩咐，在顧清婉話音落下，便調轉馬頭，朝家門馳去。

夏祁軒拉過顧清婉，把手中的湯婆子遞給她，心疼道：「我知道妳擔心言哥兒，但也得照顧好自己。妳可知道，妳在擔心言哥兒的時候，我在擔心妳。」

「對不起。」

「小婉，妳沒有對不起我，所以不要對我說對不起。」夏祁軒將顧清婉攬進懷中，安撫地拍著她的背，動作極其溫柔。

倚靠在夏祁軒的肩膀上，顧清婉很安心，原來在一個人無助的時候，有個可以依靠的人，是這麼好。她終於明白娘說的那句話是什麼意思，男兒無妻身無靠，女子無夫心無依。

「嘶！」這時，原本走得平穩的馬車突然急速停下，使得顧清婉和夏祁軒險些跌出馬車。

兩人穩定身形，夏祁軒正要問發生何事，卻見阿大飛身離開馬車。「大膽鼠輩，放開他！」

隨後響起一陣噼哩啪啦的聲音和嘴裡痛呼的「哎喲」聲。

所有的一切，發生不過須臾。

顧清婉顧不得許多，急忙挑簾跳下馬車。只見兩人架著弟弟，還有幾人手中拿著棍棒和阿大對打，見到這一幕，她從髮間抽出兩根銀針，朝架著弟弟的兩人射去。

自從經過清淺襲擊的事後，顧清婉發現把銀針藏在頭髮裡有不少用處。接下來的日子，每天頭髮中都插著銀針，關鍵時候能救人一命，也能殺人無形。

隨著銀針飛出，架著弟弟的兩人瞬間軟弱無力，癱倒在地。

顧清言順勢給了兩人一腳，走到顧清婉身邊。「姊姊。」

來不及回話，身後一人舉著棍棒上來，顧清婉將弟弟拉到身後，赤手空拳迎上去，一腳踹飛那人。

阿大也將所有人擺平，地上橫七豎八躺著一群人，一個個嘴裡直呼痛。

其中一個男子撐著身子爬起，咬牙切齒道：「你們等著，我們孫家不會善罷甘休！」說著，招呼手下離開。

大街上，圍觀的人太多，不想再引人注目，顧清婉拉著弟弟上馬車，掩下車簾，讓阿大駕車離開。

「說吧，怎麼回事？」顧清婉將湯婆子放在顧清言手中，這才仔細打量他。見一張俊秀的臉上滿是瘀青，嘴角還有血絲，不用想也知道是那群人打的，還有那人離開的時候說孫家？希望不是孫正林家。

夏祁軒沒開口，挑眉看向顧清言，他也想知道發生了什麼事。

「我打了孫正林的三兒子孫仁義，他們叫人準備把我帶走。」顧清言也知道這下惹了麻煩，不能隱瞞。

真是怕什麼來什麼，顧清婉感到一陣無力。不是她怕孫正林一家，而是礙於孫爺爺，對付孫家不能太過分。雖然孫爺爺說過不再認孫正林一家，但是打斷骨頭連著筋，他們始終是一家人。

孫爺爺對他們好，他們對孫家又怎能痛下死手？所以顧清婉一直想著能避則避，沒想到還是遇到了。

「你怎麼知道他是孫正林的兒子，又怎麼會和他打架？」顧清婉想不明白，弟弟從家裡出來，也就一個時辰而已。

顧清言知道自己做錯事，惹了麻煩，語氣變得很軟，低聲道：「他自己說的，撞到我還說我撞了他，因為這個問題我們兩個互不相讓，最後還說我耽擱他去看花魁比賽，非要我賠他損失。他語氣不好，加之我本來心情就差，便揍了他一頓。他被我揍跑了，沒想到到竟叫人來抓我，之後就是你們看到的情形。」

聽完弟弟的話，顧清婉變得沈默，不管誰對誰錯，這件事已經發生，不是追究問題的時候。不管孫家要怎麼做，兵來將擋，水來土掩，總之絕對不能傷害弟弟。

夏祁軒見顧清婉沈默，以為她在擔心孫爺爺那邊，安慰道：「孫正林想要查到言哥兒的身分很容易，如果他不顧念孫爺爺的關係，那麼我們也不用顧慮那麼多。只要他們敢做過分的事，我們不必手下留情。」

「我知道。」顧清婉心裡已經有底。

顧清言擔心孫家會找上門，到時給姊姊添麻煩，心情沈重。

夏祁軒一點都不愁這些，反而覺得顧清言這次誤打誤撞作為一個引子，把孫家的事情解決也好，他才好安心去楚京。

孫家的事情不解決，始終是個隱患。

天色徹底暗下，老太太和顧父、顧母站在大門口等著。馬車還在巷口，老太太便扯開嗓子問阿大。「找到言哥兒沒？」

「回老夫人，言少爺在馬車上。」阿大恭敬地回了一聲，拉緊韁繩，使馬車緩緩停穩。

「回來就好。」老太太笑著對身旁的顧母說道。

顧母眼睛濕潤地點點頭，她也沒想到兒子會如此叛逆。

顧清言扛著輪椅下馬車，看了他娘一眼沒有開口，放下輪椅朝大門走去。「我去換衣裳。」說罷，不等眾人說話，跨過門檻，背影消失在門口。

或許是天色暗下，高懸的燈籠燈光昏暗，老太太和顧父、顧母並沒看到顧清言臉上的傷，只看到他衣裳不太整潔，心裡雖有疑惑，但沒說什麼。

顧清婉抱著夏祁軒下了馬車，看向老太太他們。「外面怪冷的，進屋吧。」

一行人朝前廳走去，老太太問在哪裡找到言哥兒，顧清婉只說在街上遇到，並沒有提及和人打架的事。

到了前廳，顧母對顧清婉道：「小婉，去看看妳弟弟換好衣裳沒有？大家都沒有吃飯，等著你們。」

「好。」顧清婉應了一聲，出了前廳。

才走到拱門處，便見弟弟和可香在說話。

「我要說多少遍，是娘的意思，不關我的事！」可香低吼一聲，聲音裡帶著被人冤枉的委屈。

顧清言冷笑。「妳認為我會相信？如果妳不點頭答應，娘會作出這樣的決定？」

「我不想和你說，說也說不清，你愛信不信。」可香氣呼呼地轉身離去。

顧清言看著可香的背影，臉色陰沈。他最討厭的就是被人強迫做不喜歡的事，以前還沒覺得什麼，現在看到可香，卻有種很噁心的感覺。

顧清婉見此，故意發出腳步聲。聽到聲音，顧清言轉頭看向她，本來還陰沈的臉瞬間眉開眼笑，她無奈地嘆口氣。「你明知道是娘自己的意思，怎麼怪到可香身上？」

「也不知道為什麼，一看到她就生氣。我也沒說錯，娘肯定有問過她的意思，她沒有反對，娘才作了這個決定。」顧清言雖然很少和娘談心、說話，但對娘還是有幾分瞭解。如果可香說一個不字，娘就不會作這樣的決定，所以他才會看到可香就生氣。

「可香是個好女孩，你不喜歡也不要傷害她。就算不能做夫妻，我們都是一家人，你身為弟弟，也不該對她說過分的話。」不管可香能不能嫁給弟弟，始終都是她的妹妹，是一家人，一家人就該團結，不能傷害彼此。

經過上一世那些離散與痛苦，顧清婉心裡最看重的就是親情，自然不願意看到弟弟和可香反目成仇。

——未完，待續，請看文創風631《愛妻請賜罪》4（完結篇）

不離不棄 相伴一生／果九

2018年3月出版

將軍別鬧

不過是答應和他一起「過日子」，
她說的願意不是那個願意好吧！
難道男人都是用下半身思考的生物嗎？

文創風 619 1

才剛穿越來，麥穗就發現自己被「賣」了！
這賊頭賊腦的大伯，竟要她嫁給那惡名昭彰的土匪蕭景田，
我嘞個乖乖，要是她不嫁，那土匪該不會提刀來逼吧？
為了活下去，她認慫，管他當過土匪還是強盜，嫁、都嫁！
後來才發現，原來他也是被親娘給算計了，壓根兒不想娶她，
既然這樁婚事你不情、我不願的，她至少不用擔心自身清白了。
但她似乎高估了他的定力，居然一個翻身就把她壓在身下……
嚶嚶嚶，古代的男人太兇狠，她好想回現代去啊！

文創風 620 2

那個當初對她高冷高出一片天的蕭景田，
如今一朝情動，還真是熱情到讓麥穗有些招架不住。
她對他也確實有那麼一丁點兒好感，但更多的卻是好奇，
他的過去就像個謎，顯然的，他並不打算告訴她謎底。
就在她好不容易一層一層扒開了他的偽裝、卸下他的心防，
才發現他過去居然是個護國大將軍，還有過不少紅顏知己……
前有個等了他十年的表姊，現在又來個千里追愛的郡主，
他要不要這麼受歡迎啊，古代是沒好男人了嗎？

文創風 621 3

不管過去的蕭景田，在戰場上是如何叱吒風雲，
他們現在就是一對平凡的小夫妻，每天踏踏實實過日子。
為了分擔家計，她便開始做起了獨門的魚罐頭生意。
偏偏有人眼紅她賺得多，硬要說她身後有金主當靠山，
婆婆更是腦洞大開，懷疑她紅杏出牆，險些沒拉她去浸豬籠。
而他嘴裡說著相信她，一邊又急攘攘的要跟她「生孩子」，
從這反應看起來，分明就是吃醋了，還打算乘機揩油！
冤枉啊大人，那是原主的老相好，不是她的啊……

文創風 622 4 完

為了護她周全，蕭景田在一場海亂之後失蹤了，
等到他再次歸來，看似完好如初，卻唯獨忘了麥穗是誰……
就算如此，她也堅決要守在他身邊，以免他的追求者乘虛而入。
瞧著他熟悉又結實的身影，她突然好想念他溫暖的懷抱，
要是現在撲上去親他一下，他會不會把她一腳踹下炕去？
想起蕭大叔的身手，她身子一抖，瞬間打消了這個念頭，
若是被他給踢成重傷，那她不就等於是「未戰先降」了嗎？
不行，她得擬定一個完美的作戰計畫，才能再次攻佔他的心！

文創風
630

愛妻請賜罪 3

國家圖書館出版品預行編目資料

愛妻請賜罪 / 沐顏著. --
初版. -- 臺北市 : 狗屋, 2018.04-
冊 ; 公分. --（文創風）
ISBN 978-986-328-859-6（第3冊：平裝）. --

857.7　　107002736

著作者　沐顏
編輯　余一霞
校對　黃薇霓　林安祺
發行所　狗屋出版社有限公司
地址　台北市104中山區龍江路71巷15號1樓
電話　02-2776-5889～0
發行字號　局版台業字845號
法律顧問　蕭雄淋律師
總經銷　知遠文化事業有限公司
電話　02-2664-8800
初版　2018年5月
國際書碼　ISBN-13　978-986-328-859-6

本著作物由起點中文網（www.qidian.com）授權出版

定價250元
狗屋劃撥帳號：19001626
網址：love.doghouse.com.tw　E-mail：love@doghouse.com.tw